www.mayabook.co.kr

프로젝트
오벨리스크

프로젝트
오벨리스크 ❷

지은이 | AKARU
펴낸이 | 권순남
펴낸곳 | (주)마야·마루출판사

등록 | 2008. 1. 7(제310-2008-00001호)

초판 인쇄 | 2015. 7. 22
초판 발행 | 2015. 7. 24

주소 | 서울시 노원구 상계 1동 1049-25 신영산업 **BD 602호**
대표전화 | 02-2091-0291
팩스 | 02-2091-0290
이메일 | marubooks@hanmail.net

ISBN | 978-89-280-6167-9(세트) / 978-89-280-6169-3
정가 | 8,000원

잘못된 책은 교환하여 드립니다.
저자와 협의하여 인지를 붙이지 않습니다.

「이 도서의 국립중앙도서관 출판시도서목록(CIP)은 서지정보유통지원시스템 홈페이지(http://seoji.nl.go.kr)와 국가자료공동목록시스템(http://www.nl.go.kr/kolisnet)에서 이용하실 수 있습니다.」
(CIP제어번호:CIP2015019132)

프로젝트 오벨리스크

2

AKARU 퓨전 판타지 장편소설
MAYA & MARU FUSION FANTASY STORY

Project Obelisk

마루&마야

▲목차▲

페이즈 3-2. Keep The Place! (2) ⋯007

페이즈 3-3. Dragon Born ⋯033

페이즈 3-4. 회의 ⋯073

페이즈 3-5. 되는 놈은 뭘 해도 된다. 하지만 그게 꼭 원하던 것이라는 법은 없다 ⋯109

페이즈 4-1. 레이드 최악의 적은 보스 몬스터가 아니다 ⋯125

페이즈 4-2. 입던은 점프가 개념 ⋯177

페이즈 4-3. VS 그레이트 바실리스크 ⋯203

페이즈 4-4. 브레스! 피해요! 구석으로! ⋯233

페이즈 4-5. 니벨룽겐의 반지 ⋯269

페이즈 4-6. Buff And Burst ⋯293

Project Obelisk

프로젝트 오벨리스크

페이즈 3-2

Keep The Place! (2)

 정말 이 나라 법이 답답한 게, 눈앞에 자신을 죽이려는 범죄자가 있어도 아직 행동에 옮기지 않는 한 그것은 범죄로 취급하지 않는 것이었다. 물론 그들도 아직 짓지 않은 죄를 심판할 수는 없으니 어쩔 수 없겠지.
 '오면 바로 물러날 것 같아서 우리한테 뭐라고 할 것 같은데요?'
 '하아~ 그래서 짜증 난다니까……. 어떻게 할까? 이미 늦은 밤이니까 〈패시브-야생 동화. 설명 : 이거 하나면 당신도 정글의 법칙에 캐스팅된다.〉로 은신이 가능한데.'
 '네, 그럼 골목에 숨죠.'
 참고로 밤이라서 나는 〈은신〉, 세연은 〈패시브-죽은 자〉

때문에 인기척, 체온, 호흡 등을 기반으로 하는 추적 기술로 감지할 수가 없다. 그래서 일단 나와 세연은 적들의 위치를 확인하고, 지하철역으로 가는 지하도 옆에 있는 건물 사이 골목으로 잽싸게 들어간다.

이거 스릴 넘치는걸? 잠시 동안 가만히 있자, 내 몸은 반투명화되었고, 세연은 어차피 어둠 속에 몸을 감추는 것이니 완벽하게 존재감이 감추어졌다.

'어차피 나도, 이 녀석도 판정은 인간형을 안 받으니까 찾으려면 뺑이 좀 칠 거다.'

그렇게 3분을 있자, 누군가가 허겁지겁 도로로 내려와 중얼거리기 시작한다. 귀를 기울이니 녀석들의 목소리가 작게나마 들린다. 남자 2명이었다.

"아, 역시 탱커 새끼들 아니랄까 봐 진짜 감 하나는 좋네요. 분명 생존 패시브가 있는 거겠죠? 45레벨이나 되면, 또 스캐빈저에게 당할 뻔한 게 한두 번이 아니라서 도망엔 아주 이골이 났을 텐데!"

"그러게 말이야. 일단 이 근처에 〈액티브-인간 추적〉 스킬을 써도 걸리지가 않네. 녀석들, 벌써 지하철 타고 갔나?"

"아니, 타고 가진 않았어요. 지하철역에 서 있는 놈들에게 메신저가 왔는데, 그 둘로 보이는 사람은 오질 않았다더군요."

나 하나 잡으려고 도대체 몇 명이나 동원한 거야? 미쳐 버리겠군.

"아, 데이터랍시고 준 게 클래스가 없으니, 원. 뭘 했을지 감을 못 잡겠네. 귀환석을 썼을 가능성은요?"

"확실한 건 두 연놈 다 가난뱅이 탱커 새끼들이라 50만 원이나 하는 귀환 크리스털을 막 쓰진 않았을 거야. 크로니클에서 대기 타는 놈들에게 귓말 넣어 봐. 난 일단 집에 있는 놈들에게 귓말 날려 볼게."

이 새끼들 봐라? 아주 본격적이네. 집에 있는 놈들이라는 말을 볼 때, 이미 맨션이랑 귀환지로 설정된 크로니클의 이야기까지 알고 있다는 거다.

이거 보통 수준의 스토킹이 아닌걸? 아니, 내가 전에 약 올린 게 그 정도로 심했나? 혹은 내가 무슨 전설템을 먹기나 로또를 맞은 것도 아닌데, 이렇게까지 추격할 가치가 있나?

씨발, 이번 레이드 끝나고 나서면 또 몰라. 돈 대박 벌고 난 것도 아닌데, 미친 새끼들이, 진짜!

"이제 어쩐다? 이 새끼들 우리 집 근처에도 있을 텐데? 너, 혹시 쟤네 레벨이나 그런 거 보이냐?"

"음… 〈패시브-공포의 군주〉가 걸렸다는 표시가 안 보이는 걸 보니 저보다는 높아요."

이야, 센스 좋은데? 자신의 패시브의 유무로 상대의 레벨을 파악하다니. 옛날 프로 게임 방송에서도 비슷한 걸 본 기억이 나는데? 이 녀석, 소질은 있는걸?

어쨌든 세연이보다는 높다니까 두 놈 다 23레벨 이상.

어두워서 무장이랑 복장이 잘 안 보여 클래스를 짐작할 수 없는 게 안타까웠는데!

"한 명은 단검 한 자루고, 한 명은 숏 보우에 화살통을 장비하고 있어요."

"너, 그게 보이냐?"

"저, 밤에도 잘 보인다고, 고블린 던전에서부터 말씀드렸잖아요."

"아, 맞다. 너, 데스 나이트지. 자꾸 티가 안 나서 까먹는다."

지금은 밤이니 언데드 계열인 세연은 시야에 아무 제한이 없고, 스탯 보너스까지 받는 상태.

나는 은신 상태라서 한 번에 도약해 덮치면 어떻게든 될 것 같은데 싸워야 하나, 말아야 하나?

놈들도 작정하고 온 이상, 근접 직업 둘만으로는 힘들고, 조력이 필요할 것 같았다.

"쩝, 걔를 불러야겠네."

"누구요? 그 크루세이더 아저씨요?"

"아니, 걔는 오늘 밤샘 야근."

업무량이 비슷하거나 더 많은 세계 최고의 길드인 드래고닉 레기온에서는 레이드 전에 야근한다는 말을 들은 적이 없는데? 왜 우리나라의 길드들은 레이드 직전에 정규직들이 야근과 철야에 달달 볶이는지 이해를 하지 못하겠다.

회사 문화를 그대로 이어받아서 그런가? 진짜 지옥이구만. 아차차, 조력자를 불러야지.

"그럼 누굴 부르는 거예요?"

"스캐빈저를 세상에서 제일 증오하는 새끼. 근데 이 새끼를 부르면 귀찮아져서 문제이긴 하지만, 어쩔 수 없네."

"헤에~ 아저씨가 그런 인맥 가지고 있다는 이야기는 처음 들어 봐요."

"적합자 세계에서 3년간 그냥 살아남은 게 아니거든? 이래저래 구르다 보니까 인맥이 좀 넓어."

나는 전화를 조심스럽게 들어 번호를 누른 다음 귀에 댄다. 잠자면서도 풀리지 않았던 은신이니까 크게 움직이지만 않으면 풀리지 않으리라.

잠시 후, 익숙한 그 망할 놈의 목소리가 들린다. 고등학생 남자아이의 목소리.

(어? 형아, 웬일이야?)

"어, 나야. 지금 뭐 해?"

(랭크 게임. 승급전 중이야. 아! 봇 듀오 씨발 새끼들 트롤한다.)

"상진아, 그거보다 더 재미있는 게임 안 할래? 형 지금 또 스캐빈저 잔뜩 몰았거든?"

이 녀석의 이름은 배상진. 올해 17세로 내가 아는 사람 중 가장 사람을 잘 죽이는 대인전에 특화된 딜러다.

스캐빈저를 사냥하는 추적자로, 클래스는 흑마법사 계열에서 파생된 쉐도우 블레이드.

암흑 마법 중 그림자 마법과 연계해서 칼을 꽂아 딜을 하는 민첩과 지력의 하이브리드 캐릭인데, 오로지 대인전에서만 존나게 세고, 던전이나 레이드에 도움이 되는 기술, 시너지, 버프, 상태 이상이 한 개도 없어서 레벨 업에도 애로 사항이 많은 놈이었지만, 내가 놈을 도와줌으로써 악연이 생겨 버렸다.

(스캐빈저? 역시 철이 형아는 탱커라서 잘 노려지나 보네. 스캐빈저들은 날 아예 피해 다녀서 요즘 일이 없어 심심해 죽는 줄 알았어.)

"너, 레벨 얼마냐?"

(지금 37이야. 아~ 세 달이나 경험치 하나도 못 먹었어. 스캐빈저들은 나 뜨면 도망가기 일쑤라서 사냥을 못했어. 아, 근데 나 그 세 달 동안 브론즈 탈출했다? 지금 실버4 승급전이야. 헤헤, 나 많이 늘었지?)

"어쨌든 세 달 만의 일감이다. 스캐빈저 사냥, 레벨 합X10만 원. 어떠냐?"

(몇 마린데? 그 숫자랑 레벨이 적으면 출장비가 더 나와서 사장님에게 혼나~)

"녀석, 적합자 다 됐구나. 옛날엔 그냥 스캐빈저가 있다고 하면 왔었잖아. 근데 일인 기업이라 네가 사장이잖아! 누구에게 혼난다는 거야? 흑사자(黑獅子)라는 이름이 울겠다!"

'스캐빈저 사냥꾼'이라는 의미를 담기 위해서 지은 코드네임이 '흑사자(黑獅子)'다. 스캐빈저는 대부분 하이에나로 생각하는 경우가 많으니 말이다.

2년 만에 이 흑사자인 꼬맹이는 스캐빈저 길드에게 공포의 존재가 되어 있었지만 자주 나타나지 않는다는 단점이 있었다. 그야 이 녀석은 내 일만 받는다.

"못해도 6명이고, 지금 여기 있는 놈들은 평균 레벨이 24는 넘어. 배후까지 캐면서 올라가면 더 털 게 많다."

(오! 그럼 갈래! 갈래! 어디야? 어디야?)

"13번 구역 지하철역 옆 건물. 승급전 다 하고 와도 되긴 해."

(아냐. 형이 듀오해 줄 거라고 믿고, 그냥 탈주할게. 헤헤, 콜? 형, 지금 다이아지?)

"어. 그럼 기존의 보수에다 골드까지 듀오해 주면 되냐?"

(아싸! 형, 사랑해! 지금 작업 도구랑 무장 챙겨서 갈게~ 다 가면 전화할 테니까, 거기 매복 중인 스캐빈저 놈들을 알려 줘.)

"얼마나 걸리냐?"

(여기 14번 구역이니까, 5분!)

뚜… 뚜…….

전화가 끊긴다.

아, 이 새끼, 적합자 일은 귀신같이 잘하면서, 게임은 완전 초딩같이 한다. 차라리 아이디를 받아서 내가 올리는 게 편한 판국에 씨뱅, 듀오라니. 존나 힘들겠군.

이래서 내가 이놈을 안 부르려 했던 것이다. 이놈의 요구를 들어주려고 게임을 하면 시간이 아깝기 때문.

하지만 실력 하나는 끝내주는 놈이다. 게다가 템발도 죽여주는 놈이고. 무엇보다 제정신이 아닌 개사이코 또라이 자식이라서, 스캐빈저에 한해 죽이는 데 일말의 자비도 없다.

"이상한 사람이네요. 암살자예요?"

"암살이라기보다는 사냥꾼이지. 스캐빈저 사냥꾼. 코드네임은 흑사자. 왜 이딴 일을 하냐면? 얘 부모님이 눈앞에서 스캐빈저에게 죽었거든. 그때부터 완전 또라이가 되어가지고 이 짓을 하기 시작했어."

"어머나."

처음에 녀석은 흑마법사라는 클래스였다. 보통 저주와 악마를 소환해 싸우는 마법사 계열 직업으로 기본이 딜러 클래스다.

나랑 인연이 닿았을 때는 이미 15레벨쯤에 쉐도우 블레이드로 전직한 상태라서, 완전 생 PVP 캐릭터에 망캐라서 레벨 업을 하지 못하고 있었다.

그때 30레벨 초반쯤이었던 나와 만나서 같이 던전 돌고, PC방에서 놀다 보니 친해지게 된 거다. 더불어 완전 던전 망캐인 자신을 돌봐 주었던 은혜로 나에게서 의뢰를 받는 처지였고 말이다.

고블린 던전 때는 먼 곳에 있던 탓에 못 불렀지만, 여기는 서울 시내다.

"내 챌린저 테두리를 보고 지리던 게 엊그제 같은데 말이야. 개새끼, 이젠 한국에서 이름을 날리는 스캐빈저 사냥꾼이네. 존나 착잡하다. 그 새끼 그냥 살인마 되게 내버려 둬서…… 쩝, 그나마 더 막장인 스캐빈저를 죽이는 방향으로 틀어 줘서 다행이지. 대량 살인마 될 뻔했어. 에휴, 근데 아예 살인을 하지 말라고는 못하겠는 게, 퓨어 탱커인 나도 놈을 이용해서 스캐빈저를 죽여야 했고, 놈도 나를 스캐빈저 미끼로 쓰는 판국이라 윈윈 효과를 보고 있었거든. 솔직히 녀석이 없었으면 100번도 더 죽었지."

"미친 세상이네요. 하아~"

"대재앙으로 세상이 미친 건지, 아니면 예전부터 미쳐 있었는데 우리가 모른 건지……."

어두운 밤하늘을 보면서 자조하는 나와 세연이었다.

오벨리스크의 목소리와 대재앙이 생기고, 적합자가 나타난 세상. 세계의 규칙이 바뀌고, 그에 맞춰 세상도 변화했다.

5분이 다 되어 가는데도 지하철역 쪽에 있는 두 스캐빈저는 사라지지 않고 계속 있었는데… 어둠 속에서 묘한 휴대폰 벨소리가 들린다.

[키미와 다레또 키스오 스루노~]

"벨소리 바꿨네요. 근데 소리 안 껐어요?"

"어, 끌 필요 없어. 잘 봐."

조용한 밤중에 시끄럽게 울리는 강철의 휴대폰 벨소리.

두 스캐빈저는 즉각 반응해 세연과 강철이 있는 골목 쪽으로 달려와 무기를 겨누며 노려본다.

강철은 이미 자리에서 일어나 움직여서 은신이 해제되었고, 세연은 단검을 든 녀석이 비추는 조명등에 의해 모습이 드러났다.

"여기 숨어 있었어! 이 자식들!"

"드디어 찾았네요. 와, 대박. 휴대폰 아니었으면 전혀 몰랐겠네. 크크큭, 벨소리 꺼 두는 걸 잊으셨나?"

(벨소리 덕에 내가 찾았는데~ 안녕, 스캐빈저 아저씨들?)

벨소리는 일부러 켜 둔 것이다. 왜냐? 이 녀석들이 스캐빈저라는 걸 알려 주기 위해서였다.

전화로 놈들의 위치를 알리는 것보다 이게 골목으로 끌어들이기에는 훨씬 나았고, 나와 세연을 노리는 데 정신을 팔리게 해서 기습에 대비할 틈 없게 만들기 쉬웠다.

상진이 놈이랑은 한두 번 일하는 게 아니니까 호흡이 척척 맞았고, 무엇보다 녀석은 단 1초도 시간 약속을 어기지 않는다.

"컥!"

"꺼어억! 이, 이게 무슨… 으읍!"

푹푹! 촤아악! 털썩.

두 녀석 중 활을 든 놈 하나는 등 뒤에서 나타난 그림자에 의해 목과 심장을 찔려 즉사, 그다음 그림자의 손이 단검을 든 녀석의 입을 막고 손을 구속한다. 그리고 죽은 녀석의 그림자가 일어나더니 그 안에서 사자 갈기 같은 장식이 된 검은 후드로 얼굴을 가리고 한 손에 묵빛 소태도를 든 작은 소년이 나타난다.

"A-YO, 형님! 헬로~! 에, 죽은 녀석, 25레벨 호크아이네. 그런고로 250만 원 되겠습니다."

"오늘 일거리 많으니까 나중에 한 번에 계산할 테니 영수증 떼어 줘, 근데 용케도 한 놈을 살려 놨다?"

"하하하, 형님도 차암~ 레벨이 오르는 만큼, 경험이 쌓인 만큼 나아져 가는 게 사람 아니겠습니까?"

"어쨌든 일단 저 새끼 족쳐 보자. 너 흑마법사에서 파생된 클래스라서 저주도 배울 수 있지? 뭐 배웠냐?"

"〈고자의 저주〉랑 〈탈모의 저주〉 2개 배웠어."

"미친 새끼, 배워도 그런 걸 배우냐?"

"형아가 추천해 줬잖아."

"그거 인터넷 게시판 보고 그냥 대충 드립 친 건데?"

진짜로 인터넷 게시판에 '고자라니!'랑 '당신은 탈모의 요정의 저주에 걸렸습니다. 댓글로 자라나라, 머리, 머리를 쓰지 않으면 밤새…….'라는 개드립 게시물을 보고 대충 추천해 준 건데, 이 새끼 진짜 배운 거냐?

"에에? 진짜? 아! 이거 배우기도 힘들었는데! 두 저주 다. 스킬북 레어도는 높은 영웅 등급이라서 가격은 비싼 데다 매물도 거의 없는 수준이었단 말이야. 내 노력이……! 형아, 너무해! 내 스킬 포인트 6개 어떻게 할 거야?"

"야, 그래도 지금 따지는 거 보면 그동안 그걸로 효과 많이 본 거 같은데 너무 그러지 마라. 잘 쓰고 있으면 된 거지!"

"하하! 그건 맞아! 〈고자의 저주〉를 걸고 야동 틀어 주는데 자기 고추가 안 선다고 울고 불며 난리치던 모습이랑! 선풍기 바람이 미풍~ 약풍~ 강풍이 될 때마다 흩날리는 머리카락을 보며 울고 불며 난리치는 모습! 완전 걸작이었지. 하하하하!"

우리의 말을 듣고 있던 구속된 스캐빈저 녀석은 식은땀을 흘리기 시작했다.

그야 당연하지. 고자+대머리. 적합자 이전에 남자로서 가장 무서운 두 가지 아니던가? 위아래 남자의 상징에 심각한 데미지를 주는 저주임에는 틀림이 없었다.

그리고 이런 대화를 나누는 나와 상진이를 보면서 세연은 어이가 없는지 한마디 던진다.

"진짜 다 미친 것 같아요. 아니, 다 미친놈들이네요."

"어? 이 예쁜 누나는 누구야? 형 깔이야?"

새끼손가락을 올리며 말하는 상진이의 태도에 난 어이없다는 듯 가운뎃손가락을 올리는 걸로 돌려준다.

"그런 거 아니거든? 그리고 깔이 뭐냐, 말본새하고는 씨발."

"하하하! 형도 만만치 않은데, 뭐. 근데 예쁜 누나네. 탱커는 애인 같은 거 못 사귄다더니만 완전 뻥쟁이네. 완전 미소녀잖아. 연예인보다 더 예뻐!"

"전언 철회할게요. 미친 건 이지씨뿐이고, 이 소년은 정상입니다. 저와 아저씨의 관계를 완벽하게 파악했군요."

너도 미쳤어, 이년아. 이상한 데서 의기투합하지 좀 마라.

어쨌든 가볍게 서로 간의 소개를 마친 세연과 상진이었고, 나도 이제 슬슬 본업으로 들어가야 한다고 생각해서 상진이가 구속하고 있는 스캐빈저에게 다가간다. 어떤 쓰레기가 날 찾으려 했는지 알아내기 위해서 말이다.

"자, 그럼 즐거운 심문 시간~"

"심문 시간~"

"미쳤나요, 둘 다?"

"으읍! 으으으읍!"

세연이 녀석 뭘 모르네. 원래 여기서부터 겁을 주기 시작해야 술술 부는데 말이야.

내가 손짓을 하자 상진이는 스캐빈저의 입을 막고 있던 손을 잠깐 풀어 준다. 그러자 놈은 기다렸다는 듯이 주절거리기 시작하는데…….

"하! 이 자식들! 우리가 누군지 알고!"

"누군지 모르니까 물어보는 거 아니야. 스캐빈저 주제에 의리 같은 거 없을 테니 빨리빨리 불어. 죽거나, 고자 되거나, 탈모 되기 싫으면~"

"히익! 아, 알았어. 다 말한다고. 나, 나! '워스트 데이' 길드 소속이야!"

단일 길드로는 한국 최고라 부를 수 있는 세력을 가진 스캐빈저 길드 워스트 데이였다. 몰려다니면서 적합자들에 대한 범죄는 기본이고, 알게 모르게 민간인들까지 건드린다는 소문이 있었다.

하지만 이상하게 그럼에도 다른 한국의 길드들이 토벌이라든가, 크로니클에서 길드 활동을 제재하려 하는 게 없어서 일각에서는 정치권이나 기업들이 스폰서로 있는 것 같다고 추측하고 있다.

"아니, 내가 워스트 데이랑 부딪칠 일이 없는데 왜 갑자기 날 건드리고 지랄이야?"

"모, 몰라. 나 같은 졸때기가 뭘 알겠어? 그저 위에서 예쁜 여자 데리고 다니는 탱커 새끼가 있다고 해서, 없애고, 여자는 납치해서……."

"형아, 이제 죽여도 되지 않을까? 이런 쓰레기를 살려 두면 산소에게 미안할 것 같은데? 이놈 24레벨, 그냥 도적이네. 240만 원 추가~?"

상진이 녀석은 자신의 소태도를 스캐빈저 놈의 목에 겨눈다. 난 일단 녀석을 진정시킨 다음 먼저 죽은 스캐빈저 놈의 소지품을 뒤진다. 스마트폰 하나, 지갑 하나. 음악을 듣기 위한 이어폰, 비상용 물약 앰플 4개. 음, 수첩도 안 가지고 다니네.

스마트폰은 패턴이 걸려 있어서 잠겨 있는 상태고, 지갑엔 5만 원짜리 지폐 4장이 있었다. 아싸, 득템.

"이래서야 누가 스캐빈저인지 모르겠네요."

"아니에요, 누나. 저들이 우리를 털어가는 만큼 우리도 돌려받는 거예요. 형, 얘는 죽여? 아니면 저주 걸어?"

"일단 그놈의 스마트폰 좀 줘 봐."

죽은 놈의 패턴은 모르기에 살아 있는 스캐빈저 녀석의 스마트폰을 꺼내 패턴을 풀게 만든다.

스캐빈저 녀석은 떨면서 패턴을 풀어 줬고, 난 녀석들이 쓰는 메신저를 열어 본다. 예상대로 길드 전용 채팅방과 이번 일을 위한 방이 따로 마련되어 있었다.

〈단체 채팅방 제목 : 탱커 여친 따먹으러 갈 사람~ 모여라 (9)〉

〈트윈엘로 : 야, 13번 구역에 있는 애들 왜 대답이 없는 거?〉

〈딕and존슨 : 그러게. 십새끼들 지들끼리만 벌써 재미 보는 거 아님?〉

〈두부팝콘 : 전화해도 안 받는다카이! 전화 좀 받으라카이!〉

〈배뿔 : 개시키들이네! 상도가 없다카이! 직이뿌러 가야겠다카이! 밤에 추운데 이게 뭐 하는 기고!〉

방제부터가 씨발, 아주 불쾌감을 불러일으켰다. 그리고 단체 채팅방이라는 점 때문에 현재 나를 노리는 건 9명이라는 걸 짐작할 수 있었다.

그나저나 진짜 탱커 새끼 만만하게 보는 거야 둘째 치고, 대화 내용을 보니 소름 돋을 정도로 미친놈들이었다.

난 일단 채팅 로그를 올려서 이 휴대폰 주인 놈의 말투를 분석한다. 씨발, 이 새끼들 뒤에 '~카이' 같은 사투리는 왜 붙이는 거야?

'에휴, 미친놈들. 정신 분석해서 뭐 하냐? 일단 채팅 로그를 보자.'

이 휴대폰 주인 놈의 코드 네임은 'No력충'이군. 난 스마트폰 자판을 두드려 채팅을 올린다. 마치 싸우느라 잡는 게 늦은 것처럼 녀석들의 말투를 그대로 써서.

〈No력충 : 짜잔~ 이제야 막 잡았다카이! 보라카이! 겁나 애묵었다카이!〉

난 몰래 세연과 상진을 잡힌 척 엎드린 자세를 취하게 한다. 녀석이 드러나지 않게끔 세연을 중심으로 해서 어둡게 사진을 찍어 단체 채팅방에 올린다. 마치 급박하게 찍은 것처럼 살짝 흔들리게 하는 것도 기본이다.

〈No력충 : 이, 이 세끼들 반항해서 제대로 못 찌겠네. 아, 빨리 좀 와 줘.〉
〈에로라스트 : 오, 씨발. 여자 몸매 늘씬한 게 죽이네! 나이도 어려 보인다카이!〉
〈네오라레 : 야! 얼굴! 얼굴 찍어 봐라카이!〉
〈배뿔 : 야, 한 놈 어디 갔나카이?〉
〈No력충 : 그 시키 기절했다카이. 남자 탱커놈 시키가 레벨 좀 있어 가지고, 스턴 존나 아프게 맞았다카이. 봐라카이.〉
〈트윈엘로 : 글네. 정보 그대로구만! 근데 둘이서 45레벨 탱커를 용케 잡았네!〉

〈No력충 : ㅇㅇ 다 오셈. 레벨 좀 있어도 그래 봐야 탱커지! 여자 쪽을 먼저 인질로 잡으니 샌드백이었음. 아, 근데 남자는 걍 죽여서 놔두고 가믄 안 되나? 일단 마비로 대충 매즈했는데, 저거 깨어나면 귀찮아지는데!〉

〈트윈엘로 : 병신아! 니 의뢰주 말 뭐로 들었냐? 여자고 남자고 다 살려서 잡아 오라는 거 못 들었나?〉

〈두부팝콘 : 금방 갈 테니 기다리고, 여자 손대지 마라! 의뢰주한테 죽는다카이!〉

정말이지 온라인 세상의 익명성이란 대단해! 채팅창 너머에 있는 게 설마 자기네들이 잡아야 하는 탱커인 줄은 꿈에도 모르고 녀석들은 미주알고주알 다 떠들고 있었다.

그렇군. 목표는 나랑 세연이 둘 다였다. 그리고 의뢰주라는 말을 보아 누군가가 이 쓰레기들을 돈을 써 고용했다는 건데?

"형아, 개쩐다. 어떻게 이런 발상을 한 거야?"

"씨발, 3년간 이 지랄 해 봐라. 이렇게 안 하게 생겼나, 누군지 몰라도 배후가 있는 것 같네. 아, 골치 아파. 그럼 본거지까지 쳐들어가야 하나?"

"누가 악당인지 모르겠네요."

악당이고 자시고, 이 판국에서 살아남으려면 스캐빈저보다 더 잔인하고 영악해야 한다. 안 그러면 살 수가 없는 동네니까 말이다. 먹히지 않으려면 먹어야 하는 판국.

배후까지 있는 게, 꽤 커다란 세력이 될 수도 있고, 길드가 될 수도 있다. 이 상황에서 우리가 유리한 상황을 만들려면 어떻게 해야 할까?

"형아! 형아! 그럼 정보를 얻는 건 이 스마트폰을 써서 하면 되니까, 저놈은 어떻게 할까?"

"히익! 무, 무슨 짓… 으읍! 으으으읍!"

"어떻게 하긴? 영수증에 240만 원 추가해 놔. 도합 490만 원이군."

"으으으으읍!"

입이 막힌 채 'No력충'이라는 코드 네임을 지닌 스캐빈저 놈은 상진이의 소태도에 숨이 끊어진다. 살려 둬 봐야 다른 사람들에게 폐나 끼친 스캐빈저 자식이니까 죽이는 게 차라리 이 세상에 도움이 된다.

하아~ 근데 고민이네. 이대로 불러 모은 녀석들까지 우리 손으로 없애는 건 무리가 아니지만, 9명이나 되는 적합자가 죽으면 워스트 데이 길드 자식들은 우리를 죽이려고 전쟁까지 불사할 것이다. 조직과 개인이 붙으니 불리한 건 우리 쪽이다.

'채팅에 전에 같이 갔던 그 오타쿠 놈 파티 멤버 중 한 놈도 없는 걸 봐선 이건 별개의 일인 것 같네. 여기 있는 놈들이랑 그놈들은 비슷한 레벨 대이니 따로 9명씩이나 고용하지 않고 자기네들을 포함해서 머릿수를 채우면 될 테니 돈

더 쓸 필요가 없지.'

 스캐빈저도 돈에 관해서는 엄청 민감한 자식들이라서 굳이 아낄 수 있는 돈을 더 쓰려고 하지는 않는다. 그러니 원한 해결에 굳이 자신들과 레벨이 비슷한 9명을 새로이 고용하는 짓을 한다는 건 전혀 다른 배후가 있다는 이야기밖에 되지 않는다.

 '배후가 그럼 상당히 위에 있다는 건데? 거기 올라갈 때까지 싸워야 하나?'

 저거노트의 능력을 밝히는 건 싫었지만, 이때를 위해 쓰는 셈치고 배후를 쳐야 하는가? 스캐빈저 사냥꾼 흑사자녀석까지 있으니 싸워 볼 만한가?라는 생각이 들기도 하지만, 역시나 무리라고 결론을 내린다.

 다른 길드도 아니고, 워스트 데이는 대한민국 전국에 걸친 스캐빈저 길드다. 그걸 다 상대하는 건 무리고, 무엇보다 총대장 격인 녀석은 서울에 주재하는 게 아니라 지방에 숨어서 산다고 소문만 무성하다.

 "다른 해결책이 없나? 상진이에겐 미안한데, 이 이상 놈들을 죽이는 건 무리 같다. 아무래도 이놈들의 배후가 상당히 높으신 분 같아. 놈의 정체를 모르니 함부로 난리를 피우기도 그래."

 "아! 형! 왜에? 그럼 어떻게 하려고?"

 "그게 고민이야. 씨발, 도망치려 해도 갈 곳이 없는 게 문제야. 쓰리 스타즈 얼라이언스에도 몸을 의탁할 수 없는 노릇이고. 아! 당분간 몸을 숨기는 게 짱이긴 한데! 곧 레이드도 있는데, 씨발!"

오늘 거기 차장인지, 포장인지 하는 놈이랑 분쟁이 있었으니 거기에 몸을 의탁하는 건 미친 짓이나 다름없다.

물론 현마의 직속으로 들어가면 괜찮겠지만, 정규직 탱커는 솔직히 사양이었다.

역시 그냥 위약금 내고 지방으로 튀어야 하나? 내가 고민하는 와중 세연이 내 등을 두드리며 나를 찾는다. 갑자기 왜?

"아저씨, 그럼 여긴 어때?"

"명함? 아, 오늘 낮에 받은 거구나!"

세연이 꺼낸 명함, '드래고닉 레기온 : 길드 마스터 지크 프리트'.

그래, 이게 있었구나! 그래, 여기라면! 여기라면 괜찮겠다. 상담을 받는 셈치고, 이 사람들과 같이 행동한다면 설사 그 막장에 미친개들이라는 워스트 데이들이라도 감히 건드릴 수가 없을 것이다.

더구나 인연이 있다, 라는 느낌만 있어도 워스트 데이는 길드가 박살 나기 싫은 이상 손을 뗄 가능성이 컸다. 그만큼 거대하고 압도적인 힘을 가진 길드가 드래고닉 레기온이었다.

"좋아, 그럼 거기로 연락하자. 상진이는 오늘 이만 물러나도 돼."

"피, 뭐야~ 고작 2명 죽이고 끝났잖아. 시시해, 혀엉!"

"일단 지금은 자리만 피하는 거야. 그리고 어차피 이놈들이랑 악연이 된 이상 나에게 많은 스캐빈저들이 몰려올 거니까 조만간 사냥할 때가 또 올 거야."

"으음~ 뭐, 어쩔 수 없지. 대신 형, 나중에 꼭 듀오해 줘~ 이번처럼 몇 달 있다가 연락하지 말고~"

"알았다. 먼저 가라."

상진이를 먼저 보낸 나와 세연이는 자리를 뜨면서 명함에 있는 번호로 지크프리트에게 전화하기 시작했다.

이거 은근 떨리는구만~ 빨리 이동하자.

전화를 받은 지크프리트는 처음 보는 전화지만 한국 번호라는 걸 알았는지 한국말로 대답해 주고 있었다.

(누구십니까?)

"아, 그게, 저, 오늘 낮에 봤던 탱커 쇠돌이입니다. 이번 레이드 같이 뛰는 사람인데, 그, 오늘 같이 만났던 여자애 아시죠? 기사 클래스 계열인데 드래고닉 레기온에 관심이 있다고, 말 좀 해 달라고 해서요."

(아하! 그러셨군요. 한나절 고민하시다가 결정하셨나 보네요. 알았습니다. 지금 바로 제가 모시러 가지요. 어디 계십니까?)

크으! 세계 최고의 길드 마스터가 모시러 온다니! 인재를 위해서는 행동을 아끼지 않는구만! 역시 세계 최고는 뭐가 달라도 다르다고 해야 하나? 마치 유비나 조조 같은 영웅들이 생각나는 외국인이었다.

어쨌든 승낙을 받은 나는 즉시 우리의 위치를 알려 주었고, 10여 분이 지나자 리무진 한 대가 우리 앞으로 나타났다. 곧 문이 열리며 우리를 맞이한다. 거, 겁나 빨라!

"하하, 자, 어서 타시지요."

"휴우… 예."

"…실례하겠습니다."

나와 세연은 지크프리트의 차에 타고 나서야 안도의 한숨을 내쉬었고, 세연은 내 옆에 붙어 있었다. 지크프리트는 나를 한번 훑어보더니 예리한 눈빛으로 말을 던진다.

"흐음~ 오기 전에 누구랑 싸우셨습니까?"

"예. 스캐빈저 놈들이랑 한바탕했습니다."

어차피 이 인간을 속이려 해 봐야 소용없다 여긴 나는 그냥 대놓고 솔직하게 말한다. 속이려 했다가 이 인간 창에 맞아 죽는 게 무서우니까 말이다. 차라리 솔직하게 말하고 도와달라고 하는 편이 나았다.

"그럼 저한테 연락한 건 그녀의 입단 신청 때문이 아니겠군요."

"속이게 된 건 정말 죄송하게 되었습니다."

"뭐, 적합자들의 세계, 그것도 이 한국에서는 특히 탱커들이 살기 힘든 사정을 알고 있으니 어쩔 수 없지요. 어차피 이번 레이드에 당신은 꼭 필요한 존재이니 속아 넘어가는 셈치고 도와드리겠습니다."

휴우… 다행이다. 진짜 통이 큰 인간이라 살았어. 이대로 쫓겨나지 않아도 된다는 사실에 나는 안심한다. 이거 내가 탱커여서 살았구만!

우리를 실은 리무진은 곧장 신 서울에서 가장 최고급 호텔인 그랜드 서울 호텔에 도달한다.

높이와 주변에 지나다니는 사람만 봐도 주눅이 들 정도로 고급스러운 장소라 적응이 안 되는 느낌이다. 반대로 이런 곳이기에 스캐빈저들은 죽어도 들이닥칠 수 없는 최고의 요새이기도 했다.

페이즈 3-3

Dragon Born

"휴우! 살 것 같다."
"그러게 말이에요."

나와 세연은 방을 하나 잡고 들어 와 있었다. 2인실 방을 하나 잡았는데 방세가 하루에 50만 원이라는 것에 후덜덜했지만, 그 망할 스캐빈저들과 그 배후의 정체를 밝히지 못했기에 지금은 어떻게 해서든 몸을 감추는 것이 중요했다.

나와 세연은 씻은 후 호텔 가운으로 옷을 갈아입고 쉬고 있었다.

"침대 감촉 죽이네. 역시 최고급 호텔은 뭐가 달라도 달라."

침대 감촉도 좋고, TV도 엄청 크고, PC도 2대. 입욕제는 물론 샴프, 린스와 냉장고 안에 음료수와 술까지 완벽하게 갖춰진 곳이었다.

역시 사람은 돈이 있고 볼 일이다. 참고로 드래고닉 레기온의 마스터와 부 마스터의 호위로 온 길드원들은 VIP룸을 쓰고 있다던데. 우리가 쓰는 일반실이 이 정도인데 VIP룸은 얼마나 호화롭다는 거야?

"방보다는 역시 그 안에 있는 사람이 중요하지 않을까요?"

"너, 무슨 소릴 하는 거야?"

"에잇."

갸아아악!

가운 사이로 새하얀 나신이? 풋풋하게 이제 막 어른이 되어 가는 세연의 가슴이라던가? 나신이 눈에 들어온다. 난 잽싸게 고개를 돌렸는데! 그러고 보니 우리 막 도망친 거라 따로 입을 옷은 없지? 물론 호텔 서비스로 세탁 서비스를 해 준다고 하긴 했는데… 아니 그게 문제가 아니라?!

"여기까지 온 이상 도망칠 곳은 없습니다."

"뭘 도망쳐?"

"자, 순순히 저지르는 겁니다. 어차피 세연은 피임이 필요 없는 몸. 조금 차지만 마음껏 드셔도 되는 겁니다."

뭘 드셔? 뭘 먹어? 개소리 집어치워! 지금 우리 쫓겨 다니는 판이거든? 이런 거 할 때가 아니거든? 지금 그 스캐빈저 자식들 배후가 누군지 캐내야 하는 판이라 이럴 시간 없……!

땡동~

(접니다, 지크프리트. 미스터 아이언, 계십니까?)

"아! 예! 있습니다!"

휴우~ 다행이다. 자칫하면 내 동정을 여기서 상실할 뻔했어.

난 안도의 한숨을 내쉬며 지크프리트를 맞이한다. 그는 여전히 깔끔한 정장 차림이었는데, 난 호텔 가운 차림이라 좀 민망한 기분이었다. 그의 옆에는 오늘 낮에 보았던 로드 오브 드래곤인 세르베루아 양도 같이 있었다.

"아, 안녕하세요."

"그, 이런 차림이라 죄송합니다. 긴급히 도망치다 보니 여분의 옷이 없었습니다."

"하하, 사정은 이미 이야기했습니다. 들어가서 잠시 이야기해도 될는지요?"

"예, 들어오시지요."

이제 우리 방에는 나, 세연을 포함해서 드래고닉 레기온의 사람 둘까지 총 4명이 있었다. 넷이서 소파와 의자에 앉은 우리는 먼저 워스트 데이 녀석들에게 쫓기다가 배후가 있는 것까지 캐냈다는 걸 이야기한다. 증거는 이미 아까 녀석의 휴대폰에서 내 폰으로 카메라로 찍어 옮겨 두었으니

Dragon Born • 37

증명하는 건 어렵지 않았다.

"허허, 스캐빈저라… 저희 나라도 없는 건 아니지만, 이제 상위 던전으로 갈수록 탱커들의 레벨이 중요해지고 있는데……."

"그런 거 알아도 이제까지 노예였던 녀석들의 신분을 한순간에 올려 주지 못하는 게 인간 사회이지요. 크큭… 그나저나 세연, 너도 나 같은 인생이 싫으면 그냥 드래고닉 레기온에 들어가 버리라니까. 너도 엄연히 기사 클래스잖아."

"〈기승〉을 가지고 있어도 세연은 용 못 타. 오로지 세연은 아저씨를 침대 위에서 타고 싶어."

"꺄, 꺄아! 태, 태연한 얼굴로 무슨 소리를 하시는 거예요? 여자애가 그런 말을 하면 못 써요."

그래, 저거야, 저거! 저 백금발 미소녀. 세르베루아 양이 내가 하고 싶은 말을 대신해 줘서 너무 고마웠다. 그래, 세연! 너도 이런 풋풋한 소녀 같은 감성까진 무리더라도 좀 나이랑 얼굴에 맞는 태도를 보이란 말이야. 에, 아가씨? 왜 날 보며 서서히 다가오면서 그렇게 우물쭈물하시는 거죠?

"저, 저기~ 강철 님, 실례가 안 되면 머리 좀 쓰다듬어도 될까요?"

"예에?"

"그게 자, 자꾸 용종 친화 스킬들이 강철 님에게 발동해서… 그 있잖아요, 귀여운 애완동물이 눈앞에서 눈을 말똥 말똥 뜨고 있어서 참을 수 없는 그 기분, 그런 거인데! 하으! 아, 아뇨, 그러니까, 아으으, 못 참겠다."

슥슥… 습하… 습하…….

이 아가씨도 진짜 별종이네. 아니, 오늘 처음 본 외간 남자의 머리를 쓰다듬고, 머리 냄새를 맡고 있어? 변태여? 게다가 댁이 이러니까 세연이 무표정에 더 차가운 눈빛으로 날 바라보고 있잖아. 자, 잠깐!

"하하하! 이 기회에 강철 님도, 세연 양도 우리 드래고닉 레기온에 들어오시는 게 어떻습니까? 드래곤 나이트인 저보다도 세르베루아 양과 상성이 좋다니, 놀라울 따름이군요."

"습하… 습하……. 이 냄새, 아무리 봐도 용종 패시브가 있는 거 같은데? 습… 하~ 후우~ 행복해~"

'적합자 여자들은 다 제정신이 아닌 건가?'

"아저씨, 너무해. 나도 킁카킁카, 할짝할짝하고 싶어."

할짝할짝은 안 했어! 그나저나 머리에 닿고 있다고요. 세르베루아 양~ 크, 역시 서양의 힘인가? 따뜻하고 말랑한 감촉이 머리에 닿고 있다고요. 으갹! 내 턱은 왜 쓰다듬어? 이 아가씨도 제정신이 아니네!

"내일 계약서 가져다드려야 할 판이군요. 하하하."

"아니, 저 일단 정규직 길드 탱커는 될 생각이 그다지 없는데요."

Dragon Born • 39

"어째서죠? 마스터인 제 입으로 말하긴 뭐합니다만, 우리 드래고닉 레기온 길드는 세계 최고 중의 하나라고 자부합니다. 그곳에 들어오는 당신에겐 당연히 장비, 연봉 모두 세계 최고로 대우해 드릴 겁니다."

확실히 당기는 조건이긴 한데. 우와, 내, 내가 드래고닉 레기온이 된다고? 세상에! 하, 하지만 난 기사 클래스도 아니고, 〈기승〉 스킬도 없는데. 들어가 봐야 용은 못 탄다고!

"아, 굳이 타실 거까진 없는데. 안 타셔도 일반적인 포지션이 저희 길드에 필요합니다. 특히 탱커는 체력과 생존기, 유틸기가 풍부한 만큼 오로지 순수한 체력과 방어력만으로 탱킹 하는 드래곤들의 부담을 줄일 수가 있지요. 그리고 고위 레이드일수록 고 레벨 탱커의 존재는 필수적입니다."

"과연, 드래곤이라고 탱킹이 다 되는 건 아니구만~"

"예. 더구나 몸집이 크고 움직임이 느린 만큼 모조리 맞아야 해서 힐량도 엄청 빠지고, 겉으로 보기에는 위엄 있긴 하지만 역시 인간 탱커가 필요한 건 변함없습니다. 그런 의미에서, 이런 환경에서 45레벨까지 성장하신 강철 님은 매우 귀중하고 대단한 존재입니다."

우와, 세계 최고의 길드 마스터가 칭찬하니까 나도 모르게 이, 입가가 풀어지고 있어. 제, 젠장 이런 대단한 사람이 알아주니까 나도 모르게 마음이 움직이잖아. 나도 모르게 '당장 계약서! 계약서 가져다주세요, 마이 로드!'라고 할 뻔했어. 진짜 매력적인 인간이네. 이 정도는 되어야 세계 최고가 된다는 건가?

"아저씨도 충분히 매력 있어."

"너, 마음대로 내 마음 읽지 마라. 그건 그렇고, 저기, 아가씨? 언제까지 만지실 겁니까? 전 애완견이나 그런 게 아닌데요?"

"으응~ 안 된단다. 머릿결이 상했잖니~ 마마가 가지런하게 해 줄게~"

이미! 날 애완동물 취급하고 있어! 이 아가씨 완전 제멋대로야! 게다가 마마는 뭐야?

그녀는 어디선가 빗까지 꺼내더니 내 머리카락을 정성껏 빗어 주고 있었다. 그 모습을 본 지크프리드는 사죄는 하지만 훈훈한 광경을 본 듯 미소를 짓고 있었다.

"죄송합니다. 현재 이곳에는 단 한 마리의 드래곤이나 용 종을 데려오지 않아서, 로드 오브 드래곤인 그녀가 쓸쓸해 하고 있었습니다. 그녀는 용들과 가족이나 마찬가지거든요. 당신이 어떤 패시브를 가지고 있는지는 모르지만, 대응이 되기에 그녀가 정신의 안정을 찾고 있군요. 기왕 이렇게 된 거, 레이드까지 같이 움직이시는 게 어떻습니까? 그 스캐빈저의 배후가 누군지는 아직 모르지만 말입니다."

"아, 그래도 좋다면 기꺼이 같이하지요. 그러면 저도 뭔가 사례를 해야겠는데, 드릴 거라곤 이거밖에 없군요."

"아저씨?"

후우~ 난 심호흡을 하고 내 나노 머신 디바이스를 작동시켜 인터페이스창을 열어서 지크프리트에게 넘긴다. 내 예상이 맞다면 지금은 이 남자의 신뢰를 더 얻을 필요가 있다. 더불어 로드 오브 드래곤이라는 용족 친화 스킬을 가진 클래스라면 일부라도 내 패시브를 해석할 수 있을 거라는 계산까지 깔린 패 공개였다.

"호오, 저거노트(Juggernaut)? 이런 클래스 난생처음 보는데 설마? 레어 클래스인가요?"

"예. 그리고 패시브들 중 용의 이름이 들어가는 게 있어요."

난 패시브를 하나하나 살펴보며 드래그해서 보내 준다. 용종 혹은 그에 가까운 이름이 들어가는 걸 모두 보여 주기 위해서 모았는데, 총 일곱 가지. 죄다 전설과 신화에 나오는 이름들뿐이었다.

〈패시브-우로보로스의 끈질김〉
설명 : 아, 그러니까 난 당신 같은 사람이 싫다고!
이 스토커야! (M)
〈패시브-레비아탄의 절대적임〉
설명 : 나아는야~ 바다의 와앙자~

당신은 해변의 여자~ (M)

〈패시브-현무의 갑옷〉

설명 : 이 등딱지가 중요하다고! (M)

〈액티브-티아메트의 본능〉

설명 : 아, 섹스하고 싶다! 아! 섹스하고 싶다! (M)

〈액티브-바하무트의 정의〉

설명 : 그런 저질스러운 소리 좀 하지 마! (M)

〈액티브-용의 비늘〉

설명 : (주)드래고닉스 특제 1세트가 39,990원! 지금 주문하세요!

〈패시브-파프니르의 저주〉

설명 : 돈은 사람을 바보로 만든다. (2/3)

"설명이 이상하군요."

"하하, 저도 그렇게 생각합니다. 그리고 아가씨는?"

"흐음~ 이 설명이 이상한가요? 〈패시브-우로보로스의 끈질김. 설명 : 최대 체력이 낮아질수록 체력 재생력이 올라갑니다. 마스터 부가 효과로는 체력을 소모해서 '우로보로스의 꼬리'의 소환이 가능하며, 추가 스킬이 부여됩니다.〉인데요?"

읽는다. 예상대로다. 다른 건 모르겠지만, 용족을 모티브로 한 패시브만큼은 저 아가씨는 읽을 수 있는 것이었다. 아마도 용의 눈이라든가, 비슷한 스킬들을 가지고 있는 거겠지. 유사 스킬인 만큼 읽을 수 있는 범위는 예상대로라고 해야 하나.

"이건 이상하네요? 〈패시브-베히모스의 재생력. 설명 : 꾸오오오오오옹.〉"

'역시나 읽을 수 있는 건 용족 계열 패시브 한정인가?

"흠~ 대단하시군요. 설마 세르베루아의 능력을 이용할 생각을 하다니……."

눈치 하난 더럽게 빠른 지크프리트 아저씨였다. 어쨌든 덕택에 7개나 되는 스킬을 해석할 찬스.

그 〈패시브-몬스트러스 크리처 아이(Monstrous Creature Eye)〉가 언제 레벨 업 해서 익힐 수 있는 스킬인지 모르는 판에, 기다리는 시간보다 이렇게 일부라도 해석할 수 있는 사람이 있다면 내 인터페이스를 보여 줘서라도 해석을 받는 게 낫다.

"이거 때문에 상당히 불편했습니다. 자신이 어떤 능력을, 스킬이 어떤 특성을 가지고 있는지 모르는지라 클래스를 더더욱 비밀로 해야 했지요."

"하지만 그렇다곤 해도 전투 중에는 패시브들이 작동할 텐데, 수상함을 못 느꼈습니까?"

"아, 그건 뭐랄까, 제 패시브들 간에 모순이 벌어지는 바람에 오히려 패시브들을 모두 억제할 수 있는 방법을 알아내서 말이죠."

 방패를 끼고 탱킹 하던 것과 자신의 클래스가 맨손이어야 기본 고유 패시브가 모든 패시브들과 연계되었던 게 완전 충돌하는 바람에 발동이 안 되어서 그동안 몰랐다고는 죽어도 말 못한다. 아니, 말해 줘도 믿지 못하겠지. 자기 패시브도 모른 채 3년간 지내 왔다고 말해 봐야 '뭐지, 이 병신은?' 같은 반응뿐일 것이라 스스로 병신을 인증하는 꼴밖에 안 될 것이다. 어쨌든 난 불안해하면서 지크프리트의 대답을 기다린다.

 "흠… 계산도 빠르고, 감출 것은 감추지만 보여 줘야 할 땐 화끈하게 패를 공개하고 자신의 것을 얻어 가면서 상대를 배신하지 않는다는 믿음을 동시에 주는 그 태도가 제법이군요. 쓸 만하군요."

 "헤에, 아, 이 패시브들을 보니까 이해가 되네요. 우리 스틸쫑이 왜 제 드래곤 친화 스킬에 적용이 되는지 이제야 알겠어요."

 잠깐만, 아가씨? 스틸쫑은 누구? 설마 벌써 날 펫으로 대하려고 펫 네임을 지은 겨? 이 아가씨가?

 내가 당황스러워할 때 세연은 안쓰러운 눈으로 날 쳐다본다.

 "아저씨."

"아, 괜찮아, 괜찮아. 이 사람들은 너무 거물이라서 나 같은 잉여 탱커의 인터페이스를 알아도 쓸 폭이 그리 크지 않아."

"아뇨, 그건 아닙니다."

지크프리트는 미소를 지으며 나쁘지 않다는 평가를 했고, 세르베루아는 남은 다른 스킬들을 읽어 보면서 자신의 인터페이스와 대조해 보고 있었다. 그나저나 갑자기 협력자라니, 지크프리트 이 사람은 무슨 소리지?

"당신도 자신에 대해 알려 주었으니, 저희도 알려 드려야겠지요. 이번 레이드에 관한 비밀을 말입니다."

"뭐?"

레이드에 관한 일이라니, 그냥 드래고닉 레기온이 용종인 그레이트 바실리스크를 테이밍 하려던 거 아니었어? 그 안에 또 무슨 일이 있다는 거야?

난 거기서 불안함을 느낀다. 이 레이드가 단순히 레이드만이 아닌 다른 의미를 담고 있을 것 같았기 때문이다.

지크프리트는 당황스러워하는 내 얼굴에 미소 지으면서 자신의 인터페이스창을 켜고 어떤 내용을 드래그해서 넘긴다.

악룡참검(惡龍斬劍) 발뭉(Balmung) – 전설 등급
분류 : 양손 도검
공격력 +4,550

> 공격 속도 : 느림 *단, 용족에 〈기승〉 스킬로 탑승 시 공격 속도 매우 빠름
>
> 옵션 1 : 용족에게 추가 데미지 300%
>
> 옵션 2 : 크리티컬 데미지 증가
>
> 옵션 3 : 근력 증가
>
> 옵션 4 : 용기사의 근원 스킬 레벨 Lv +3-드래곤 나이트 전용 스킬
>
> 옵션 5 : 악룡극멸참(惡龍極滅斬) 스킬 레벨 Lv +3-드래곤 나이트 전용 스킬
>
> 옵션 6 : 드래곤나이트가 착용 시 모든 스탯 증가
>
> 착용 레벨 : Lv 80 이상

 개쩌러! 뭐야, 이 아이템? 공격력 4,550? 미친, 내가 그전에 1,150만 원에 팔아 치운 고블린 킹의 둔기가 공격력 325인데? 뭐 이런 개씹사기 아이템이 있어? 기에에엑!

 그냥 전설 등급 대검으로도 가치가 크지만, 이건 드래곤 나이트 전용 옵션들이 줄줄이 달려서 이 지크프리트 아저씨가 쓰면 더욱 괴수 같은 무기가 되어 버린다.

 "그리고 이것도 보시지요."

 "에?"

> 광창(光槍) 브류나크(Brionac)-전설 등급
> 분류 : 양손 창
> 공격력 : +5,030
> 공격 속도 : 매우 느림
> 옵션 1 : 빛 속성
> 옵션 2 : 언데드, 마족, 고스트에게 추가 데미지 400%
> 옵션 3 : 근력, 민첩 증가
> 옵션 4 : 크리티컬 확률과 피해량 증가
> 옵션 5 : 기마 및 기승 스킬이 적용될 경우 명중률 증가
> 옵션 6 : 얼티미트 레이피어스(Ultimate RayPierce) Lv 3 사용 가능
> 착용 레벨 : Lv 82 이상

 이것도 미쳤다, 미쳤어. 내 옆에서 이 옵션을 보던 세연은 벌벌 떨고 있었다. 그야 그렇겠지. 세연의 경우 이 창으로 스치기만 해도 사망이다. 아니, 스치는 정도도 아니야. 살짝 날 부분을 세연이 만지면 그냥 사망일걸? 언데드 속성인 세연에게는 최악의 무기다! 아니, 그게 아니더라도 전설 등급 무기를 2개나 보여 주는 의미가?
 "이게 일단 제가 가지고 있는 전설 무기입니다. 레이드의

그랜드 퀘스트들에서 얻는 보상이 엄청난 건 아시지요?"

"아, 알죠. 그걸로 세계가 100년은 쓸 유전+채유 시설을 영국 앞바다에 쾅! 하고 퀘스트 보상으로 받은 사실과 그 그랜드 퀘스트를 드래고닉 레기온이 얻어서 해결했다는 것도 알고, 미국의 길드랑 분쟁이 있었던 것도 알고 있었습니다. 워낙 유명한 사실이니까요."

"하하, 예. 그리고 그런 그랜드 퀘스트들을 하려면 길드의 규모도 중요하지만, 역시 가장 중요한 건 딜을 넣을 무기지요. 특히 알다시피 모든 레이드 던전은 광폭화 시간이 존재해서 그 안에 잡아야 하는 걸 전제로 하고 있고, 모든 그랜드 퀘스트 조건들은 광폭화 시간에 잡는 것만을 조건으로 하지요. 여기까지 이해하시겠습니까?"

당연히 이해하지. 즉, 그랜드 퀘스트와 레이드를 하기 위해서는 강한 무기가 필요하다는 거다. 그렇기에 특히 전설급 무기의 가치는 엄청났다. 당장 드래고닉 레기온은 그 그랜드 퀘스트 하나를 깨자마자 세계의 정상으로 우뚝 서 버렸다. 그리고 그 퀘스트 클리어의 주역이 된 무기가 바로 '발몽'과 '브류나크'였다.

"대강은 당신의 무기가 무시무시한 걸 알겠어. 즉, 노리는 이들이 많다는 거네."

"예, 세계 최고라는 타이틀을 얻은 이후 저는 또 다른 적들과 항상 레이드를 해야 했습니다. 바로 인간이라는 적이지요. 이 2개의 무기 중 하나만 손에 넣으면 당장은 아니지만, '어비스 랜드'에 있는 던전들을 깨 나가면서 그랜드 퀘스트를 해 세계의 패권을 얻을 수 있다는 환상을 심어 주기 때문이죠."

"어비스 랜드라. 와~ 내 평생 들을 일 없는 말인 줄 알았는데!"

전 세계 20퍼센트의 영역을 차지하고 있는 던전. 세계 곳곳에 존재하며, 90레벨 이상의 몬스터가 있는 던전과 레이드급 몬스터가 즐비한 곳들이다. 참고로 한국에는 백두산 천지에 어비스 랜드급의 던전 입구가 하나 존재한다.

각기 그랜드 퀘스트를 하나씩 가지고 있지만, 알다시피 아직 세계의 적합자들은 80레벨 대가 최고 레벨로 군림하고 있기에, 그 어비스 랜드 던전을 하나 클리어한 드래고닉 레기온은 정말이지 기적이나 다름이 없었다.

"저희가 운이 좋았습니다. 상대가 암흑 속성, 용족 속성과 기계 속성을 동시에 지닌 변종 매카닉 히드라라서 제 딜이 엄청 잘 들어갔거든요. 녀석의 체력 2,000만 중에서 한 1,000만은 제가 뺄 정도였으니까요."

"그래서 지금 누가 당신을 노린다는 겁니까?"

"예, 아마도 노리겠지요."

"아, 그렇군요. 누군가는 노리겠지요."

누군가를 지목한 게 아니라 역발상이다. 지금 한국에 드래고닉 레기온의 주요 전력이라고 할 수 있는 드래곤들이 없다. 그런데 그 드래고닉 레기온의 마스터이자, 최고 레벨 전설급 아이템 2개를 보유한 지크프리트가 와 있고, 드래고닉 레기온의 심장이라고 할 수 있는 드래곤 테이머, 로드 오브 드래곤이 한국에 있다.

내가 만약 어느 정도 세력을 가지고, 힘을 보유한 자라면 노려 볼 만하다고 생각하는 게 당연하지 않은가?

"여차하면 중국, 일본의 길드까지 협력. 하지만 그러면 배분에 문제가 생겨 오로지 단독 길드 범위에서 해야 돼."

가장 중요한 건 지크프리트나 세르베루아 및 드래고닉 레기온의 호위로 온 기사 클래스 5명까지 총 7명을 제압할 고레벨의 적합자가 필요하다는 것이다. 그러려면 못해도 평균 레벨이 60은 넘는 사람들로 20명 이상은 있어야 한다. 대한민국에 그만한 적합자들을 보유한 길드는…….

쓰리 스타즈 얼라이언스
H프라이멀
로직 게인

이 3개의 길드였다. 물증은 없어도 경계를 해야 하는 사람들이라는 것이다. 아니, 그러면 이 아저씨야! 댁네 길드 사람들 좀 많이 끌고 왔어야지. 으아아! 뭐야? 이 아저씨,

생각이 있는 거야?

"하하하, 물론 노린다는 게 100퍼센트는 아닙니다. 더구나 저와 같이 온 다른 드래고닉 레기온 사람들의 레벨은 모두 70대에 영웅 아이템을 착용하고 있고, 비상용 물약, 크리스털, 버프 스크롤 등을 철저히 가지고 다니며, 각자 클래스도 다르게 구성되어 서로의 시너지를 극대화한 파이브 나이츠입니다."

그리고 파티 리스트를 보여 준다. 와, 세상에, 구성 개쩐다. 크루세이더랑은 다른 신성 마법으로 딜링을 하는 성기사 '팔라딘', 룬 마법을 사용하는 마검사 계열 기사 '룬 나이트', 기사 클래스들에게 다양한 버프를 줄 수 있는 기사단장 '로드 나이트', 숲의 수호 기사이면서 활을 사용할 수 있는 '포레스트 가디언', 강력한 흡혈 성능과 피의 주술을 사용하는 '블러드 나이트'. 이렇게 5명으로 구성되어 있다.

전부 고 레벨에, 서로 간에 시너지를 줄 수 있는 구성. 심지어 버프가 겹치는 게 한 개도 없다.

"잠깐만, 그 정도면 아까의 계산을 수정해야 하네. 이건 진짜 무슨 원탁의 기사들이냐? 한 명 한 명이 다 개쩔어?"

"호오? 원탁의 기사들의 전설을 아십니까? 하하, 아직 적절한 인재들을 발견하지 못해서 고작 6명이긴 한데, 나중에 6명을 더 모아 12명을 채워서 라운드 나이츠로 지을 생각이었는데."

"아니, 너무 유명한 전설이라서. 암만 동양이라지만 모르는 쪽이 바보일걸요? 아, 그러려고 기사 클래스만 보면 그렇게 찾아다니시는구나!"

이 구성에 아이템이면 20명이 아니라 100명으로 수정해야 한다. 근데 문제는 이런 숫자의 평균 레벨 60대의 적합자는 3개의 길드가 모여도 70명 정도가 한계다. 근데 원탁의 기사 하니까 뭔가 마음에 걸리는 게 있었다.

"세연도 원탁의 기사 좋아합니다."

"아, 맞다. 너 하는 모바일 게임이 그걸 주제로 하지? 아, 그러고 보니 이 녀석 코드 네임이 모드레드거든요."

"호오, 모드레드? 그러면 혹시 기사 클래스지만 당신은? 어두운 쪽 계열 기사시겠군요."

순식간에 시무룩해지는 세연. 데스 나이트라고 특정 짓지는 못했지만, 모드레드라는 코드 네임 때문에 이미 방향은 알아차린 지크프리트였다.

하지만 그는 웃으면서 세연을 바라보지만 그녀는 무표정한 얼굴을 유지한다.

"오, 세상에, 전혀 몰랐습니다. 정확한 클래스는 모르지만, 어두운 쪽의 기사이면서도 당신은 그런 분위기나 어둠을 전혀 보이지 않고 있어요. 당신의 눈은 순수한 빛을 그대로 가지고 있고, 한 사람만을 위한 의지가 보입니다. 저는 분명히 '엔젤 나이트'나 '저스티스 나이트' 같은 선 계열

Dragon Born • 53

기사인 줄 알았는데! 이런 신앙과 같은 신념을 지닌 어둠의 기사라니!"

걔가 그 정도인가? 걔, 한 달 전만 해도 자살할 거니 마니 했고, 지금은 죽은 몸인 죽음의 기사거든?

속으로 지크프리트의 과도한 제스처와 감탄에 반박하는 나였다. 그리고 그런 칭찬을 들은 세연은 무심한 표정으로 내 옆에 다가오며 말한다.

"그렇게 칭찬하셔도 세연은 아저씨 거예요."

"당신, 정말 행복한 사람이군요. 이런 아가씨의 주인이라는 것만으로도 당신은 존경받을 가치가 있습니다, 미스터 아이언!"

"스틸쭝~ 육포 먹을래?"

아니! 주인 아니라니까! 그리고 이 아가씨는 왜 내 입에 육포를 물려 주는 거야? 나 댁 애완동물 아니거든? 근데 이미 눈은 강아지를 돌보는 훈훈한 눈이야!

어쨌든 나와 세연은 완벽하게 드래고닉 레기온의 이 두 사람 쪽에 붙은 형색이 되어서 같이 행동하기로 결정했다. 어쩌면 우리의 적은 같을 수도 있기 때문이었다.

워스트 데이 같은 대한민국 최대의 스캐빈저 길드의 녀석들에게 제멋대로 의뢰를 넣을 만한 사람은 한국 3대 길드 정도뿐이었으니 말이다.

✦ ✦ ✦

다음 날 아침 9시.

쓰리 스타즈 얼라이언스 유근호 차장의 사무실.

"뭐? 놈이 밤중에 도망쳤다고?"

(뭐라 할 말이 없다카이! 근디 그 탱커 자식 흑사자라고 현피 겁나 잘 뜨는 새끼를 고용했다카이! 어쨌든 지금 열심히 뛰어다니며 찾고 있다카이!)

"제기랄! 알았어. 그리고 행여나 나한테까지 단서 잡힐 일 하지 말도록!"

(알겠다카이!)

유근호 차장은 스캐빈저 워스트 데이 간부와의 전화를 끊는다. 어제 그 건방진 고용직 탱커 자식과 그 애인을 잡아오라고 했다. 놈은 이 적합자 세계에서 3년을 구른 만큼 노하우와 인맥을 가지고 있을 거라고 감은 잡았지만, 자신의 예상 이상이었다.

'설마 스캐빈저 사냥꾼 흑사자를 고용할 정도의 인맥이 있었을 줄이야! 그 개자식, 분명 수상하게 여기려나? 아니야, 어차피 탱커인 이상 스캐빈저에게 노려지는 건 일상이나 다름없지.'

마음을 안정시키며 유근호 차장은 컴퓨터를 바라본다. 이번 레이드 계획 이외에도 여러 개의 던전 지도와 계획서들이 띄워져 있었다.

 하지만 그중에서도 가장 중요했던 건 바로 한 계획서였다. 마음 같아서는 그 망할 탱커 녀석을 직접 손보고 싶었지만 지금은 그럴 여유가 없었다.

⟨계획서 : 니벨룽겐의 반지⟩

'지금은 그 어떤 일보다도 이게 중요해. 자그마치 수천억이 걸린 도박이니까. 크흐흐, 우리 사장님도 허락했고 말이야.'

 이 일만 성공하면 지금까지의 지긋지긋한 던전 생활도 끝이다. 자신은 66레벨 야만 전사라서 어차피 그놈들의 전설템을 빼앗아도 쓰질 못한다. 그저 일생을 일해도 못 얻을 거금을 분배받고 이 일을 때려치운 다음 평생을 놀고먹으며 살면 된다. 물론 심심진 않게 스캐빈저 워스트 데이의 간부로 들어가 좆밥 같은 탱커 적합자 새끼들의 주머니를 털든가, 싱싱한 계집년들을 사냥해도 괜찮을 것이다.

 '귀족들의 취미에 사냥이라는 게 있었지. 흐음~ 이 건만 성공하면 좋은 인생이 되겠어.'

 그는 다시금 자신의 모니터를 바라본다. 화면에는 스캐빈저에게 습격당해서 사망 처리된 길드 소속의 패스파인더와 레인저들의 목록이 나타나 있었다.

계획의 일환. 이들은 모두 곧 레이드를 뛰게 될 그레이트 바실리스크 던전을 탐색했던 녀석들이었다.

그 시각, 쓰리 스타즈 얼라이언스 입구.
"한국에서 만든 영국 요리는 완전 맛이 없군요. 어후~ 소스의 힘으로 간신히 먹긴 했지만~"
"그건 그냥 영국 요리가 맛이 없는 거 아닐까요? 그냥 고급 요리를 먹으면 되는 걸 왜 아침부터 피쉬 앤 칩스를 시킵니까?"
"맞아요. 우리 스틸쫑이 먹기 불편했다잖아요!"
"저기, 세르베루아 님. 아저씨를 애완동물 취급하는 거 그만해요."
 난 태연한 척 지크프리트와 이야기하면서 쓰리 스타즈 얼라이언스 길드 건물로 들어선다. 다들 놀란 표정으로 날 바라보고 있네. 그거야 그렇겠지. 세계 최정상 길드 마스터와 나란히 걷고 있으니 말이야. 그리고 내 옆에서는 세연과 세르베루아가 단란하게 이야기하면서 오고 있고, 호위 기사 5명이 그 뒤를 따르고 있었다.
'뭐야? 저놈, 그놈 아니야? 우리 길드에서 고용직으로 일하는 탱커 자식.'
'뭔데, 지크프리트 님이랑 친한 척하면서 이야기하는 거야?'

Dragon Born • 57

'도대체 어떻게 된 일이야?'

'야, 저놈 45레벨 탱커라서 드래고닉 레기온에서 데려가려는 거 아냐?'

이곳저곳에서 중얼거리는 소리가 들린다. 나는 지크프리트 일행과 같이 현마의 개인 사무실로 들어간다. 어젯밤 철야를 했는지 책상 위에 에너지 음료와 일회용 커피 잔이 즐비해 있었다.

"밤샜냐?"

"어, 어? 지, 지크프리트 님 아니십니까? 여긴 어쩐 일로?"

"하하, 미스터 차, 그 계약의 형태를 좀 바꾸고 싶어서 왔습니다."

"예? 계약이요?"

"예. 미스터 아이언, 그러니까 쇠돌이 님이었나요. 이분을 쓰리 스타즈 얼라이언스에서 고용하는 형태가 아니라, 저희 드래고닉 레기온이 직접 고용하는 형태로 하고 싶습니다."

"에? 야! 어떻게 된 거야?"

아으! 녀석은 배신자라고 하는 듯한 눈빛이었는데, 나는 태연한 듯 받아친다. 일단은 난 나의 안위를 위해서 이쪽 드래고닉 레기온에 붙은 몸이다. 미리 지크프리트와 협의한 내용을 술술 현마에게 불기 시작했다.

"에, 뭐, 그렇게 됐다. 야. 이분, 통이 엄청 크시더라고. 날 고용직으로 부리는 대신 고 레벨 딜러, 힐러를 내 밴드로 배속시켜 주셔서 내 레벨 업에 도움도 주시고, 고액 연봉에, 영웅급 아이템 풀 세팅에, 10레벨당 리모델링해 주는 데다, 내 스킬의 컨설턴트로 그 유명한 프로 게이머였던 이상혁까지 붙여 주신다 했어. 그 외에도 내 빚도 깡그리 변제해 주고, 주 4일제 근무고, 어비스 랜드로 파견 시 추가 수당, 생명 수당 지급에, 그랜드 퀘스트 해결 시……."

대한민국 최고 길드에서도 보장 안 하는 엄청난 조건들을 줄줄이 말한다. 이런 엄청난 조건이면 안 가는 게 바보다 싶을 정도의 조건들.

현마는 머리를 부여잡으면서 한숨을 내쉰다. 솔직히 너무 파격적인 조건이어서 어이가 없을 정도였다.

"하아~ 이럴 줄 알았지. 길드 마스터는 내 말 하나도 안 듣고 말이야. 결국 너도 외국계로 넘어가는구나. 좋은 데 취직돼서 좋겠다."

"하하하! 감사, 감사~ 아, 그리고 세연이는 아예 드래고닉 레기온에 가입할 거야. 어차피 나랑 밴드니까 내 밴드에서 육성하기로 했어."

"어? 아! 설마 세연 씨는 기사 계열 클래스냐?"

"맞아. 기사 계열 클래스에 〈기승〉 스킬도 있어. 레벨 23으로 낮지만, 엄연히 드래고닉 레기온 면접 기준에 부합하는 인재지."

세연이도 드래고닉 레기온으로의 가입 형태로 하는 이유

는 쓰리 스타즈 얼라이언스의 다른 녀석들이 함부로 추파를 못 던지게 하기 위한 조치였다. 아직 23레벨인 그녀가 드래고닉 레기온이라는 간판 아래 보호를 받게 하기 위한 조치였다.

가입 예정자라고는 해도 기사 클래스에 〈기승〉 스킬을 가졌다면 확정이나 다름없었다.

"세연 양은 상당한 기대주입니다. 정말 이곳에 와서 귀한 인재를 얻게 되었습니다. 하하하, 그렇기에 그녀를 보호하고 지켜 준 미스터 아이언에게도 그에 상응하는 대가를 지불하게 된 거지요. 미스터 차, 알다시피 기사 클래스와 〈기승〉 스킬을 다 가진 경우는 드물지 않습니까?"

"하아~ 예, 어쩔 수 없군요. 그럼 계약서를 수정해야겠네요."

"그쪽에서 지급했던 선금은 제가 내 드리도록 하지요. 그리고 이번 레이드 수당도 미스터 아이언에게는 저희 드래고닉 레기온의 레이드 수당으로 책정해서 바꿔 드리지요."

지크프리트는 능숙하게 문서에 사인을 하고, 수속을 마쳐 버린다.

이거 어쩐지 진짜로 거래하는 것 같은데? 연기가 아닌 것 같은데? 나 설마 이대로 넘어가나? 뭐, 저 양반이 기사의 이름을 걸고 약속했으니 상관없지.

어쨌든 이걸로 여기에서 장비를 대여할 필요도 없어졌다. 왜냐하면 오늘 드래고닉 레기온의 트레일러에서 장비를 대여할 예정이기 때문이다.

"스틸쫑~ 랄라라~ 마마랑 장비 맞추러 가자~"

"이 아가씨, 이대로 놔둘 겁니까? 이대로라면 목걸이까지 채울 기세인데요?"

"하하하, 미안하네. 그녀는 로드 오브 드래곤이라는 레어 클래스지만, 용족이 없으면 살아갈 수 없는 사람이야. 그래서 가장 유전적으로 가까운 코모도 왕도마뱀이나 애완용 거북이를 공수하거나 동물원에 가곤 하는데, 이번에는 자네가 있어서 다행이지. 어제 자네도 그녀의 인터페이스를 보지 않았던가?"

그래, 어제 연구한 결과, 저거노트의 패시브 중에서 강력한 용족 능력과 특성을 나타나게 하는 것들이 있었는데, 이것들이 그녀의 로드 오브 드래곤의 패시브에 엮여서 나에게 모성애와 같은 호감이 나타나게 된 것이다.

근데 스틸쫑은 심하잖아! 강철이라고 Steel+쫑인 거냐? 진짜 대놓고 강아지 취급이네.

'에휴, 하지만 어쩔 수 없지. 이 아가씨의 스탯이 나보다 압도적으로 높아서 답이 업… 으아아아!'

세르베루아 코드 네임 : 바하무트

레벨 : 80 클래스 : 로드 오브 드래곤

> 칭호 : 용들의 어머니
> 근력 : -A(80)
> 민첩 : -A(80)
> 마력 : SS+(320)
> 지력 : SS+(320)
> 체력 : 72,600

 일단 용족 친화 스킬 때문에 그런 것도 있지만, 그녀의 스탯은 마법사 쪽에 가까운 주제에 내가 방패를 끼고 있는 상태보다 레벨도 근력 수치도 높아서 날 질질 끌고 다닐 수 있다.

 으아아아아! 45레벨인 나는 80레벨인 그녀의 애완동물 취급에 저항할 수가 없었다. 물론 싫다고 크게 말할 수도 있지만, 그녀 덕에 개판 같던 스킬 중 7개나 설명을 알 수 있었기 때문에 그 빚도 갚을 겸 어울려 주는 것이다.

 '그나저나 이 아가씨는 나보다 키도 작은데 꼭 내 머리를 가슴 쪽으로 안아서 감촉이… 크흠!'

 "아저씨도 결국 가슴파?"

 "크, 크흠!"

 다시 말하는데 절대 빚을 갚을 겸 어울려 주는 것이다. 세연의 따끔한 눈빛은 애써 무시하며 난 화려한 용의 문장으로 장식된 드래고닉 레기온의 트레일러에 들어가 PC를 조작하며 장비 리스트를 보고 있었다.

이 아이템들은 지금 이곳에 없지만, 내가 주문하면 하루 안에 배달해 준다고 한다. 이 양반들의 기지는 영국에 있는 거 아니었어?

"아, 그건 걱정 말렴~ 영국에서 용으로 배달할 거야. 이미 이번 레이드가 끝날 때까지 영공 출입 허가도 내놨어. 후훗~ 그러니 우리 스틸쫑은 마음껏 장비를 고르렴."

"예이, 예이~"

어쨌든 운이 좋다고 해야 하나, 아니면 탱커의 가치를 알아주는 양반들이 나타나서 내 팔자가 핀 셈인가?

외부의 조력자와 일을 하는 거야 뭐 문제도 아니었다.

어쨌든 세계 구급 길드라서 아이템도 무지하게 많았는데… 이게 다 몇 개여? 세상에! 언제 다 쳐다보나 싶었다. 검색 메뉴를 눌러 하나하나 알아본다.

"보자, 방어구, 방어구! 우와, 개쩌는 거 천지야. 저기, 전설템도 빌려도 되나요?"

"웅! 물론~ 물론~ 부 마스터인 마마가 허락할게. 마음껏 빌리렴."

우와, 통도 크셔라. 어디 쫀쫀하신 차장이랑은 다르구만. 이게 세계급 클래스인가? 단순히 애완동물에 눈이 먼 팔불출 아가씨 같은 느낌이지만, 그래도 장비를 마음껏 고를 수 있다는 건 대박이다. 그래, 이 기회가 아니면 언제 전설템이랑 영웅 등급 아이템을 마음대로 고를 수 있겠어? 골라! 골라! 으랴랴랴랴! 그러며 세트 아이템으로 고르고 있는데, 마마… 아, 아니지! 세르베루아가 조언을 한다.

"참고로 우리 스틸좋은 용족화 패시브가 있으니까 거기랑 시너지가 있는 아이템이 어떨까?"

"아, 과연. 탱킹 세팅이 습관이라 그걸 몰랐네요."

그렇다. 사실 난 엄연히 퓨어 탱커가 아니다. 지금까지 습관 때문에 나는 무조건 방어력, 물리 내성, 마법 내성, 체력만 따져 보고 아이템을 고르고 있었는데, 세르베루아가 조언을 해 줌으로써 그 방면에 시너지가 달린 아이템을 찾기 시작했다. 그러나 영 안 나오지 않아 세르베루아가 단말기를 조작해서 알려 준다.

"음, 45레벨이면 40렙제 세트를 하나 추천해 줄게. 이거, 어때?"

"'사룡의 저주' 세트? 이거 마이너스만 달린 아이템인 것 같은데. 세트 옵션 완전 꽝인데요?"

"대신 방어력과 스탯은 50레벨급이란다."

"그럼 뭐 해요, 세트 옵션이 개판인데!"

사룡(死龍)의 저주 – 죽은 용의 저주가 깃든 갑옷이다.

> 세트 옵션-2셋 : 근력 하락, 지력 하락, 방어력 감소
> 세트 옵션-4셋 : 근력 하락, 마력 하락, 이동 속도 감소
> 세트 옵션-6셋 : 근력 하락, 크리티컬 하락, 방어 확률 감소
> 세트 옵션-8셋 : 근력 하락, 명중률 하락, 방어 행동 불가

누가 봐도 디메리트뿐인 미친 세트 옵션이지만, 대신 각 부위별 파츠들이 방어력과 추가 체력 상승치와 옵션들이 같은 레벨 대의 방어구들보다 월등했다.

여기까지만 보면 패널티를 안고 방어력이라든가 다른 옵션을 우선시하는 세트로 보이지만, 마지막 줄이 모든 것을 반전시켜 준다.

> 단, 반경 3미터 이내에 살아 있는 용종이나 용족이 있으면 모든 세트 효과의 마이너스 수치는 무효화되고, '사룡의 증오' 버프가 활성화된다.

"응. 이 옵션 보고 쓰는 거야. 사실 40레벨 대에는 바실리스크 정도밖에 용종을 못 만나서 쓸모없는 갑옷이고. 용종 좀 만날 레벨은 60레벨 대 후반인데, 그때 되면 다른 세트를 써

Dragon Born • 65

야겠지. 그러나! 마마나 스틸쫑같이 자체적으로 용종 판정을 만들 수 있는 사람에겐 최고의 세트겠지? 참고로 '사룡의 증오' 버프는 모든 스킬 레벨 +1이야."

"쩌, 쩐다. 나도 개쩔어지는 거야?"

그러니까 나와 세르베루아 같은 경우는 본인이 용족 판정을 받을 수 있기 때문에 저 사룡의 저주 세트 패널티 제거 조건인 3미터 이내 용족, 용종 조건을 그냥 만족할 수 있는 거다. 그 덕에 나는 40레벨제이지만 실제 옵션은 50레벨 대에 가까운 '사룡의 저주 세트'와 '사룡의 증오' 버프로 내 인생 최강의 스펙을 갖출 수 있게 된 것이었다.

"세상에, 시, 시뮬레이터로 미리 재보니까 체력이 8만까지 껑충 뛰네. 우와! 나 세르베루아 아가씨 못 만났으면 진짜~"

더구나 저 수치는 방패를 빼지 않고 잰 것이다. 모든 스킬이라는 것에 패시브 스킬까지 들어가서 30퍼센트 정도의 효율을 올려 버리니까, 이거라면 그레이트 바실리스크 광폭화 탱킹도 무리는 아니었다. 그 망할 '미노타우로스 왕의 갑옷' 따위 눈에 차지도 않을 정도였다.

"후훗~ 참고로 그 갑옷은 내가 60레벨까지~ 한 1년 정도 쓰던 거니까 소. 중. 히. 대. 해. 줘~"

"하아?"

"아저씨, 결국 여자 옷을 물려입는 변태가 되었군요. 여장 취미."

그러고 보니 맞다. 이 갑옷은 자체적으로 용족 판정을 만들 수 있는 자에겐 최고의 세트. 그것은 즉, 로드 오브 드래곤 또한 이 아이템을 사용했을 때 최고의 효율을 뽑을 수 있던 것이었다.

물론 붙은 능력치는 체력과 방어력 관련뿐이라서 마법사에 가까운 로드 오브 드래곤이 효율을 뽑을 수 있느냐에 대한 문제는 있었는데 옵션이 너무 출중해서 그런지 상관없는 것 같았다.

"응, 마마는 거의 드래곤 테이밍이 주류라서 스킬 레벨이 중요했거든~ 그래서 그 세트템 효과로 '드래곤 테이밍 마스터 3+1'로 스위칭하면서 썼어."

"…꿀꺽."

세, 세르베루아가 썼던 갑옷이라니, 묘하게 땀이 차오르는 느낌과 에로틱한 감정이 가슴을 뒤흔든다.

저, 정신 차려! 갑옷이야! 갑옷이라고! 풀 플레이트 아머고! 게다가 그녀는 스위칭으로 썼다잖아.

난 정신을 차리고자 내 뒤에서 단말기를 조정하고 있는 세연을 바라본다.

"세, 세연이 너는 뭐 좋은 거 낄 거 있냐?"

"세연은 저 레벨이라서 낄 수 있는 영웅템이 없어요. 대신 희귀 세트 아이템인 '스컬 나이트' 세트로 하려고요. 무기는 '듀라한의 대검'으로 정했어요."

'스컬 나이트 세트'인가? 나도 잠시 부분 파츠로 거쳐 갔던 세트 아이템이다. 분명 방어력만큼은 무식하게 좋았지만, 각종 패널티 때문에 아무도 안 쓰는 세트였다.

분명 패널티가 언데드의 저주라서 안 좋았지. 그러니까 죽은 자를 언데드로 되살리는 옵션이었던… 어?

> 스컬 나이트 8 세트 옵션-사용자에게 죽은 자의 저주를 씌워 죽으면 언데드로 부활시킨다.

자, 잠깐만, 이거? 보통 사람이 쓰면, 그러니까 죽으면 좀비 같은 게 돼서 으어어, 거리다가 퇴치당하거나 보통 사람이 언데드가 되면 전투력이라든가 지능이 퇴화되어 전투력 다운이 일어나 던전 내에서 죽는 건 매한가지였다.

세연은 이미 한 번 죽어서 데스 나이트로 전직해 되살아났지만, 이미 언데드 판정이다. 그 상태에서 스컬 나이트 세트 옵션을 적용시키면서 내 짐작을 읽은 듯 그녀는 엄지손가락을 세우고 고개를 끄덕인다.

"레이드, 세연은 죽지 않아."

"잠깐만, 그러면 이거……."

보통 사용자의 경우,

죽음→죽은 자를 언데드 판정으로 바꿈→언데드로 부활. 세연의 경우,

죽음→언데드로 바꿀… 어, 이미 언데드네?→부활.

이미 언데드인 데스 나이트 세연에게는 즉 중간 과정이 생략되어 버리고, 죽음→부활 시퀀스를 밟는다는 건가?

그러고 보니 데스 나이트 전직 아이템이었던 목걸이가 착용 해제 불가로 인해 그녀의 목에 걸려 있는 상태였다. 와, 씨발. 잠깐만, 부활이라니? 난 조심스럽게 세연의 귀에 대고 말한다.

"뭔가 고전 게임에나 있을 법한 오류네. 이런 걸 보면… 역시 오벨리스크와 던전은 인간이 만들어 낸 것 같은 느낌이야. 이런 어이가 없는 버그가 친지니까 밀이지!"

"데스 나이트는 이 세상에 나 하나뿐이니까 신경 안 쓴 것일 수도 있어. 그리고 어차피 스컬 나이트 세트는 20레벨 희귀 아이템. 레벨 업 하면 바꿔야 하고, 같은 옵션의 세트는 존재하지 않아. 어쨌든 이걸로 세연은 레이드에서 어느 정도 안전을 확보."

그리고 아이템 선정을 다 끝냈다.

다음 날, 진짜 용이 쓰리 스타즈 얼라이언스 길드 앞으로 배달해 준 장비를 입고서 능력치를 확인한다.

우와, 개쩐다. 쩔어! 나 같지가 않아! 방패를 낀 상태에서도 압도적인 능력치! 역대 최강이었다. 난 온갖 스테이터

스와 방어력, 내성, 스킬 레벨 등을 확인하면서 전율에 빠져 있었다.

'크으으! 죽인다아! 그 시뮬레이터는 내 패시브 스킬을 모라서 그랬나? 내 체력이 단숨에 96,720으로 껑충 뛰었어. 물리 방어력과 내성으로 감소되는 물리 피해가 동 레벨 기준 78퍼센트! 마법은 63퍼센트.

키야아아아! 미쳤다, 미쳤어. 크으! 저거노트도 엄연히 레어 클래스에다 스킬 레벨까지 올렸으니 이 모든 게 시너지가 되어 이런 미친 능력치가 나오는 거구나!'

마치 거울을 보고 스스로의 미모에 감탄하는 것처럼, 난 탱커로서의 내 능력치에 감동하고 있었다.

물론 상대하는 레이드 몬스터가 55레벨 대의 그레이트 바실리스크라서 물리 피해 감소와 마법 피해 감소량은 많이 줄겠지만 그래도 이게 어디야.

"음! 이거면 할 만해! 할 만하다고!"

"세연은 아저씨랑 커플룩이라서 기뻐요."

"아니, 아니, 둘 다 어두운 계열 세트라서 비슷해 보이는 것뿐이거든?"

어느새 내 뒤에 나타난 세연은 해골 장식과 뼈 무늬로 이루어진 갑주 차림으로 나에게 다가온다. 투구는 스컬 나이트라는 이름답게 눈 부분에서 푸른빛이 나오는 해골 디자인이었는데, 그 안에서 무감정한 목소리지만 세연 특유의 여자애 목소리가 나오니 위화감이 엄청났다.

"그러는 아저씨도 시체용을 모티브로 한 갑주라서 그로테스크해요. 하지만 같은 언데드 커플룩이니까 봐드리겠습니다."

정말 언데드 커플룩이라는 건 인정할 수밖에 없구나. 착각하면 몬스터로 오인할 디자인이라는 건 나도 인정한다. 하지만 그깟 룩딸 때문에 레이드 몬스터인 그레이트 바실리스크를 상대로 목숨을 내놓을 수는 없는 법이다.

"하하, 두 분 다 아이템 선정이 참! 뭐하네요. 순간 브류나크를 꺼낼 뻔했습니다."

"어쩔 수 없다구요. 죽지 않으려면 제일 효율이 좋은 걸 껴야 하니까 말이죠."

"아저씨랑 커플룩. 언데드 커플룩."

"음~ 제가 입을 때랑 차이가 심하게 나네요. 역시 남자라서 그런가?"

우리는 새로운 장비를 얻은 후 향상된 능력치를 바라보았고, 레이드가 생각보다 편해질 거라고 생각하며 떠들고 있었다.

그러나 그것은 거대한 착각. 레이드에서 가장 무서운 것은 보스 몬스터가 아니었다. 그리고 그것을 깨달은 것은 우리가 자신감에 차서 레이드에 들어가고 난 뒤였다.

페이즈 3-4

회의

 쓰리 스타즈 얼라이언스 회의실.

 레이드까지 앞으로 4일. 여전히 분주한 풍경 속에서 길드 마스터의 부름에 집합한 쓰리 스타즈 얼라이언스 길드 오피서들이다.

 A~Z로 이루어진 각 팀의 부대장들이 모여 있었다. 가장 상석은 길드 마스터라고 할 수 있는 쓰리 스타즈 얼라이언스의 회장으로 클래스 '대주교(Archbishop)'인 코드 네임 : 베드로, 이견위였다.

 올해 나이 48세인 그는 3년 전 원래 천주교 신부였는데, 갑작스럽게 대재앙 때 적합자로 각성한 이후 이 쓰리 스타즈 얼라이언스 길드를 설립했다.

성품이 천주교 신자답게 너그럽고, 인자함에도 강력한 클래스의 특수 주문을 가지고 있기 때문에 모든 길드에서 우러러보는 어르신이다.

"허허허. 그래, 드래고닉 레기온분들과 연계하는 레이드는 잘 준비되고 있는가?"

"예, 순조롭습니다. A팀의 요원들도 모든 준비가 끝나 있습니다."

"허허, 나는 종교계에만 몸담아서 잘 모르지만 여러분들을 믿고 있네."

 본래 그는 대재앙으로부터 던전을 닫고 사람들을 구하기 위해 쓰리 스타즈 얼라이언스를 만들었고, 종교인이라는 점과 대주교 클래스의 조합이 엄청난 기적과 명성을 불러일으켜 많은 사람들이 모였고, 대재앙 초기에 다양한 적합자들을 모아서 길드 규모를 키워 나갈 수 있게 되었다.

 이 점은 다른 길드와는 다른 이미지 마케팅에 적합했지만, 그는 길드의 경영에는 관심이 적었기 때문에 대기업과 연계되어 변질된 내부 구조와 사내 정치판에 휩쓸려 지금은 허수아비 같은 존재였다.

"여부가 있겠습니까?"

"콜록! 콜록! 그럼 난 먼저 가 보겠네. 다들 뒤를 부탁하네."

"예, 푹 쉬십시오!"

길드 마스터 이견위는 현재 병상 신세였는데 그게 그의 허수아비화를 가속시켰다. 그가 나가자 이제 진정한 쓰리 스타즈 얼라이언스 길드의 회의가 시작된다.

부 길드 마스터로서 '사장'이라는 직급을 가지고 있는 상인 계열 클래스에서 파생되는 연금술사인 이재연. 그는 쓰리 스타즈 얼라이언스에서 스폰 중인 기업에서 파견된 인물로 길드의 구조를 회사처럼 바꾸고, 효율적인 운영을 하고 있다고 자부하는 자였다. 그는 서류 가방에서 서류를 잔뜩 꺼낸 후 뒤적이면서 본격적으로 떠들기 시작했다.

"자, 그럼 이제 시작하지. 먼저 Z팀부터 올라가면서 말하지. Z팀, 너희는 레벨 업 할당량도 못 채우나? 한 달 동안 너희에게 들어간 포션과 자재가 얼마인데 레벨 업이 이것밖에 안 되나? Y팀은 오오~ 그래? 영웅 아이템을 주웠군. 레벨 업도 할당량을 채웠고 말이야. 그리고……."

이런 식으로 올라가면서, 소재의 획득과 아이템 실적 등을 꼼꼼히 따진다. 회의라기보다는 성적 점검이다.

돈을 많이 버는 건 좋은데, 그 돈이 도대체 어디로 가고, 어떻게 쓰이는지를 모르는 차현마는 한숨을 쉬며 '사장'이라는 작자의 말을 들을 뿐이다. 이미 이들에겐 적합자에 대한 일과 던전 공략은 사업이 되어 버린 거 같았다.

'이러기 위해 만들어진 길드가 아닌데 말이지.'

"그리고 A팀이랑 B팀은 뭐, 어쩔 수 없지. 이번에 드래고닉 레기온 레이드 준비를 하느라 바쁘지? 사업비만 수십억 짜리니까 실수 없도록 하게. 후후후… 특히 윤 차장, 차 대리에게 거는 기대가 크네."

"예. 잘되어 갑니다. 다만 몇 가지 문제……."

"걱정 마십시오, 사장님. 하하하하!"

차현마 대리의 말을 잘라먹고 큰 소리로 떠드는 윤 차장이었다. 나란히 앉아 있는 둘은 서로를 노려보았다. 윤 차장이 조용히 그의 귀에 대고 말한다.

"에이그! 이 사람아, 사장님 성질 몰라? 문제 있다고 해서 좋을 게 어디 있어? 아주 큰 거 아니면 그냥 넘어가라구!"

"큰 것입니다만. 우리 길드와 거래하던 중 레벨 탱커 하나가 드래고닉 레기온에 들어갔어요."

"에이! 이 사람. 탱커 하나 빠진 게 뭐 그리 대수라고! 쯧!"

"우리 길드도 장차 어비스 랜드와 그랜드 퀘스트를 노려야 하지 않습니까? 장비만 충분하다면 우리도 이미 노려 볼 만한 수준까지 성장했고, 탱커만 준비되면 백두산 천지에 있는 어비스 랜드 던전 레이드를 할 수 있습니다! 그러려면 결국 고 레벨 탱커가 필요합니다."

"에잉! 굳이 그런 것들에 목숨을 걸고 해 봤자 회사 배만 불리는 건데, 우리 밥그릇까지 나눠 주며 키울 거 뭐 있어? 그냥 하던 대로 하자고~"

차현마 대리는 답답함을 느끼며 한숨을 쉰다. 물론 이런 일은 비단 자신의 길드만의 문제가 아니다. 한국 내의 다른 길드들도 다들 비슷한 사정일 것이다.

 수익을 우선시하면서 탱커들을 육성하려면 당연히 회사의 돈을 써야 하고, 기존의 자리를 차지하고 있던 딜러와 힐러들의 입지도 낮아진다. 이들은 그런 게 싫었던 것이리라. 소위 말하는 올드비 부심에 원래 갖고 있던 자리를 내놓기 싫어하는 본능이리라.

 그렇게 회의를 하던 와중 차현마는 자신에게 온 메신저를 바라본다.

{짜잔~ 드래고닉 레기온에서 빌린 장비 입고 원 샷이다. 능력치 봐라~ 개쩔지? 캬캬캬캬!}

 '세상에, 뭘 입었길래 원래 5만 8천이던 체력이 9만대까지 확 올라가지? 드래고닉 레기온에서 무슨 전설템으로 도배시켰나?'

 강철이 자신의 사진과 인터페이스창의 일부를 찍어서 보낸 것을 보고 기겁하는 차현마였다.

 이 세계에 오직 강철만 45레벨 탱커가 아니라서 다른 탱커의 능력치도 대강 알고 있었는데, 강철의 수치는 도무지 45레벨 탱커의 능력치가 아니었다.

 한미 연합 레이드 때 알게 된 56레벨 실드 마스터가 체력이 7만인가 그랬는데? 이놈은 무슨 45레벨에 9만이라는 괴수 같은 체력인가?

'역시 드래고닉 레기온이 빌려준 장비가 엄청 좋은 물건인 건가? 나중에 물어봐야겠군.'

"그나저나 차 대리는 정말 일 열심히 하는군. 원래라면 나도 도와줘야 하는데, 야만 전사에다가 나이까지 먹은 꼴통이라 말이지."

"뭐, 어쩔 수 없지요. 근데 무슨 일 있습니까?"

"아니, 별건 아니고, 자네야 아직 젊어서 모르겠지만 내 나이쯤 되면 슬슬 노후도 생각해야 해서 말이지."

갑자기 노후 이야기를 꺼내면서 살갑게 말하는 유 차장의 태도에 차현마는 의아하다는 생각을 품는다.

뭔가 꿍꿍이가 있는 거 같은 걸 느끼면서도 그는 포커페이스를 유지한다. 곧 레이드가 있는 이 중요한 시기에 무슨 시시한 이야기를 꺼내는가 싶었지만…….

"이 적합자 짓도 앞으로 몇 년이나 더 할 수 있을지 모르고, 딜러라도 던전 일이 어렵고 위험하지 않나. 그건 힐러인 자네도 마찬가지 아닌가? 그러니 건수 하나 잡아 큰돈 벌어서 나가는 게 최선 아니겠는가?"

'위험이라니? 앞에서 갈려 죽어 나가는 탱커들을 보고도 그 소리가 나오는 건가?'

"그래서 건수를 하나 잡았는데, 역시 자네 같은 고 레벨이 있어야 편한 일이 하나 있는데… 어떤가?"

"지금 레이드가 하나 있는 와중에 다른 건수라니요? 설마 이중 계약을 하신 겁니까? 그거 막는 거 도와달라고, 지금!"

드문 경우는 아니었다. 쓰리 스타즈 얼라이언스 길드같이 거대한 길드의 경우 서로 다른 던전 파티에 같은 사람을 중복해서 넣는 경우도 있었으니 말이다.

차현마는 그것인 줄 알고 인상을 찌푸리며 말한 것이었는데, 그 의미를 깨달은 유 차장은 당황하면서 손사래를 친다.

"아, 아니야. 이중 계약은 아니야. 허허허, 요즘 일이 많다보니 많이 예민해졌구만, 차 대리."

유 차장은 당황스러워하면서 손사래 치며 부인한다.

이중 계약 건이 아니라면 뭔가 다른 건수가 있다는 건가?

가뜩이나 레이드 때문에 야근과 철야를 반복하고 있는 차현마로서는 쓸데없이 일이나 안 늘어났으면 싶었다.

"그러니까, 이거야. '악룡참검 발몽'과 '빛의 창 브류나크'. 이 2개의 전설템을 얻는 퀘스트라고 해야 하나?"

"예? 설마 차장님?"

"어떤가? 못해도 수천억짜리 사업이고, 레이드보다 훨씬 쉬운 일인데, 도전해 볼 텐가?"

비릿한 웃음을 보이면서 조심스럽게 사업을 제안하는 유 차장이었다. 그는 하나의 서류철을 보여 준다.

〈작전명 : 니벨룽겐의 반지〉

 레이드하는 도중 사고를 일으켜 지크프리트가 가진 전설의 무기를 빼앗고자 하는 아주 질 나쁜 계획이었다. 차현마는 그것을 읽으며 깜짝 놀란다.
"어, 어떻게 이런?"
"그냥 대놓고 노린다면 국제 사회와 다른 길드들에게 비난을 받을 수밖에 없지. 하지만 이 계획대로 하면 우린 비난받지도 않고, 80레벨과 82레벨제 전설 무기를 얻을 수 있어. 암시장에 경매를 붙이면 아마 천문학적인 가격이 나올 게야. 그랜드 퀘스트를 깨면 엄청난 보상이 따르는데, 그것을 위해 꼭 필요한 무기이니 말이야. 크흐흐흐! 자네도 야근, 철야 밥 먹듯이 하면서 일하고, 던전에서 힐하느라 뼈 빠지는 거 내가 왜 모르겠나? 그렇게 수고하는 차 대리니까 내가 이런 기회를 주는 걸세."
"음~"
"물론 자네는 여전히 젊고 수입이 괜찮긴 하지만, 돈이란 많으면 많을수록 좋은 게 아닌가? 그러니 어떤가?"
 75레벨 크루세이더. 아이템 세팅도 황금 비율로 맞춰 힐, 유틸, 버프의 조화를 아름답게 하며, 그의 센스는 한국뿐만 아니라 한미 연합 레이드에서도 수많은 미국의 탱커들과 딜러들이 칭찬할 정도다.

적어도 그의 힐을 받아 본 탱커와 딜러들은 모두 그를 세계 최고의 힐러로 인정할 정도로 대단했다.

유 차장으로서는 혹시나 모를 지크프리트와의 전투를 대비해야 하니 지금 이 길드에서 가장 레벨이 높은 차현마 대리를 자신들의 계획에 끌어들이려는 것이다.

"그런 계획, 거절하는 게 당연합니다."

"이 건은 말이야. 사장님도 알고 계신 일이라네. 멍청한 노인네 마스터는 허허 웃으면서 도장도 찍어 주더군. 즉, 이건 우리 길드의 의사나 다름없네."

"하지만 제가 있다곤 해도 드래곤 나이트 지크프리트, 로드 오브 드래곤 세르베루아뿐만 아니라 호위로 온 다섯 기사들도 거의 70레벨이 넘는 강자들이라 정면 승부로는 힘들 텐데요? 설마 다른 길드도 협력한 겁니까? 이번 연합 레이드에 오는 길드 전부가 드래고닉 레기온을 노리는 겁니까?"

"글쎄~ 그것은 이제 자네의 의사에 따라 알 수 있지. 그래서 이 수천억짜리 음모에 가담할 텐가, 아니면 끝까지 혼자 위선자인 척할 셈인가?"

탐욕이란 얼마나 무서운 것인가? 차현마는 그렇게 생각하면서 어떻게 해야 하나 갈등하기 시작했다.

같은 시각.

쓰리 스타즈 얼라이언스 내의 다른 회의실.

"하아~ 씨발, 하긴 그렇지. 사전 미팅에 착실히 참여할 만큼 착실한 놈들이 있을 리가 없지."

"아저씬 예전에 이런 거 잘 참여했었나요?"

"아니! 이런 거 들으러 올 바엔 그냥 PC방에서 솔로 랭크를 한 번을 더 돌렸지. 하하하!"

"……."

현재 나는 탱커들끼리의 사전 미팅을 일단 호출했다. 이번 레이드에 참여하는 탱커는, 3개 길드에서 고용한 인원을 합치면 약 40명. 어차피 공략이 아니라 테이밍이 목표라 그리 많은 수는 필요 없는 거 같았다.

결국 탱커들의 평균 레벨이 29라서 사실상 오합지졸 모임이었는데, 역시 돈의 힘인가? 이 미친 레이드를 뛰겠다고 기어오는 놈들이 있다니.

그리고 어째서 내가 이들을 모아서 사전 미팅을 하는 담당자가 되었냐면? 일단 고용직 형태지만, 드래고닉 레기온의 일원이 되었고, 레벨도 참여하는 탱커들 중에서 제일 높아 탱커 팀장이 되어 버린 것이었다.

"아! 귀찮아. 사전 미팅이라니! 봐, 한 명도 안 오잖아."

"한 명은 있어요. 저요."

"자식, 말이라도 고맙다."

탱커들은 사전 미팅에서 무얼 하느냐? 우선 패스파인더

와 레인저들이 알아 온 정보를 공유하고, 진형을 결정하거나, 물약 배분, 버프 우선도, 진형 같은 걸 짜는데, 현실은 던전에 들어가서 공략을 시작하면 탱커들은 앞에서 버티다가 갈려 나가는 게 일이고, 서로 살겠다고 발버둥 치니 통솔이라는 게 될 리가 없었다.

"기왕 이렇게 됐으니 단둘이 미팅해요. 우선 커피 두 잔을 타 올 테니 서로에 대한 이야기를 하죠."

"그 미팅이 아냐!"

"하아~ 다른 놈들은 안 와도 레벨 43인 아머드 나이트 녀석은 왔으면 했는데 말이지."

공학계 주제에 기업에 안 가고 이런 탱커 같은 미친 짓을 하는 것도 웃기긴 한데, 도대체 어떻게 해서 지금까지 살아남은 건지 알고 싶었다.

음~ 결국 이 미팅은 단둘에서 해결해야 하는 건가? 어차피 이 녀석이랑은 모든 정보를 공유해서 다 알고 있는데.

"하아~ 그냥 나가야 하나?"

"기껏 얻은 단둘만의 시간입니다. 세연은 이 미팅 시간 동안 이 회의실에서 단둘이 있는 걸 추천합니다."

"아니, 단둘이서 뭘 하자는 건데?"

"그냥 이렇게 있고 싶어요."

툭.

내 어깨에 머리를 기대는 세연. 눈을 감고, 양손으로 내 오

회의 • 85

른손을 꼬옥 잡는다. 이거 꽤 부끄럽긴 하지만, 아무도 없는 회의실, 그리고 탱커들의 미팅 목적으로 잡아 놨기에 2시간 동안은 아마 아무도 들어오지 못할 것이리라.

더불어 이 회의실은 방음도 완벽해서 무슨 일이 있어도 밖에서는 들리지 않는다.

'어, 이거?'

솔직히 예쁘긴 예쁘다. 솔직히 언데드니 데스 나이트니라고 말하지만 조각처럼 아름답고 청순한 소녀다. 피부는 잡티 하나 없어 새하얀 눈길 같았다. 가슴은 작았지만 16세의 외모에는 적당하다고 해야 하나?

아, 그러고 보니 애는 이제 성장과 노화가 없겠구나. 영원히 이 외모로 같이 다니게 되면 난 점점 범죄자에 가까워… 아니! 아니, 난 무슨 생각을 하는 거야?

"아! 심장 박동이 빨라졌어요."

"…아, 아냐! 바보!"

"얼굴이 붉어지고, 체온이 올라갔어요. 흥분하나요? 불끈하나요? 식기 전에 드셔도 돼요."

"이, 이미 식어 놓곤 무슨 소리야?"

"아저씨의 사랑으로 뜨겁게 데우면 돼요. 자, 이렇게~"

꼬옥~

품에 꼭 안기는 세연. 으아아! 가슴팍에 느껴지는 말랑함과 날씬한 세연의 몸이 내 품에 들어오는데… 우와, 피, 피부 완전 매끄러워. 데스 나이트라서 조금 차갑긴 하지만, 뭐지? 소녀의 몸이란 건 뭔가? 이게 페로몬이라는 건가? 으아아, 미래한테는 이런 거 없었는데? 이게 뭐야?

"오, 거의 다 넘어왔네요. 마무리 들어갑니다."

"누, 누, 누, 누, 누, 누, 누가, 누가, 누가 너, 넘어간다고? 마, 마무리? 마무리는 뭐야, 어?"

"탱커 미팅이래서 왔는데, 회의실에서 뭣들 하는 짓이세요?"

우당탕탕!

사, 사람이 언제 온 겨? 언제 왔어? 난 깜짝 놀라서 뒤로 넘어진다. 세연은 혀를 차면서 '쳇, 딸피였는데……'라고 하는데… 아, 아니, 뭐, 뭐기 딸피야? 다행이다, 진짜 다행이다. 저, 저거, 사실 데스 나이트가 아니라 서큐버스가 아닐까? 하아… 심장에 안 좋아.

난 크게 숨을 들이쉬고는 불청객을 바라본다.

"어라, 꼬마?"

"누가 꼬마라는 겁니까? 내가 꼬마면 댁은 아저씨게요?"

"아저씨는 아저씨 맞아요."

세연아, 넌 누구편이냐? 나와 세연의 앞에 나타난 불청객은 아무리 봐줘도 초등학교 5~6학년 정도로밖에 안 보이는 남자 꼬맹이였다. 근데 꼬맹이 주제에 슈트를 쫙 빼입고, 시계까지 차고 온갖 멋을 부리고 있었다. 에, 뭐지, 이 꼬맹이는?

"이상하네요. 교육소에서는 못해도 15세 이상부터 받는데? 이런 꼬마가 왜?"

"음, 여기 길드원분 자제분인 것 같은데? 길을 잃은 걸까요?"

"저. 기. 말. 이. 죠. 나 엄연히 탱커 미팅이래서 온 거거든요? 자요, 이 멍청한 아저씨!"

녀석은 자신의 팔에서 나노 머신 디바이스를 조작해서 인터페이스를 열어 우리에게 던진다.

에엑? 저런 꼬맹이도 적합자라는 거야? 깜짝 놀란 나와 세연은 날아온 인터페이스를 읽어보고는 경악했다.

정상연 코드 네임 : 머라우더

레벨 : 43 클래스 : 아머드 나이트

근력 : B+(35)

민첩 : A+(45)

마력 : S+(86)

지력 : SSS+(344)

체력 : 12,300

클래스 고유 스킬

〈셀프 팩토리 시스템(Self Factory System)〉
설명 : 기계화 무장의 제작이 가능합니다.
〈트랜스 폼 : 아머드 나이트
(Trans Form : Armored Knight)〉
설명 : 기계화 갑주를 불러내어 장착하여
아머드 나이트가 됩니다.
〈사이버네틱스 암즈 시스템
(Cybernetics Arms System)〉
설명 : 모든 무장을 기계화합니다.

"아저씨, 얘가 아머드 나이트."

"네, 네가 바로 그 아머드 나이트?"

"흥! 무식한 범인들에겐 알려 줘야 하나요? 생에 첫 레이드라서 미팅에 한번 온 건데 여중생한테 헤롱거리는기나 하는 변태 아저씨라니. 45레벨까지 실전 현장에서 살아남은 탱커라길래 기대하고 왔는데, 던전에 서큐버스 같은 거 나오면 바로 죽을 분이네. 아니면 던전에 가기 전에 어디서 물(?)을 빼고 들어가시는 건가?"

커, 커억! 이, 이 꼬맹이가! 입이 씨발! 제법인데? 나는 자리에서 일어나 옷매무새를 정리하고 아무 일 없던 것처럼 헛기침을 한번 하고는 꼬맹이를 바라본다.

강단 있는 눈빛과 당당한 태도. 어린 나이에 딱 맞는 주문 제작 슈트를 입고 있어서 뭔가 귀족 같은 느낌이라고 해야 하나? 그런 느낌이 들었다.

"하하, 못 볼 꼴을 보여 줘서 미안하네. 씨발 새꺄, 코드 네임 쇠돌이. 45레벨 탱커고, 클래스는 비밀이다. 이래 봬도 드래고닉 레기온에 직속으로 고용된 몸이라, 맡고 싶지 않은 탱커 책임자가 되었다, 꼬맹이 새끼야."

"흠, 탱커 출신 아니랄까 봐 입에서 똥냄새가 나네요, 아저씨."

"아냐, 아저씨 입에선 사랑의 향기만 나."

넌 좀 가만히 있어 줄래? 세연아, 너 때문에 화를 못 내겠네! 부끄럽네! 씨발! 사랑의 향기는 뭔데?

아, 진짜 주도권을 잡아야 하는데, 이런 꼬맹이 상대로 완전히 말려 버렸… 뭐 하는 짓이야?

"흠~ 애인 사랑이 지극하신 누님이네요. 당신의 미모와 순수한 애정은 경의를 표할 만큼 아름답다고 생각하지만, 상대를 고려해 보는 게 좋을 것 같습니다."

"내 눈과 이 손, 이 마음으로 택한 사람이야. 그 이상 모욕하면 죽여 버릴 거야."

"헤에~ 아름다운 장미엔 가시가 있다더니, 누님에게 맞는 이야기 같네요."

쪽~

그렇게 말하곤 세연의 손등에 입을 맞추는 꼬맹이였다.

느끼해! 기분 나빠! 이 녀석 정말 초등학생 나이 맞아? 뭐랄까, 완전 애늙은이 같지만 어울린다고 해야 하나?

난 머리를 긁으면서 어쨌든 이야기를 원점으로 돌리고자 노력했다.

"에, 그래서 뭐라고 불러 줄까? 꼬맹이? 상꼬맹이? 난장이? 벼룩? 콩알? 마음대로 골라 봐."

"멀쩡한 이름을 두고 사람의 신체적 특징으로 모욕하듯 부르는 야만인이 주는 선택지는 고를 가치가 없네요. 코드네임으로 불러 주시지요."

"그래. 알았다, 꼬맹이."

"벌써 귀가 먹으셨군요. 노환이 오기엔 아직 이른 거 같습니다만? 더 맛이 가기 전에 보청기를 구입하시는 건?"

아, 씨발, 진짜 엿 같네. 탱커 담당자는 왜 한다고 해 가지고. 진정하자. 어쨌든 결국 이 꼬맹이 자식이랑 둘이서 탱킹해야 할 팔자이니까 참자. 가뜩이나 대한민국에 소수밖에 없는 40레벨 대의 탱커 아니겠는가? 어쨌든 나는 브리핑 전에 몇 가지를 물어본다.

"일단 아까 준 네 인터페이스의 능력치는 탱커 같지 않은데. 역시 트랜스 폼인가 하는 갑주를 차야 능력치가 나오냐?"

"예. 기사는 갑주를 입을 때가 진짜 싸울 때이지요."

"그럼 더 묻자. 왜 탱커 하냐? 솔직히 너 아머드 나이트가 기본 직업은 아니었을 거 아니야. 아마 공학계 기초 클래스는 매카닉일 텐데? 그것만 해도 오라는 기업은 천지에 널렸는데 왜 탱커질을 하는 거냐?"

"노블리스 오블리제(noblesse oblige). 지혜와 힘을 갖춘 자가 당연히 해야 할 일이지요."

으아! 으아아! 내 손발! 씨발, 뭐 이런 새끼가 다 있어? 으아아아아! 이게 중2병인가? 아니지, 이 나이면 초5병? 초6병? 와, 재수 없어! 말하는 거 씨발, 완전 재수 없네. 어떤 만화와 소설을 보고 와 가지고 저딴 소리를 하는 거지? 이런 놈이랑 둘이서 같이 메인 탱커를 해야 한다고? 와! 씨발! 그만두고 싶네.

난 들고 있는 차트로 녀석을 후려치고 싶었으나 참아야 했다.

"아저씨, 진정해."

"으아아! 이 미친 꼬맹이가! 날 광폭화시키고 있어! 으아! 씨발! 그냥 이 새끼 죽이고 나 혼자 탱 할래!"

"진정해, 아저씨. 가만히 안 있으면 잘 때 진하게 키스할 거야."

"……!"

허억… 허억…….

세연이 이 녀석, 어느새 날 조교한 건가? 어쨌든 진정을 찾은 나는 심호흡을 한다. 와, 미치겠다. 이런 또라이가 나처럼 40레벨이 넘는 탱커라고? 어이가 없어서 원!

일단은 그래도 미팅 장소에 왔으니 브리핑을 진행하기 시작한다.

"뭐, 씨발, 일단 할 일부터 끝내자. 이번 레이드는 그레이트 바실리스크를, 의뢰주인 드래고닉 레기온의 로드 오브 드래곤 님이 테이밍 하는 것을 보조하는 거야. 즉, 토벌이나 죽이는 것이 아니라, 테이밍이 끝날 때까지 버텨야 하는 거지. 자, 세연아, 준비한 1번 파일 열어."

"예, 아저씨."

내 지시에 패스파인더와 레인저들이 갖고 온 사진과 자료들을 연다. 화면에는 우리가 잡아야 할 그레이트 바실리스크의 모습이 나타난다. 레벨은 55. 보스 몬스터 판정이며, 몸길이 15미터, 다리는 총 6개로 전부 땅을 걷는 용도로만 써서 후려치기는 없음. 마법 공격은 주로 석화 브레스와 하울링. 기타 육탄 공격 패턴은 물기, 꼬리 치기, 박치기, 돌진 정도로 예상. 전투 시작 후 40분부터 광폭화를 시작. 광폭화 시엔 모든 공격의 공격력이 상승할 뿐 전멸기나 패턴 변화는 없다.

"일단 기본 브리핑은 이 정도. 질문해라, 꼬맹아."

"그래서 얼마나 버텨야 하나요?"

"약 1시간. 즉, 광폭화 후 20분 더 버텨야 한다는 거다. 상대는 55레벨 보스 몬스터, 아마 데미지도 엄청나고 난리 나겠지. 지옥 같은 20분이 될 거다. 그나마 다행인 건 우리의 힐을 담당해 줄 사람이 크루세이더 차현마라는 거? 다른 힐러도 있지만, 그놈 하나만 있어도 다섯 힐러 몫은 거뜬하니까 말이야."

"흠~ 재미있는 레이드가 되겠네요."

아, 개썹 초딩 새끼, 장난하나? 이런 건방진 놈이 어떻게 43레벨 탱커가 된 거지? 이해를 못하겠네.

난 혹시나 싶어서 녀석의 이력을 체크해 본다. 던전 클리어 횟수 133회. 나만큼은 아니어도 이놈도 상당히 던전 뺑뺑이를 한 거 같았다. 근데 진짜 재수 없네. 망할 슈트 차림도 그렇고, 말투도 그렇고! 지가 무슨 귀족이나 된 것처럼 설치는 게 짜증나네. 게다가 미팅 중에 전화를 쳐 받질 않나.

"예, 접니다. 아, 지금 레이드 탱커들 미팅이 있어서 왔습니다. 아뇨. 그 사업 건은 제가 결재하지 말라고 했습니다. 오늘 아침에 검토해 본 결과, 3조를 투자해서 얻을 이익이 별로이기에 그냥 무시, 단가를 낮추고 2조 정도 투자가 되면 그때 승낙하라고 지시해 둔 상태입니다. 예, 뭐, 다훈 일렉스에선……."

"야, 꼬맹이. 너, 뭐 하나?"

"저, 아저씨, 이제야 알겠는데요."

넌 또 왜? 내 옷깃을 잡아당기며, 세연은 무언가를 알았다는 듯 자신의 휴대폰을 나에게 보여 주면서 말한다.

 "저 꼬마, H그룹 회장의 손자예요. 여기요."

 세연이 보내 준 휴대폰에 H그룹 일가의 사진이 나와 있었다. 그리고 그 구석에 눈앞의 꼬맹이와 똑같이 생긴 꼬마가 굳은 얼굴을 하고 있었고 말이다.

 뭐야? 씨발, 미쳤어? 그리고 H그룹이면 다른 적합자 길드 H프라이멀을 스폰 중인 기업이다. 뭐야? 뭐냐고, H그룹 관계자가 왜 쓰리 스타즈 얼라이언스 길드 쪽으로 레이드 지원을 한 거야?

 '이거 수상한데? 대기업 총수 손주나 되는 꼬맹이가 도대체 왜 탱커질을 하는 거야? 이해를 못하겠네.'

 "미팅 이게 끝입니까?"

 "야, 너 새끼, 아까 전화 쳐 받던 주제에 잘도 그런 말이 나오는구나?"

 "그야, 수십억이 왔다 갔다 하는 사업과 당신과의 미팅 따위가 동급일 리 없잖아요."

 "그런 귀하신 대기업 손주님이 적합자들이나 하는 레이드, 그것도 탱커는 왜 하는 거냐?"

 도저히 이해를 못하겠네. 아니, 돈도 충분히 많은 놈이 왜 탱커 짓을 하는 겨? 기왕 공학계 적합자가 되었으면 이공계 공부나 해서 그 길로 나가면 떼돈 벌고 난리 났을 텐데,

왜 이 지랄병 같은 업계에 와서 내 복창을 터지게 하냐, 이 거야. 그것도 씨발, 43렙은 어떻게 찍은 거야?

"아, 역시 레벨은 돈 주고 파티원 사서 찍었냐? 씨발, 가난한 탱커들과는 다르시네. 그리고 너, H그룹 손주니까 H프라이멀 가면 도련님 취급해 줄 테니 편하게 레벨 업 할 수 있잖아. 솔직히 말해, 이번 레이드 엄청 위험하다. 진짜 목숨 걸어서 꼭 해야 할 이유 없으면 그냥 관둬라."

"그만둘 거였으면 처음부터 신청 안 했습니다. 그만둘 거면 겁쟁이 아저씨나 그만두시지요."

개새끼, 너 꼭 죽인다. 네놈 새끼 꼭 죽일 테다! 가서 선발 탱커로 제일 먼저 탱킹 시키고, 도발 안 해 줘서 생존기 다 빠졌는데, 무력하게 체력이 달아 가는데 뒤에서 여유 부리는 내 모습을 지켜보면서 '아! 그때 그 아저씨에게 잘해 줄걸~'이라고 후회하면서 뒈지게 해 주마! 제기일!

"거, 겁쟁이?"

"아저씨, 진정해."

세연은 내 등을 토닥이면서 진정시키려 하지만 난 도통 진정이 되지 않는다. 이 건방진 꼬맹이가! 날 무시해도 정도껏 해야지! 씨발, 본래 클래스의 능력도 모르고 3년간 빌빌거리면서 어떻게든 살아 이 레벨이 되었는데!

이럴 땐 하나뿐이다. 서로 말로만 싸워 봐야 평행선을 달릴 테니 말이다.

"어이, 꼬맹이."

"예. 또 뭡니까?"

"너 혼자 북 치고 장구 치고 다 하고 싶으면 꺼져라. 위약금 안 물어도 되니까. 이 정도는 지크프리트 씨에게 말하면 내 재량으로 어떻게 될 거다. 아무리 탱커 업계가 좆같고, 자기 살기 바쁘고, 남을 잘 믿진 않아도 대놓고 무시하진 않아. 그러니까 잉여 새끼야, 꺼져. 혼자 잘났다고 설치고 싶으면 집에 가서 단풍잎 이야기에 현질 존나게 해서 보스랑 무쌍이나 찍어."

직위로 찍어 누르는 건 나도 싫지만 여기선 어쩔 수 없었다. 이 망할 꼬맹이도 물론 정상적인 탱커로서 온갖 수라장을 헤쳐 나왔기에 자신감이 가득 차 있을 테니까.

탱커 업계에서 43레벨이라는 건 보통 수로 찍을 수 있는 게 아니다. 나야 저렙 던전을 돌며 레벨 업 한 부분도 있지만, 이 녀석은 거의 나의 절반에 가까운 던전 클리어 숫자로 43레벨을 찍었으니 장난 아니었겠지.

"그, 그건 횡포라고 생각합니다."

"난 드래고닉 레기온에게서 권한을 위임한 탱커 팀장이거든? 솔직히 너 없으면 빡세지긴 하지만, 그레이드 바실리스크를 못 잡을 정도는 아니야. 레이드에서 가장 무서운 게 너같이 협조성 없는 개 같은 꼬맹이 새끼야. 괜히 데려가서 팀워크를 해치는 것도 모자라 공략 개 꼬이게 만들 바에야 너 고용할 돈으로 그냥 저렙 탱커 3명 데려가는 게 낫다, 이 잉여 꼬맹이 새퀴."

"잉여라구요? 절 모욕하시는 겁니까?"

"어, 모욕이야. 너도 했잖아, 십새끼야. 나도 씨발, 45레벨 찍은 3년 동안 탱커질 하면서 구를 대로 구르며 살아남은 몸이야. 씨발 놈아, 너도 던전 쳐 돌아 봐서 알잖아. 템발이 좋아서 늘 솔탱만 했다면 이야기가 달라지기는 하는데 그렇진 않잖아. 꼭 네 마음대로 하고 싶으면 자, 나 대신 널 탱커 팀장으로 바꾸면 그만이니까 골라. 그만두든가, 내 말을 쳐 듣든가, 네가 탱커 팀장을 하든가?"

"……."

"비겁한 새끼, 이럴 땐 울 것 같은 얼굴로 실컷 꼬맹이인 척하냐? 졸렬하기 짝이 없네."

사실 이렇게 엄포로 해결하는 방식은 안 좋았지만, 이 꼬맹이가 답이 없는 걸 어떻게 할 수도 없는 노릇이었다.

세연은 내가 하는 방식이 별로인지 약간 눈빛이 안 좋아져 있었다. 하긴, 겉으로는 다 큰 어른이 꼬맹이를 상대로 진심으로 열폭하는 것으로밖에 보이지 않을 테니까 말이다.

결국 녀석은 내 마지막 선언에 패배했다.

"나, 난 졸렬하지 않아! 알았다고! 당신 말대로 하겠어. 이번 레이드 꼭 뛰어야 하니까!"

"좋았어, 좆같은 꼬맹이. 미친 레이드의 세계에 온 걸 환영한다."

"아저씨, 중2병 같아. 그 마지막 대사, 이상해."

시끄러워. 그래도 마무리에 이런 소리를 해야 좀 멋있어 보인다고! 어쨌든 채찍을 썼으니 이젠 당근을 줘야겠지. 난 의자를 들어서 그 꼬마 놈과 마주 앉는다.

"어이, 혹시 필요한 물약, 물품, 재료 같은 거 있냐? 이번 레이드가 빡세기도 하고, 너만 미팅에 와 준 대가로 특별히 너에게는 드래고닉 레기온에서 물건을 얻어 줄 수 있는데. 돈 주고도 못 구할 재료도 얻어 줄 수 있다고!"

"그게 정말? 드래고닉 레기온에서 재료를 얻을 수 있어?"

이 녀석, 아예 눈빛이 달라지네. 역시 애새끼들은 물건으로 낚는 게 최고지.

드래고닉 레기온이라면 세계 최고의 레이드 길드이니 분명 마법 재료나 특수 광물 같은 물품을 구할 수 있으리라.

'게다가 이 녀석은 공학계라서, 저 변신하는 〈아머드 나이트〉를 직접 커스터마이즈하고 강화해야 하지.'

즉, 레벨이 오르고 스킬이 오르면 그 즉시 적용되어 바로 강해지는 나나 세연과 달리, 이 꼬맹이는 공학계라 레벨 업을 하고 스킬을 올려서 제조, 개조, 강화를 해 변신 스킬인 〈아머드 나이트〉를 강화해야 강해진다.

전신의 파츠는 물론 무기나 방패도 직접 만들어 커스텀

하고 제조해야 하는 만큼, 재료 이야기를 꺼내자마자 눈빛이 달라졌다.

"그럼 오리하르콘 좀 얻을 수 있을까요?"

"오리하르콘이라. 얼마나?"

"한 1킬로그램 정도?"

오리하르콘이라. 던전에서만 나오고, 초희귀 금속이라 가격 이전에 공급이 거의 없어서 문제라고 들었다. 기본 용종이 등장하는 60레벨 후반 던전에서 극소량 나오는 거라고 소문을 듣긴 했는데.

이 망할 꼬맹이, 겁나 세게 요구하네. 여기서 안 된다고 하면 내 체면이 깎이게 되니까 어쩔 수 없군. 일단 여기선 OK 하자.

"좋아. 한번 알아봐 주지."

"세상에, 진짜로? 오리하르콘인데?"

"대신 구해 주면 레이드에서 얌전히 내 오더 다 쳐 들어라."

"고, 고려해 볼게."

하여간 솔직하지 못한 꼬맹이 새끼. 아직도 건방진 척을 하네.

결국 미팅의 마무리는 이렇게 훈훈하게 끝났고, 마지막엔 난 이 망할 꼬맹이와 휴대폰 번호 교환까지 했다. '건방진 꼬맹이'라고 등록해 놔야지.

아, 진짜 레이드 뛰기 힘들다, 힘들어. 결국 녀석을 보낸 나와 세연은 다시 트레일러로 돌아간다.

"근데 아저씨, 오리하르콘 알아봤는데, 그거 진짜 귀한 금속인데 어떻게 구하려고?"

"여차하면 진짜 목줄 차고, 세르베루아 아가씨 밑에 들어가는 것도 생각해 볼까?"

"안 돼. 그럴 바엔 세연에게 목줄을 채우고 끌고 다녀 줘."

"아니, 그건 범죄고. 근데 말이야, 내가 언제까지 구해다 준다는 약속은 안 하지 않았나? 며칠 이내, 레이드가 끝나고 난 후 이런 조건 안 붙였잖아."

크ㅎㅎㅎ! 멍청한 꼬맹이 자식, 이게 사회다. 크크큭, 계약서와 사람 말은 끝끼지 보고, 들어야 한다는 거 보느냐? 고려해 준다고 말하긴 했지만, 이미 놈은 날카롭던 태도가 무뎌진 지 오래고, 어차피 이번 레이드가 끝나면 서로 안 볼 사이니까!

"아저씨, 사악해."

"원래 세상은 이런 거야. 계약서와 설명서는 끝까지 읽어 봐야지. 아~ 후련하다. 이걸로 한숨 돌렸네."

이제 준비할 수 있는 건 다 준비되었다. 남은 건 레이드 날만 기다리는 것뿐.

그래서 세연과 나는 드래고닉 레기온의 호위하는 기사 아저씨 5명과 함께 휴식을 취한다. 참고로 이분들, 한국말을 못하기에 좀 어색하긴 했지만, 지크프리트 씨가 잘 이야기해 두었는지 나쁜 인상은 아니었다. 그리고 안에 좀 더 들어가자 날 반기는 사람이 다가온다.

"스틸쫑~ 수고했어. 세연 양도 수고했어요."

"예이. 우왁!"

"세연이도 아저씨 껴안을래요."

로드 오브 드래곤 세르베루아가 날 보자마자 껴안는다. 가, 가슴이… 따뜻하고 거대한 가슴이! 난 필사적으로 저항하지만 그녀의 근력은 비 전투 상태의 나보다 월등히 높았고, 레벨마저 높기에 난 빠져나가지 못하고 바동거릴 뿐이었다.

"하아~ 진짜 이젠 스틸쫑이 없으면 이 마마는 어떻게 사나 몰라~"

"이 아가씨 점점 증세가 심해지는데, 빨리 영국으로 돌려보내야 하는 거 아닌가?"

"저도 동감이에요."

쓰다듬, 쓰다듬.

오늘도 애완동물 취급이었지만, 정말 이 아가씨는 용 없이는 살지 못하는 것 같았다. 아니, 그럼 이 아가씨 나중에 결혼은 어떻게 하려고?라는 생각이 들었다.

어라? 근데 오늘따라 왠지 세르베루아 아가씨의 눈이 날카로운 듯한 기분이 드는데……. 뭔가 기분 나쁜 일이 있으신가?

"저기 말이야, 스틸쫑. 여기 사인 좀 해 줄래? 그 우리 드래고닉 레기온에서의 절차 중 하나거든. 지크프리트 님이 꼭 받아 놓으라고 해서요."

"예? 뭐, 절차라면… 상관없죠."

세르베루아 아가씨가 무언가 영어로 빼곡한 서류를 내미는데… 난 뭔지 알 수 없어서 고개를 갸우뚱한다. 그리고 펜을 잡고 그녀가 손가락으로 짚은 부분에 사인을 하려는데 세연이 내 뒤에서 언뜻 보더니 깜짝 놀라며 그 서류를 빼앗아 든다.

"이게 무슨 짓입니까, 용줌마? 아저씨가 영어에 까막눈이리는 걸 이용해서 감히 이런 비겁한……."

"에? 세연아, 왜 그래?"

"이 서류, Report of Marriage Resister. 즉, 혼인 신고서."

에에에엑? 세르베루아 아가씨, 지금 무슨 짓을 하려 했던 겁니까? 지금 나, 나, 나, 나, 나, 나랑 결혼하려고 하셨던 거예요? 켁? 나, 소름 돋았어.

세연에게 들키자, 세르베루아는 혼인 신고서를 들고서 뒤로 물러나며 당황스러워한다.

"그, 그게 저, 저는 지금까지 용밖에 모르던 여자라서 보통 사람에게는 관심도 없었는데, 가, 강철 님은 인간 남성이면서 용족 특성도 같이 보유하고 계시고, 이 레이드가 끝나면 헤어진다고 생각하니 가슴이 답답해져서 저도 모르게 그만!"

"그래도 이건 비겁한 짓."

"저, 정말 죄송합니다아~"

세연의 질타에 허리를 숙여 사과하는 세르베루아 양. 아니, 이건 그러니까, 그 뭐냐, 애완동물처럼 취급하던 모성애가 깨닫고 보니 애정이었구나, 하는 그런 건가? 뭐, 무리도 아니지. 세르베루아 양도 한창때인 여성이니 연애에 대한 환상도 있겠지만, 로드 오브 드래곤이라는 레어 클래스의 특성 때문에 보통 남성에게는 호감을 못 낀다는 점 때문에 갈등하던 차에 내가 나타났다는 거군.

"아, 고개를 드세요, 세르베루아 아가씨, 드래고닉 레기온의 부 마스터나 되시는 분이 그렇게 함부로 고개를 숙이면 안 됩니다."

"예. 다시 한 번 말씀드리지만, 정말 죄송합니다. 저도 모르게 저질렀습니다."

"라이벌 등장."

라이벌은 무슨, 그녀는 그저 혼란스러웠던 것뿐이다. 자신의 클래스 특성과 용족 특성을 가진 내가 나타나서 생긴 친화의 감정을 사랑으로 착각한 것뿐이리라. 누가 나 같은 걸 좋아할 리 없으니까 말이다.

언제 죽을지 모르는 탱커 일에, 입엔 욕설뿐이고, 돈만 밝히는 빚쟁이인 나 같은 게 인기가 있을 리 없다.
"아저씨, 괜찮아?"
"아, 맞다. 네가 있었구나. 아무것도 없는 날 진심으로 좋아해 주는 이상한 애가 말이지."
"난 아저씨에게 아무것도 없어서 좋아한 게 아니야. 그러니까 세르베루아 님도 아저씨가 가진 것을 좋아해도 돼."
 아! 여자의 마음은 진짜 모르겠다. 결론은 어쩌라는 건지 모르겠다. 진짜 미안하구만! 평생 인연이 닿지 않을 것 같던 미소녀들이랑 연애하게 되었다. 나 같은 바보랑 엮이게 되어 엄청 미안해 죽겠다. 이럴 땐 어떻게 해야 할지 모르겠어. 세연이도 그렇고, 세르베루아 아가씨도 왜 나 같은 놈을 좋아하는 건데? 이해하지 못하겠어.
"그, 그게, 저는 뭐랄까? 물론 강철 님이 용족 특성이 있어서 호기심이 생긴 건 맞는데요. 애초에 전 용족이 없으면 외로워서 죽을 운명이라고 해야 하나? 그런 것 때문에 강철 님으로 대리 만족을 하게 되었는데, 보면 볼수록, 돌보면 돌볼수록 보통 용을 돌보던 때와는 다른 기쁨이 생긴다고 해야 하나~ 아으으으, 저도 이 기분이 뭔지 몰라서 말이에요."
"사랑 맞네요."
"그런가요, 세연 양? 이 감정, 사랑일까요?"
"그런 의미에서 셋이서 데이트를 떠나는 걸 세연은 제의

합니다."

데, 데이트? 갑자기 이게 무슨 소린가? 아니, 이제 곧 레이드라고! 그레이트 바실리스크 레이드가 코앞인 데다 나는 워스트 데이의 스캐빈저와 그 배후에게 노려지고 있단 말이야.

그런 상황에서 희희낙락하며 데이트라니? 이게 말이 되는 건가?

"호위 기사님들도 허락해 주셨어요. 어차피 지크프리트 님을 데리러 시내에 가야 하니까, 잘 즐기라네요. 그리고 이것도 주셨어요."

진행 빨라? 결단 빨라? 이 아가씨! 어느새 벌써 허락까지 받고 이상한 물건까지 받았어! 켁!

"그, 그, 그, 그, 그 그건 코······."

핑크색 여자 마크가 그려진 작은 상자. 손바닥에 딱 들어올 크기의 그 상자를 보고 그 안에 있는 게 뭔지 감을 잡은 난 경악했다.

세르베루아 아가씨의 뒤를 보자 30대 중반의 팔라딘이 한 손은 동그랗게 말고, 다른 손의 검지를 그 원 사이에 넣는 제스처를 취하고 있었다.

뭐? 뭐? 뭐? 뭐라 말하고 있는데. 난 영어를 모르지만··· 아니 영어를 몰라도 지금 그 기사들이 하는 말을 알아들을 수 있을 것 같다.

"저질러 버려! 탱크 보이~"

"우리가 허락한다, 탱크 보이~"

"세르베루아 님을 여자로 만들어, 탱크 보이!"

"드래곤 보이라면 세르베루아 님의 짝으로 제격이지."

"지크프리트 님이 허락한 남자라면 우리도 허락해야지."

"뭘 저질러? 뭘 허락해? 댁들, 이 아가씨 지키는 사람들 아니야? 나 같은 놈에게 그냥 휙~ 하고 넘겨도 돼? 댁들, 호위 기사 맞아?"

"아, 세연은 그거 필요 없어요. 세연은 365일 안전하니까요."

"두 분이서 무슨 말씀을 하시는지 모르겠네요. 아, 지금 필립 님이 차로 번화가까지 데려다준다고 하네요."

페이즈 3-5

되는 놈은 뭘 해도 된다. 하지만
그게 꼭 원하던 것이라는 법은 없다

　결국 쓰리 스타즈 얼라이언스 길드를 떠나서 2번 구역의 번화가로 향했다.

　지크프리트 씨가 용무를 보러 가는 길에 들른 2번 구역에서 난 왠지 모르지만 세연이랑 세르베루아 양과 데이트하게 되었다. 좌우로 두 사람이 서 있으니 부끄러웠다.

　더불어 주변의 시선도 엄청나게 느껴진다. 그야 그렇겠지. 세르베루아는 백금발에 포용력 있어 보이는 누님 스타일의 서양 미녀고, 세연은 청순하고 날씬한 스타일의 미소녀! 그런 여성들과 같이 있는 나는 완전 꽝이었으니 말이다.

　"뭐야, 저 여자들? 연예인?"

"세상에, 장난 아니다. 그런데 같이 있는 남자는 뭐야? 완전 구려~"
"하아~ 나 어쩌다 이렇게 된 건지."
"아저씨, 양손에 꽃."
"역시 폐가 되는 게 아닌지?"
아니, 내가 하던 야겜에서 이런 상황이 많긴 했지만 실제로 하는 건 무리라고. 탱커 인생에 이런 일이 있을 거라고는 상상조차 못해 봤다. 이럴 땐 어떻게 해야 한다? 역시 개밖에 없나? 이런 건 그래도 역시 여자가 잘 알 테지. 나는 일단 두 사람에게 실례한다고 이야기한 다음 골목 쪽으로 들어가서 윤미래에게 전화를 했다. 저번에 안 좋은 일이 있긴 했어도 역시 이럴 때 의지할 수 있는 건 그 녀석이었다.
(뭐야, 갑자기? 또 점심밥 때문에 전화한 거면 너네 집에 내 필살기 '새틀 라이트 레귤레이션'을 떨궈 버릴 테니 알아서 해라, 로리콘 범죄자.)
"아, 아뇨, 미래 님. 저, 조언을 좀 구하고 싶습니다만."
(뭔데, 로리콘?)
"그 여성과 데이트는 어떻게 하는 게 좋을까요."
(그, 그걸 왜 나한테 물어, 이 바보야! 헹! 그, 그 여중생이랑 데이트 중이시냐?)
"예. 뭐, 일단은 그렇게 되긴 했는데, 혹이 하나 더 붙은 느낌이랄까?"

(혹? 그건 또 무슨… 설마 너?)

 솔직할 수 있을 땐 솔직하게 하는 게 좋다는 걸 아는 나는 순순히 여자 2명과 데이트한다는 사실을 밝혔다. 미래는 어이가 없다는 듯 떨리는 어조로 말했다. 뭐, 그렇지. 여자 둘과 데이트하는 걸 자랑이라도 하는 줄 알 테니 말이다.

 (나 참, 어이가 없어서. 그래서 여자 둘과 데이트하는 초인기남인 거 자랑하려고 전화한 거냐?)

 "아뇨. 솔직히 이 역경을 헤쳐 나갈 자신이 없어서 말이지요. 그렇다고 잘 해결해 버리면 나중에 또 이럴 것 같고 말이죠."

 (흠~ 그럼 간단한 방법을 알려 줄게. 그대로 해 봐.)

 "예?"

 (솔직히 너에게 달라붙는 그녀들이 부담스러운 거잖아. 그러면 반대로 그녀들이 널 부담스럽게 하면 될 것 아냐.)

 오, 그거 좋은 것 같다. 그래, 맞아. 사람의 감정이란 변하는 거니까 지금 좋더라도 싫어하게 만들면 그만이다. 딱히 결혼이든 뭐든 이루어진 게 아니니까! 나 하기에 따라서 미래는 바뀔 수도 있는 거다. 역시 미래밖에 없어.

 "역시 너밖에 없다. 미래야, 너 없으면 나 어떻게 사냐."

 (바, 바보 아니야? 가, 가서 잘 떨궈 버리기나 해!)

 "예썰~"

 통화를 끝낸 나는 골목에서 나왔는데, 나를 기다리던 세연과 세르베루아는 그새 잘 차려입은 패셔니스타 같은 남자 무리에게 추파를 당하고 있었다. 꽃이 예쁘니 벌레가 몰려오는 건 당연한 일인가?

"저기, 아가씨들~ 둘이서 온 거야? 괜찮으면 우리가 살 테니 밥이라도 먹지 않을……."

"아, 아저씨 왔어요?"

"강철 님, 뭐 하다가 이제 오신 거예요?"

이 광경, 어디서 본 것 같은데? 두 사람은 추파를 던지던 남자 무리들을 전혀 신경도 쓰지 않고 나만 보고 달려온다. 세연이야 익숙한데, 세르베루아 이 아가씨는 왜 남자 무리를 신경도 쓰지 않을까 싶었다.

"저기, 저 남자들 그냥 놔둬도 돼?"

"예? 강철 님 말고 제 눈에 들어올 남자가 있나요?"

이거, 그거지? 용족 특성을 지니지 않으면 눈에 안 들어온다는 의미죠, 아가씨? 저 곤란하거든요?

하지만 사전 지식 없이 듣는 이들의 기준에서 생각하면 엄청난 폴 인 러브 상황이라고 이해해 버릴 느낌의 발언이었다.

뭔가 심각한 오해를 불러일으키는 느낌이다만, 내가 어떻게 할 방법이 없군.

"그나저나 뭘 하는 게 좋을까요?"

"아저씨, 시내에 오긴 했는데, 나도 잘 모르겠어."

"그렇다면 좋아. 어차피 세연도 세르베루아 양도 이곳 지리를 모를 테니, 온 김에 내 볼일도 볼 겸 돌아다녀도 되겠죠?"

끄덕끄덕.

두 사람의 동의를 얻은 나는 내가 선정한 최악의 코스를 향해 가기 시작했다. 어디냐고? 과거 용산에 전자 상가라는 게이머들의 지갑을 위협하던 던전이 있었다면, 대재앙 이후에는 게이머들의 신 용던이 생겼다. 나는 그곳으로 향했다. 그리고 곧장 게임 코너로 직행해 성인 코너까지 다이렉트로 간다.

"아저씨, 여긴?"
"여긴 어디죠?"

어디긴 어디야? 성인 게임 코너다. 일본에서 수입해 온 성인 게임 패키지들을 살 수 있는 곳이지. 그리고 훗, 미래의 계략대로 나 같은 녀석에게 반해 있거나 착각하고 있는 두 사람이 현실을 깨닫게 할 장소이고 말이다.

보라! 어딜 보나 핑크빛과 살색이 가득한 패키지와 화면과 야한 신음 소리가 가득한 이 장소를!

난 바구니를 들고서 늘 하던 대로 장을 보려는데 주변에서 따가운 시선이 느껴진다.

'저, 저놈 뭐냐능? 저런 미소녀랑 미녀를 데리고 오타쿠의 성역에서 쇼핑이라니?'

되는 놈은 뭘 해도 된다. 하지만 그게 꼭 원하던 것이라는 법은 없다

'미친놈 같다능! 리얼충 주제에 우리의 성역을 더럽힌다능!'

'리얼충은 꺼지라능! 우리의 안식처에서 뭐 하는 짓이냐능?'

'잘생긴 주제에 오타쿠인 척하는 놈을 보면 짜증 난다능!'

"에? 아, 아냐. 아니라고 나는……."

내가 왜 잘생겨? 니들이 심하게 살찌고, 돼지 같은 것뿐이잖아. 난 적합자 일을 하느라 스트레스를 많이 받고 운동량이 많아서 살이 안 찐 것뿐이라고! 나도 야겜 많이 하는 못난이 오타쿠라고, 님들아!

"아, 이거 아저씨가 많이 하는 게임."

"그러니까 강철 님의 취향이라는 건가요?"

"특히 이 검정이랑 하얀 걸 입은 게 많았어."

"아, 메이드 취향이라는 거네요. 저희 웨일즈에 있는 기지에서 근무하시는 분도 비슷한 걸 입고 있는데, 이건 스커트가 짧네요. 가터벨트가 다 보일 정도로 짧으니 좀 야하네요."

뭐야? 아니, 왜 그걸 심도 있게 분석하려고 하세요? 보통 이럴 땐 '아저씨, 기분 나빠!', '이, 이런, 변태!' 하면서 뺨을 때리거나 해야 정상이잖아. 내가 하던 미연시에서도 당연히 그랬다고. 근데 저 반응은 뭐야? 뭐냐고? 뭔가 이상하잖아.

"다 해서 125,000원입니다. 특전으로 다키마쿠라 커버를 드리는데, 어떤 거 하실래요?"

"메이드복 버전 티아 짱으로 주세요."

"역시 메이드복을 좋아하시는구나~ 내일 웨일즈에 주문해 볼까요?"

"메이드복, 메모, 메모."

그런 거 하지 마. 메이드복 좋아하는 건 사실이지만, 현실에서 니들이 입으면 물론 예쁘겠지만! 하지 마! 이거 원래 내 목적이랑 달라. 원래 날 혐오해야 하는 건 너희가 아니라!

'리얼충! 리얼충! 죽어라, 리얼충!'

'저런 3D 미소녀들을 데려와서 우릴 괴롭게 한 리얼충, 죽어라!'

오타쿠들인 니들이 아니라, 내 양옆에 있는 이 녀석들이라고! 좋아, 이대로 물러날 순 없지. PC방! PC방을 가자. 여자를 데리고 이런 데 왔다는 것만으로도 혐오감을 줄 수 있으니 말이지! 그리고 이 녀석들은 아예 게임 같은 것에 일가견이 없으니!

다행히 PC방도 이 전자 상가와 같은 건물에 있어서 이동 거리는 짧다.

'좋아, 이 녀석들을 잊고! 그냥 게임만 해야지. 그러면 자연스럽게 상대 안 해 준다고 실망하겠지?'

"어머~ 여기 신기한 곳이네요~"

되는 놈은 뭘 해도 된다. 하지만 그게 꼭 원하던 것이라는 법은 없다

"아저씨, PC방은 왜?"

나는 세연의 질문을 무시하고 자리를 잡고 앉아 시간 잘 가고 집중 잘되는 유명 AOS을 켠다. 간만에 랭크나 뛰어 볼까나? 상진이 거 랭크도 뛰어 줘야 하니까 미리 감각을 회복시켜 둘 필요가 있으니 일석이조군. 이런 생각을 하며 게임에 들어간 순간 귀신같이 무언가가 날아온다.

['시체같은인생' 님이 당신을 친구로 초대하였습니다.]

['지]엄마용[존' 님이 당신을 친구로 초대하였습니다.]

뭐야, 뭐야? 갑자기 모르는 아이디 2개가 나에게 친구로 초대를 했다는 메시지가 뜬다. 그런데 어느새 내 양옆에서 세연과 세르베루아도 나랑 같은 게임을 틀고 접속해 있는 게 아닌가? 심지어 날 친구로 초대한 아이디였다. 뭔데? 이게 어떻게 된 거야?

"한 달간 아저씨랑 살았는데, 아저씨가 하는 게임을 모를 리가 없지."

"아, 저는 이 게임, 영국에서도 자주하는데. 지금 프로 리그에서 뛰는 한국 선수의 팬이라 한국 서버 아이디를 하나 만들어 놨어요."

"하하!"

세계적으로 유명한 게임이니 그럴 수도 있지. 아니, 근데 왜 세계 넘버원 적합자 길드원분이 게임 같은 걸 하고 그러세요? 말도 안 된다고!

나는 자동으로 초대가 되어 셋이서 노멀 게임을 같이 하는 형세가 되어 버렸다.

"아, 강철 님이 탑 가시나요?"

"나 아저씨랑 봇 듀오 가고 싶은데, 우선 점멸이 있어야."

"제가 정글 갈게요, 그럼~"

아니, 이런 경우는 존재할 리 없는 인터넷 전설 같은 거잖아. 귀엽고 예쁜 미소녀들이랑 어떻게 PC방에서 온라인 게임을 즐겁게 할 수 있냐고? 이건 말도 안 돼! 말도 안 돼!

"어머! 죄송해요. 라이너에게 킬을 드려야 하는데, 잘못했네요."

"아, 아냐, 괜찮아. 와드 많이 박아 줘."

"아저씨, 텔포 있어? 봇에 갱 올 것 같아. 온다, 온다. 3, 2, 1. 오케이. 지금 와드에 텔포 타."

게다가 잘해? 둘 다 개잘해? 아니, 세르베루아 양은 어째서 여성의 몸으로, 전혀 안 그렇게 보이는 인상으로 손이 안보일 정도의 피지컬입니까? 챔피언 막 날아다녀? 그리고 세연아, 나랑 동거할 때 처음 이 게임 한 거 맞지? 고작 한 달째일 텐데. 근데 너 맵 리딩이랑 오더 개쩔어!

그 이후 2시간 동안 여섯 판을 6승으로 이겨 버리는 우리였다. 물론 난 이겨도 전혀 기분이 좋지 않았다.

'뭐야, 저놈! 혼자서 여자애들이랑 희희낙락하며 게임하기는!'

되는 놈은 뭘 해도 된다. 하지만 그게 꼭 원하던 것이라는 법은 없다

'게다가 한 명은 외국인! 개쩐다.'
'야, 저 사람 테두리를 은근슬쩍 봤는데, 전 시즌 챌린저였어.'
'과연! 챌린저면 여친이 생기는 건가?'
아냐! 이 병신들아! 그런 거 전혀 아니라고!
난 마음속으로 절규하며, 날 질색하기는커녕~ 완전 의기투합해서 기분이 좋아진 두 사람을 바라본다.
"아저씨, 탱커 챔피언들을 하는 거 보니까 왜 아저씨가 탱커인지 알 것 같아. 천성이야, 천성."
"그러게요. 저랑 세연 님의 체력이 적을 때 적극적으로 보호해 주셨잖아요. 하지만 보통 딜러 챔피언과 마법사도 잘 다루시는 걸 보면 그냥 잘하시는 것 같아요. 후훗~"
"칭찬 고마워."
내가 이상한 건가, 얘네가 이상한건가? 내 계획은 이게 아닌데~라고 생각했다.
어쨌든 이제 저녁 시간이 되었으니 저녁밥을 먹으러 가야 할 것 같아 트레일러로 돌아가기로 했다. 어느새 내 양팔에 팔짱을 꼬옥 끼면서 미소 짓고 있는 두 사람을 보니 완전히 실패한 것 같았다.
'이거 아무리 봐도 역효과 본 것 같은데? 그냥 평범히 놀고 돌아온 게 되어 버린 것 같은데?'

"아, 잘 놀다 오셨습니까? 저녁 식사는 아직 안 하셨겠지요? 식사하러 이동하는 동안 잠깐 단둘이 이야기하실 수 있는지?"

"알겠습니다."

트레일러에 돌아오니 모든 일을 마친 지크프리트가 우릴 기다리고 있었다. 다른 호위 기사들은 날 흥미로운 눈초리로 보아 댁들이 상상하는 일은 없었으니까 신경 끄셔!라고 말하고 싶었지만, 말이 안 통하기에 난 한숨만 쉴 뿐이었다.

트레일러의 별실에 나와 지크프리트만 남자 그가 입을 연다.

"흠~ 양손에 꽃이라, 남자의 로망을 아시는군요."

"아뇨, 별로 알고 싶지 않습니다만. 세르베루아 아가씨가 뭔가 크게 착각을 하시는 것 같은데, 이러다가 한국에 남는다는 거 아니야?"

"당신을 영국으로 데려간다는 선택지도 있지요. 그녀도 불쌍한 운명입니다. 알다시피 그녀는 인간의 영혼과 육체를 가지고 있지만, 용의 영혼과 육체도 가지고 있지요. 오벨리스크의 저주가 만들어 낸 반인반룡. 그렇기에 드래곤, 인간과 모두 소통할 수 있지만 진정한 교감을 할 수 없었습니다. 즉, 진정한 자신의 반려를 찾을 수 없는 겁니다. 그런데 그런 그녀에게 자신과 비슷한 용족의 특성을 몸에 품은 인간 남성이 나타났으니, 아마 크게 반가웠던 거겠지요."

"반인반룡이 아니야. 그녀는 용이면서 인간인 거지. 하아~ 근데 전 외국은 좀……."

외국이 무섭기도 하고, 한국에 아직 친구들이 남아 있기에 가고 싶지 않았다. 그러자 지크프리트는 고개를 끄덕이며, 뭔가를 알았다는 듯 말하기 시작한다.

"음~ 이 문제는 그럼 그레이트 바실리스크 레이드가 끝난 뒤에 생각하지요. 지금은 눈앞의 일이 중요하니까요."

"무슨 일이 있었습니까?"

"오늘 H프라이멀 길드와 로직 게인 길드에 다녀왔습니다. 겉으로는 뭐, 그레이트 바실리스크 레이드의 준비와 협의를 확인하는 자리였지만, 안에서 절 보는 시선을 확인한 결과 다들 뭔가 묘하더군요."

"묘하다?"

"쓰리 스타즈 얼라이언스도 그렇고, H프라이멀, 로직 게인. 갑자기 예정에 없던 큰 회의를 하더군요. 그것도 세 길드가 동시에. 분명 레이드 팀은 이전부터 나누었고, 이제 고작 3일밖에 남지 않은 레이드 전에 큰 회의라니."

그러고 보니 현마도 오늘 갑작스러운 긴급 총회를 개최한다고 들었다. 이미 세 길드 다 이 레이드 때문에 다른 바쁜 일은 두지도 않았을 것인데, 갑작스럽게 총회라?

이것의 의미는 말 그대로 묘했다. 그것도 세 길드가 동시에 회의라니. 이건 마치…….

"레이드에서 뭘 하려고 작당하는 것 같은 느낌이네."

"뭐, 쓰리 스타즈 얼라이언스는 마스터가 곧 입원할 거라고, 미리 다음 달 회의를 앞당겨서 연 것이라고 하고, H프라이멀은 쌓인 아이템을 분배하기 위한 회의, 로직 게인은 스폰서인 L그룹 회장의 탄신일을 축하하기 위한 거라고. 각자 알리바이가 있기는 했지만, 수상하긴 수상하군요."

"어쨌든 신경 쓰인다는 거지요. 지크프리트 님이 가지신 게 너무 크니까 그렇게 보이는 것 같다고, 해석은 안 되는 겁니까?"

사실 이 양반은 수천억을 몸에 지니고 다니는 거나 마찬가지니까 아무리 담이 큰 인간이라고 해도 신경을 안 쓸 수 없으리라. 그는 고개를 끄덕이며 내 말에 공감한다.

"네, 그럴 수도 있지요. 단순한 신경과민일지도. 하지만 그래도 대비해서 나쁠 건 없습니다."

"예. 아, 맞다. 오늘 제가 드래고닉 레기온의 탱커 팀장의 이름으로 미팅을 열었는데, H프라이멀 길드의 스폰서 기업 총수의 손자가 탱커로 미팅에 참여했었습니다."

"호오?"

나는 지크프리트에게 43레벨 탱커인 '아머드 나이트 정상연'에 대해서 알려 주었다. 그리고 호감을 사면 H프라이멀에 대한 정보를 얻을 수도 있겠지만, 그 전에 43레벨 탱커라는 아군이 생긴다는 점을 어필한다.

되는 놈은 뭘 해도 된다. 하지만 그게 꼭 원하던 것이라는 법은 없다 • 123

"그래서 그의 환심을 사기 위해 오리하르콘이 필요하다?"
"예. 1킬로그램을 요구했습니다. 뭐, 언제까지라는 조건을 안 걸었기에 사실상 무효로 할 수 있는 계약이지만, 그 수상하시다는 부분을 생각하면 오리하르콘을 주고서 환심을 사는 게 좋을 것 같습니다. 그럼 레이드에 대한 의구심을 해결할 단서를 찾는 데 도움을 줄 것 같습니다."
"음~ 알겠습니다. 당장 영국에 연락해서 오리하르콘을 공수해 달라고 하겠습니다. 강철 님을 한번 믿어 보지요."
"아, 아니, 너무 대담하게 가시는 건?"
"전 방금 대비해서 나쁠 게 없다고 했습니다. 그리고 오리하르콘 1킬로그램으로 이곳에서의 위협과 어둠을 걷어내는 데 도움이 된다면 투자할 가치는 충분히 있습니다."
 고개를 끄덕인 지크프리트는 당장 영국에 전화해서 오리하르콘을 택배로 보내라고 전한다. 행동력이 좋군.
 그렇게 시간이 흘러서, 내가 오리하르콘을 손에 넣고 그 아머드 나이트에게 전해 준 것은 정확히 이틀 뒤였다.

페이즈 4-1

레이드 최악의 적은
보스 몬스터가 아니다

이틀 뒤, 드래고닉 레기온의 트레일러.

'음, 오후 1시인가?'

난 어제 허락을 받은 즉시 그 꼬맹이에게 연락했다. 오리하르콘을 받으러 올 겸 한 번 더 이야기나 나누자고

오후 2시쯤에 만나기로 약속했기에, 점심을 먹은 뒤 트레일러에서 기다리고 있었다.

그레이트 바실리스크에 대한 문제도 문제지만, 적합자 길드 간의 분쟁이 더욱 위험했다. 한국 길드들에게 드래고닉 레기온에 대한 악의가 있다면 빨리 알아내야만 레이드에서 내가 위험하지 않았기에, 만나서 이야기할 수 있을 때 해야만 했다.

'앞에 있는 몬스터에 신경을 곤두세우는 것도 모자라 등 뒤까지 신경 써야 한다니. 그러고 싶진 않다고!'

"여~"

"…어라, 현마잖아? 무슨 일이야? 볼일 있는 거야?"

"그래, 긴밀히 할 이야기가 있다. 시간 좀 내 다오."

긴밀한 이야기라? 사뭇 진지한 태도로 날 바라보는 녀석의 눈빛을 읽은 나는, 보통 일이 아님을 짐작하고 지크프리트 씨에게 말한 후 현마를 따라갔다.

녀석의 차를 타고서, 쓰리 스타즈 얼라이언스 길드에 간 다음, 현마의 개인 사무실에 따라 들어갔다. 단둘밖에 없는 사무실에서 현마는 커피 한 잔을 타 주며 나와 마주 앉는다.

"우선 한잔하면서 이야기하지."

"그래서 뭔데? 후룹……."

"홈… 드래고닉 레기온 사람들과는 잘 어울리고 있는가 보군."

"뭐, 그렇지. 탱커질 한 3년 동안 이렇게 대접을 받아 보긴 처음이야. 아, 지금 내 최종 능력치 완전 쩔지 않냐? 아이템 세팅 바꾸니까 광폭화된 그레이트 바실리스크 탱킹도 될 것 같고 말이야. 이 정도면 네 힐러로서의 능력으로 살릴 만하지 않냐?"

난 인터페이스를 연 다음 방어 관련 능력치 부분을 추려 낸 자료를 현마에게 던져 준다. 현마는 그것을 보며 깜짝 놀랐다. 당연하지. 도저히 45레벨 탱커의 능력치라곤 믿을 수 없는 방어 능력이었으니까.

"세상에, 이 정도면 거의 55레벨이 아니라, 나랑 당장 65레벨 대 던전을 가도 될 능력치야. 도대체 너 뭘 끼고 있길래? 전설템이라도 도배한 거냐? 네 본래 능력치의 2배 가까운 뻥튀기 아니냐? 기가 막힐 노릇이군!"

쇠돌이 레벨 : 45
근력 : S+(90)
민첩 : A+(45)
마력 : 없음
지력 : E+(24)
체력 : 96,720
동 레벨 기준 물리 데미지 감소율 : 78%
동 레벨 기준 마법 데미지 감소율 : 63%
각 속성 저항치
수 : 15% 풍 : 30% 지 : 15% 독 : 33%
화 : -15% 명 : -50% 암 : 40%

내 예전 능력치를 아는 만큼, 확연하게 스펙 업이 된 내 모습을 보고 깜짝 놀라는 것도 무리가 아니지. 아, 근데 명속저항은 진짜 병신 같을 수밖에 없는 게, '사룡의 저주' 아이템의 고유 패널티라서 그렇다. 뭐, 그 약점만 빼고는 압도적인 오버 스펙을 갖춘 나지만, 진실을 감춰야 했다.

"하하하, 그 부분은 내 고용주께서 기밀로 하라고 해 가지고……."

'사룡의 저주' 세트 아이템은 현마도 알고 있는 거라서 알려 주면 또 설명해야 하고, 내 클래스까지 드러날지도 몰랐다.

그나저나 이 녀석은 얼마나 힐에 자신이 있는 거야. 65레벨 던전까지 갈 정도라니. 하긴, 지크프리트 씨도 입에 침이 마르도록 칭찬했었지.

"하긴, 아이템 세팅도 엄연히 클래스의 비밀이 드러나는 부분이니 어쩔 수 없지."

"근데 갑자기 부른 이유가 뭐야?"

이유를 들으려 하는데 무언가 분위기가 묘했다. 현마는 갑자기 일어나 나에게 손을 뻗으면서 말한다.

"후! 그게 말이야. 미안하지만, 며칠간만 자고 있어 줘야겠다. 〈광휘의 참언〉!"

쨍그랑!

난 나도 모르게 내 손에서 떨어진 커피 잔을 바라본다. 그리고 현마의 등에서 솟아오른 빛의 날개가 내뿜는 빛이 날 덮치자, 점점 몸에서 힘이 빠져나간다.

뭐야, 이 자식? 갑자기 무슨 짓이야? 난 일어서고 싶었지만 힘이 빠져 의자에서 움직이지 못했다.

"크루세이더의 상태 이상 스킬 중 하나지. 오직 '인간'에게만 사용이 가능하며, 빛에 휩싸인 대상은 지속 시간 동안 움직일 수 없고, 의식을 잃게 되지. 원래는 마비약을 사용하려 했는데 독 저항이 높고, 명 속성 저항이 낮아서 이렇게 직접 손을 쓰게 되었지. 참고로 본래 지속 시간은 3시간이지만, 네 저항 수치와 나와의 레벨 차이를 볼 때 족히 6시간은 갈 것 같군. 그럼 널 옮겨 둘 시간은 충분하겠지."

"너… 느어… 이게 무스 지시야?"

혀에도 힘이 빠지는지 발음이 새고 있었다. 몸에… 몸에 힘이 안 들어가! 역시 75레벨 크루세이더. 30레벨이나 높은 녀석이 거는 상태 이상에 난 한순간에 무력해진다.

그때 술집에서도 이걸 쓰지 그랬냐! 개자식! 날 어쩔 셈이야? 힘겹게 고개를 돌려 노려보는 게 전부인 나였는데, 녀석은 안경을 고쳐 쓰며 자조하듯 말한다.

"정말 미안하다. 갑작스러운 일이고, 네가 혼란스러워하는 것도 알아. 하지만 나와 너, 그리고 미래를 위해 이럴 수밖에 없었어. 나중에 전부 설명할 테니……."

"…무슨 개… 씨… 바… 소리……."

"한 3일간 병원에서 푹 자고 있어. 그러면 모든 게 다 해결될 거다. 이 정도까지 했으면 내가 말한 의미를 알겠지."

알긴 뭘 알아! 말해 주려면 제대로 말해 주라고! 이 등신 새끼! 그리고 병원은 안 돼!

"시바… 노마… 벼어는!"

달칵!

내가 병원 싫어하는 거 알면서 개소리를!이라고 말해 주고 싶었지만 몸이 움직이질 않는다. 더구나 지금 문이 열리면서 사람들이 들어와 날 들어 옮기기 시작했다.

잠이라니! 곧 레이드인데! 무슨 소리를 하는 거야? 허! 그제야 난 머리가 돌아가기 시작했다.

'쓰리 스타즈 얼라이언스 놈들이! 드래고닉 레기온, 지크프리트가 가진 전설의 무기를 탐내는 게 사실이었군. 그리고 현마 녀석이 날 배제하는 이유는, 난 지금 드래고닉 레기온에 고용된 상황이라 적이 될 수 있기 때문이군. 어쨌든 이걸로 확실하네.'

그렇다고 곱게 끌려 가 줄 생각은 전혀 없었다. 나, 탱커다. 45레벨까지! 그 많고 많은 좆같은 스캐빈저 새끼들에게 노려지면서도 살아왔던 놈이다.

참고로 탱커들은 전면에서 공격을 받는 건 물론이고, 모든 상태 이상을 받아 내는 일도 마다하지 않는 직업이다. 그런 내가 30레벨 차이 나는 상태 이상이라고 해서!

〈패시브-레비아탄의 절대적임〉
설명 : 나아는야~ 바다의 와앙자~ 당신은 해변의 여자~

이 정도 디버프 따위 푸는 스킬쯤은 가지고 있단 말이야!
참고로 저 스킬의 설명은 세르베루아 님이 해석해 준 바 있었고, 실제 효과는 이렇다.

〈패시브-레비아탄의 절대적임〉
설명 : 사용자가 상태 이상에 걸렸을 때, 해제의 의사를 표현 시 모든 상태 이상을 해제하고, 주변에 있는 상대에게 상태 이상을 되돌린다. 스킬 마스터 부가 효과는 '레비아탄의 발톱'을 소환해서 장비 가능.

내가 걸린 상태 이상은 72레벨의 마비.
날 들어서 옮기려는 길드원 4명이 오히려 땅에 쓰러진다. 물론 현마에게도 돌아갔지만, 녀석은 상태 이상보다 레벨이 높아서 무시 확률도 있었고, 애초에 크루세이더라는 클래스가 기본적으로 상태 이상에 강해서인지 되돌아온 빛에도 아무렇지 않게 서 있었다.

"날 너무 우습게 봤구나! 차현마! 내가 3년간 탱커질 하면서 그냥 살아남은 거라 생각했냐? 내 상대는 언제나 너같이 남을 깔보는 놈들이었다고!"

"큭! 얌전히 끌려갔으면 좋았을 것을. 강철, 네가 그렇게 눈치가 없는 놈인 줄은 몰랐다."

"난 눈치가 없지만, 너는 개념이 없지. 미친 새끼! 언제부터 한국 최고의 길드인 쓰리 스타즈 얼라이언스가 스캐빈저 같은 짓이나 하게 된 거냐? 워스트 데이는 오늘부터 2인자겠구만! 하!"

"……."

"젠장!"

말없이 날 원망하듯 노려보는 현마였다. 이렇게 된 이상 더 할 이야기는 없다. 그렇다고 적의를 읽어 냈음에도 적진에서 한바탕 날뛸 수도 없는 노릇이니, 그냥 못 들은 척 물러나는 게 제일이다. 그렇게 내가 물러나려는데 뒤에서 현마의 목소리가 들린다.

"레이드, 나오지 않는 게 좋을 거다. 목숨이 아깝다면 말이지."

"탱커에겐 목숨보다 중요한 게 더 많아서 말이야. 레이드에서 보자."

"큭, 좋아. 그럼 하나만 알려 다오."

"뭘?"

"방금 그 스킬, 수많은 탱커를 보았던 나도 처음 보는 스킬인데, 너, 혹시 레어 클래스냐?"

방금 전 놈이 내 말을 무시했던 것처럼 나도 무시하고 나와 버렸다. 그런 걸 알려 줄까 보냐! 그나저나 어쩌다 저놈이랑 싸울 팔자가 된 건지. 미래가 알면 아주 난리 나겠구만.

3년 전, 대재앙에서 서로의 등을 지켜 주던 친구 사이였는데, 이젠 서로에게 칼을 겨누게 될 팔자라니.

어쨌든 별다른 제지 없이 나왔다. 그리고 불쾌감은 없다. 언젠가 이런 일이 있으리라고, 서로 다 알고 있었기 때문에 미리 약속해 두었었다.

'길드에 들어간다고?'

'어, 베르도 님의 쓰리 스타즈 얼라이언스라는 길드에 들어갈 거야. 너는?'

'정규직 탱커는 일에 치여서 개판이니까, 나야 계속 고용직 생활을 해야지. 근데 길드에 들어가면 정부와 연결도 되겠네.'

'그렇지. 만약 운이 없으면 서로 싸울 일이 생길지도 몰라.'

이미 다 약속했다. 서로의 감정이 상해서 싸운 게 아닌 이상 싸우더라도 원망하기 없기. 다 싸우고 난 다음엔 응어리진 것 없이 친구로 돌아가기로 말이다. 나와 현마는 그런 친구 사이였다.

 어쨌든 돌아선 나는 곧장 드래고닉 레기온 사람들이 있는 트레일러로 돌아갔다.

 "강철 님, 돌아오셨어요?"

 "어. 근데 일이 좀 있었어. 제길, 잘못하면 이거 레이드가 아니라, 공성전이 되어 버릴 수도 있겠는걸? 지크프리트 씨는?"

 "트레일러 맨 뒤 칸에 계세요."

 공성전. 물론 본래의 의미는 성이라는 거점을 뺏고, 빼앗는 전투를 의미하지만 이 경우 길드 간의 대규모 PVP를 지칭하는 언어를 의미한다. 그리고 이건 적합자 간의 살육전이 되어 버린다. 결국 적합자들도 사람이라는 것이다.

 이익과 분쟁, 특히 드래고닉 레기온이 해결한 그랜드 퀘스트의 보상으로 전 세계 100년분의 사용량 유전+채유 시설을 받아 버려서, 미국의 캡틴 포스와 드래고닉 나이트의 분쟁이 대표적이고, 그 망할 싸움에 나와 현마도 끼워 버린 셈인가?

 "과연, 그런 일이 있었습니까?"

 "하아~ 이거 미치겠네요. 마음 놓고 등을 맡기던 녀석과

졸지에 싸울지도 모르는 관계가 되어 버리다니. 지금에 와서 레이드를 그만둘 수도 없잖습니까?"

"예. 일단 사업비는 이미 모두 나갔으니 해야겠지요."

"그럼 한국 길드와의 연계를 포기하고 저희끼리 가는 건? 마침 세르베루아 님에게 용족 전용 치유 스킬이 있고, 제가 그걸 받을 수 있으니… 아, 안 되는구나! 세르베루아 님은 테이밍 하셔야 하지……."

"예, 그렇습니다. 그래서 힐러를 지원받기 위해 연계를 한 것이고, 엄연히 이곳의 던전 우선권은 한국의 길드들이 가지고 있고, 이미 사업 협조 계약도 다 맺은 상태입니다. 멋대로 깰 수가 없는 노릇이지요. 더구나 저희 길드는 용종과 용족이 기반이니만큼 그레이트 비실리스크는 테이밍할 수 있으면 하는 편이 좋지요."

할 수 있으면 말이지, 라는 말을 난 삼킨다. 차현마 같은 쓰리 스타즈 얼라이언스 길드의 에이스가 이 일에 손을 대고 있다면 레이드 던전은 말만 던전이고, 한국 3개의 길드와 세계 최강 드래고닉 레기온이 겨루는 투기장이 되어 버린다. 물론 이쪽의 전력은 상당… 아니 그 이상이다.

"70레벨 5명의 조합을 이룬 기사들과 80레벨 대의 드래곤 나이트 하나, 로드 오브 드래곤 하나. 이게 드래고닉 레기온의 전력이지만~"

"저거노트이자 탱커인 당신과 애인인 데스 나이트 세연

양까지 9명이지요."

"애인보다는 아직은 보호자에 가깝습니다."

"예, 세연 양이 보호자였죠?"

"아니! 제가 보호자인뎁쇼?"

아~ 이 아저씨, 나랑 쓰리 스타즈 얼라이언스 길드의 차현마 대리랑 친구라는 걸 알고 있음에도 나가길 종용하거나, 어쩔 거냐는 소리 하나도 안 하고 태연하게 군다. 아니, 정확히는 뭘 선택해도 상관없다는 태도겠지. 역시 세계 넘버원은 그릇부터가 다르군. 이런 멋진 양반을 돕지 않으면 누굴 도우랴? 더구나 스캐빈저에게 쫓길 때의 빚도 남아 있다.

"저기, 지크프리트 씨."

"예."

"PVP 임무는 제 계약 내용에 안 들어 있기에 보수를 추가해 주셨으면 합니다만?"

"하하하하! 예, 알겠습니다. 계약서를 좀 고쳐야겠군요. 하하하하!"

나로선 닭살 돋게 지크프리트 씨의 어깨에 손을 올리며, 남자의 우정이니 그런 걸로 이야기하는 건 어울리지도 않았고, 복잡하기만 할뿐이다.

그러나 가장 나에게 어울리는 단어는 역시 뭐니 뭐니 해도 돈이다. 그렇다고 친구랑 칼을 겨누고 살육전을 벌이나

~ 하는 생각도 있지만, 새삼 뭐라고 해야 하나, 아직 실감이 안 난다고 해야 하나? 예전엔 이렇게 같이 던전도 다녔었는데 말이지.

'어차피 나는 탱커고, 걔는 힐러. 서로 검을 맞대고 싸울 일은 죽어도 없으며, 어느 쪽이든 질 것 같으면 도망갈 능력은 되니까 말이야.'

'난 먼저 〈빛의 수호〉를 쓰고, 귀환 크리스털을 쓰마. 알아서 뛰어와.'
'개새끼야! 크루세이더라고 와우에서 하던 짓 그대로 하네! 진짜 무적 귀환 쓰네!'
'〈티일런트 대시(Tyrant Dash)〉! 난 걸어서 도망간디! 돈 없어, 씨발!'
'사내라는 놈들이 여자를 버리고 둘 다 도망가냐!'
'미래, 네가 이미 투명화 비슷한 생존기 '미러 클록'을 쓴 거 다 알고 있다만. 그리고 철이는 몹을 끌고서 도망가는데 뭐라 할 필요는 없지 않느냐 어쨌든 크로니클에서 보자.'

셋이서 던전 돌 때, 도저히 안 되어 각자 도망가려고 난리였었지. 하하하. 어느 쪽이 이기든 아마 도망칠 능력은 있다. 싸운다고 해도 서로 죽인다고 확정된 건 아니다. 다만, 무서운 건 그 녀석의 실력이지. 그놈의 힐과 버프를 받은 한국 길드의 에이스들이 얼마나 강력할지 소름이 돋는다.

내 의사를 해석한 지크프리트는 웃으면서 고개를 끄덕인다. 그리고 그는 갑자기 자신의 인벤토리를 열어서 무언갈 꺼내서 준다.

"자, 부탁하셨던 오리하르콘입니다. 그러고 보니 30분 전에 손님이 오셔서 기다리고 있었는데……."

"아! 맞다. 잊고 있었어. 아머드 나이트 꼬맹이가 이미 왔을 시간이지! 그럼 먼저 가 보겠습니다!"

"지금 데스 나이트 세연과 이야기 중입니다. 그녀에게 연락하시면 될 겁니다."

"아, 알았습니다. 그럼 수고하세요."

휴, 어쨌든 이번 레이드는 내 인생 역대급으로 빡세겠구만. 아니, 생에 첫 대규모 PVP 전장이 더 맞으려나?

어쨌든 나는 약속을 지키기 위해 받은 오리하르콘을 들고 세연에게 연락을 해서 아머드 나이트에게 향한다. 녀석은 세연과 둘이서 카페에 앉아서 이야기 중이었다. 거의 그 꼬맹이 녀석이 주도하고, 세연은 대강 들으면서 고개를 끄덕이는 정도였지만 말이다.

내가 카페에 들어가자 둘은 날 보면서 인사를 한다.

"정확히 33분 21초 늦었네요, 팀장님."

"아, 아저씨, 오셨어요?

내가 늦은 시간을 일일이 다 계산하고 있나? 엿 같은 꼬맹이.

 난 인상을 찌푸린 채 녀석에게 오리하르콘이 든 상자를 던져 준다. 내가 받은 상자를 열어 물건을 본 녀석은 깜짝 놀란 얼굴로 날 바라본다. 이 새끼, 내가 그럼 안 갖다 줄 줄 알았나? 엄청 의외라는 얼굴이군.

 "이, 이거! 이 빛깔! 오리하르콘 원석이잖아요? 세, 세상에, 〈액티브-감정〉! 우와! 순도 99.8퍼센트? 세상에… 1킬로그램이라고 말했지만 순도 이야기를 하지 않아서, 어차피 순도가 엄청 낮은 걸 들고 와서 우길 거라 생각했는데! 이거면 〈정제〉 스킬도 쓸 필요 없이 바로 재료로 쓸 수 있어!"

 "잘됐네요, 상연 군."

 "세연이 넌 벌써 이놈이랑 친해졌냐?"

 난 좀 띠껍다는 눈으로 바라보는데, 세연은 손뼉을 치면서 고개를 끄덕이며 말한다.

 "드디어 아저씨가 질투를 해 주시는군요. 그냥 같은 탱커니까 조언을 듣고 있었을 뿐이에요."

 맞다. 세연도 엄연히 데스 나이트로 탱커다. 아머드 나이트인 이 꼬맹이 녀석도 43레벨까지 살아남은 탱커. 조언을 얻어서 나쁠 것 없었다. 그리고 지, 질투라니! 나 그런 거 전혀 하지 않았어!

 "질투 아냐! 이런 꼬맹이 따위 알 게 뭐야. 흥! 그리고 자,

약속 지켰다. 너도 이제 군말 없이 오더에 따라."

"아, 기사에게 두말은 없습니다."

말은 잘하지만 이미 눈이 갔네, 갔어. 에휴, 하긴 저놈은 지금 방금 얻은 원석으로 무엇을 만들 수 있고, 어떤 개조가 가능한가?밖에 생각을 안 하는 듯 인터페이스를 열고 자신의 스킬을 이것저것 누르는 데만 정신이 팔려 있었다. 뭐, 나도 '사룡의 저주' 세트에 증가한 능력치를 보면서 정리했었으니 저 기분을 이해하지 못할 건 아니다.

"그럼 순순히 따라올 마음이 생긴 것 같으니 정보 요구 좀 더 해도 되냐?"

"가치 있는 물건을 받은 만큼은 해 주도록 하지요."

"H프라이멀에 대해서 아나? 모른다고 하진 않겠지."

"그런 돈만 밝히는 멍청한 돼지들 따위 몰라요."

하아? 아니, 너 엄연히 재벌 집 손주인데, 그런 말을 해도 되냐? 그 돈으로 잘 먹고 잘사시는 분이 그런 말을 해서야? 하긴, 아직 어리니까 돈만 밝히는 돼지라는 개소리가 나오는 거지. 그렇게 치면 난 뭐야? 그 돈을 밝히는 돼지들의 왕이겠다.

어쨌든 정보를 필요로 하는 만큼 우선 본심은 가슴에 담아 두고 참으며 말을 건다.

"정말 모르냐?"

"예, 신경 쓸 가치가 없다고 해야 하나? 그런 녀석들 신경 쓸 바엔 내 아머드 나이트의 소재를 구하러 다니거나 파츠 개조하는 편이 나을 정도지요."

'이 자식 본심인지, 아닌지 모르겠네. 하지만!'

강단 있는 눈빛과 자신감 있는 태도, 스스로를 기사니 노블리스 오블리제라는 개소리를 하는 자존심 강한 놈이니 적어도 비겁한 수단을 쓸 녀석은 아니다.

그나저나 그럼 이 자식 혹시? 그쪽 타입인가? 난 녀석을 떠보기 위해 휴대폰을 조작해 스스로 벨소리를 울리게 한다.

[당신의 마음은~ 사랑과 함께~ 새로이 펼쳐~]

"뭐야? 갑자기 이상한 노래."

'음~ 오타쿠는 아닌가? 하지만 저 비 사교적인 태도, 내일밖에 몰라, 쓸데없는 자존심. 더불어 돈 많은 환경이라 너드(Nerd)계인 줄 알았는데…….'

"그래서 질문은 그게 끝이야? 끝났으면 나 이제 가서 이 원석을 개조하는 데 쓰고 싶은데?"

"아, 아, 맞다. 인터페이스를 좀 보고 싶은데? 물론 네 아머드 나이트 착용 때의 사양이면 충분해. 스킬은 오직 방어 생존형 액티브만 보여 줘도 되고 말이야. 엄연히 메인 탱커는 너와 나인 만큼 정보 교환은 필수이다만? 아, 세연아, 넌 안 해도 돼. 넌 지금 패시브 찍기도 바쁜 레벨인 거 아니까."

"뭐, 그거라면 잠시 정보를 좀 걸러야 하니 기다리세요."

레이드 최악의 적은 보스 몬스터가 아니다 • 143

레이드를 위한 정보 교환. 분명 인터페이스와 스킬의 공개는 꺼리는 편이지만, 상대는 55레벨 그레이트 바실리스크고, 유일하게 40레벨이 넘는 탱커는 나와 이놈뿐이다.

다른 탱커 녀석들은 생존기를 안 켠 순간 순살이니, 생존기가 있을 때만 잠시 시간을 끄는 용도 외의 메인 탱킹은 단둘인 만큼 서로의 방어 스킬 체크는 하면 유용하다. 특히 팀장인 내가 알아 두면 희생을 줄이고, 레이드를 편하게 할 수 있다.

'그래도 이 제안은 거절 안 하니 다행이군. 자, 그럼 볼까?'

"이게 상연 군의 탱킹 능력치네요."

먼저 내 인터페이스부터 던져 주고, 꼬맹이의 인터페이스를 받는다. 아머드 나이트 상태 기준 스테이터스였다.

아머드 나이트-형식 넘버 EXC-001

레벨 : 43

근력 : S+(86)

민첩 : A+(43)

마력 : A+(43)

지력 : 없음

체력 : 64,830

동 레벨 기준 물리 방어 감소 : 43%

동 레벨 기준 마법 방어 감소 : 53%

사용 가능 액티브 스킬

〈액티브-포스 실드〉

설명 : 힘의 장벽을 설치에 받는 데미지를 일정 시간 줄인다. 지속 시간 3초, 쿨 다운 15초.

〈액티브-긴급 수리〉

설명 : 전체 체력의 30%를 즉시 회복한다. 쿨 다운 2분.

〈액티브-위상 전이〉

설명 : 3초간 아공간으로 기체를 전이시켜 무적 상태로 만든다. 쿨 다운 30초.

〈액티브-부품 교체〉

설명 : 상태 이상을 당한 부분의 파츠를 제거. 즉시 교체합니다. 단, 전체적인 상태 이상은 해제 불가. 쿨 다운 30초.

〈액티브-아머 트랜스〉

설명 : 전체적인 상태 이상을 제거합니다. 부분적인 상태 이상은 제거 불능. 쿨 다운 45초.

〈액티브-앵커 체인〉

설명 : 대상에게 앵커를 쏘아 박습니다. 이 앵커는 이동, 도발, 추가 커맨드 입력으로 다양한 효과로 사용할 수 있습니다.

액티브 더럽게 많아! 이거 생존, 방어 액티브만 모아 놓은 거지? 그렇다는 건 이것 이외에도 공격과 서포트 스킬도 많을 테고, 이거 다 어떻게 컨트롤해? 물론 기본 능력치는 아이템을 갖추기 전의 나보다 훨씬 좋은데 말이지.

"엄청 많네요, 스킬……."

"어이, 너 방어 스킬 이것뿐일 리는 없을 테고, 이 스킬들 어떻게 다 찍은 거냐?"

지금 방어와 생존을 위한 액티브 스킬이 6개. 43개밖에 안 되는 스킬 포인트 중 18개나 날아간다. 더구나 이 녀석은 공학계라서, 제련, 감정, 제조 스킬도 밀어줘야 하는데, 스킬 포인트 안 모자라나?

내가 그런 얼굴을 하자 그 녀석은 한심하다는 듯 한숨을 쉬며 설명하기 시작한다.

"아머드 나이트는 기체를 착용할 때와 해제했을 때 완전히 다른 캐릭터 취급을 해. 즉, 2개의 클래스가 서로의 필요에 의해 공유된다는 거예요. 사실상 스킬 포인트를 86개 사용할 수 있다는 거지요."

"과연, 그러니까 인간 형상 때의 스킬 트리와 아머드 나이트 때의 스킬 트리도 완전히 다르다는 거군."

"편의상 인간일 때는 엔지니어라고 부르고 있습니다. 어쨌든 2개의 클래스가 공존하는 느낌이죠. 다만, 단점도 크지요."

"드롭 아이템을 즉시 사용하는 게 아니라, 추출, 채집으로 소재를 얻어 직접 제작을 해서 강화시켜야 한다는 점이지?"

그렇다. 공학계의 장점이자 단점. 녀석들은 우리랑 장비를 공유하지 못한다. 다만, 우리가 쓰는 장비를 해체나 추출을 통해서 재료를 수집하고 제조 스킬로 별도로 제작해서 써야 한다.

그만큼 저 아머드 나이트라는 녀석은 2개의 클래스를 키우는 듯한 수고와 비용이 필요하다. 그래서 보통 공학계 클래스들은 그런 수고와 비용을 들일 필요도 없고, 그냥 대기업에 가서 편하게 고액 연봉을 받는 게 당연했다.

"네 녀석은 재벌 집 손주분이셔서 돈은 썩어 나시니까 석합자의 스킬을 개발할 여력이 되었다는 거군. 아니, 그래도 그렇지, 왜 아머드 나이트야? 공학계는 힐러도 있구만! 그래, 힐러가 될 필요가 없다면 차라리 플라즈마 런처 같은 공학계 딜러를 하면 될 것을… 이해를 못하겠다."

"후우~ 남자의 미학을 전혀 모르시는군요. 그런 당신은 도대체 얼마나… 에엑? 뭐, 뭐죠, 이 스펙은? 인간이… 45레벨의 인간이 어떻게 체력 9만을 넘을 수 있는 거죠? 게다가 물리, 마법 방어 효율에, 당신 방패까지 쓸 수 있죠?"

훗! 봤군, 내 능력치를! 45레벨이라고 여겨지지 않는 초오버 스펙! 강력한 패시브들이 조화를 이루어 극한까지 추구된 방어 능력. 이게 진짜 퓨어 탱커다.

　꼬맹이 녀석은 허탈한 표정으로 힘이 빠져 있었다.

　"내 아머드 나이트의 성능은 일반 적합자 탱커 58레벨 정도의 스펙이라고 배어진 컨설턴트 님께서 인정해 주셨는데! 강해지기 위해서, 그 누구보다 강력한 탱커가 되기 위해서 노력했는데!"

　"아니, 씨발 놈아. 그렇게 말하면 내가 무슨 날로 먹어서 강해진 줄 알겠다? 난 패시브로 떡칠한 대신 액티브 스킬 중 생존기가 3개뿐이라고!"

　해석된 스킬 2개와 내가 알고 있는 스킬 1개. 즉, 생존기는 딱 3개. 나로서는 다양한 생존 스킬과 유틸성으로 뭉친 아머드 나이트 쪽이 더 탱커로서 가치가 높다고 생각한다. 기본적인 리듀스는 낮지만, 사용자의 센스에 따라 나 이상의 효율을 볼 수 있다. 즉!

　"난 오토 차량이고, 넌 수동이라는 거지. 더구나 넌 유틸기도 많으니까 나보다 훨씬 낫구만~"

　"하지만 당신은 그 기본 수치가 너무 높지 않습니까? 이건 무슨 거의 괴수급이군요. 게임으로 치면 유저가 아니라 던전 안에서 똬리를 틀고 있어야 하는 보스 몬스터의 능력치란 말입니다."

　이놈, 내 저거노트 클래스에 대한 걸 눈치챈 건 아닌데, 지적이 엄청 예리하네. 더구나 놈은 멋대로 어떻게 해야 자신의 아머드 나이트가 내 능력치를 따라잡을 수 있는가를 연구하기 시작했다.

"먼저 이 비이상적인 물리 내성과 방어 내성을 잡으려면 두 가지 내성을 만족하는 소재를 적절히 배합해야 하는데. 오리하르콘뿐만 아니라 전설로만 내려져 오는 아다만티움으로 도배한다고 해도, 오리하르콘 물리 내성 방정식이……. 그다음에 적절한 두께량과 기체의 중량 밸런스도 중요하고, 내 아머드 나이트가 9만이나 되는 체력 수치를 찍으려면 방어 장갑과 내장 마력을 얼마나 증폭시켜야 하는 거야? 이미 아다만티움으로는 해결이 안 되고, 전설급 소재를 모으기 시작해야 한다는 건데? 오리하르콘도 구하기 힘든 현실에 전설급 소재를 이렇게 모아?"

"아니, 그러니까 그 수치만 보지 말라고, 이 등신 같은 꼬맹아. 양심이 있냐? 넌 유틸기 개쩔게 많으면서. 하여간 초딩은 초딩인가?"

30초 쿨 다운에 3초 무적. 상태 이상을 해제하는 기술 두 가지, 방어막, 자기 수리까지, 밸런스 좋게 잡힌 다양한 액티브 생존기.

더구나 탱커 특성상 모자라는 기동력을 커버해 줄 수 있는 〈앵커 체인〉 스킬까지. 이거 다 가지고 있는 탱커가 내 방어 능력치만 보고 징징댈 이유가 있나?

'하여간 이런 애들 어디에나 있지. 자기 클래스의 장점은

안 보고, 남의 클래스 장점만 보고서 징징대는 애들 말이야. 게임에서도 있지만, 적합자 사회에도 있지.'

 게임처럼 되어 버린 이 망할 세계이니, 당연히 적합자들 간에도 자신의 클래스가 더 좋니, 안 좋니 하는 걸로 싸우는 일이 비일비재했다.

 '적합자-인벤이라든가? 디시에 있는 적합자 갤러리라든가 있었지?'

 참고로 나는 미연시 갤러리를 들르는 편이다. 스트레스 해소용으로 재미있는 야겜을 추천받기 위해서 말이지. 그리고 어차피 퓨어 탱커라서 적합자 관련 게시판에 가 봐야 복장만 터진다.

 "하아~ 어쨌든 둘 다 시궁창 탱커 인생인데, 방어 스펙 가지고 그렇게 징징댈 필요 없지 않냐? 그리고 너 유틸기 많아서 쩐다니까! 전 시즌 챌린저인 내가 인정할게."

 "제 자존심이 용납하지 못합니다. 아머드 나이트로 세계 최강의 용자를 목표로 하는 겁니다. 언젠가 반드시 당신을 뛰어넘겠습니다."

 "용자라니. 그리고 그런 걸 뛰어넘고 자시고, 내 클래스랑 네 클래스는 탱킹의 방향성 자체가 달라. 아, 참고로 세연도 탱커니까 잘 들어."

 저거노트는 순수하게 모든 패시브와 액티브가 방어적인 역할을 하는 직선적인 구조의 퓨어 탱커. 데스 나이트인 세연은 딜링과 방어 능력이 순환을 이루는 순환 구조. 마지막으로 이 꼬맹이의 아머 나이트는 기본 방어 능력치는 낮지만, 다양한 액티브 유틸, 방어 스킬을 굴리는 운영 구조였다.

"어차피 서로 완전히 다른 클래스라서 비교 불가야. 각자 클래스의 전략과 운영이 완전히 다르니까. 난 방어 능력치가 좋긴 한데, 맨손이라 딜을 못해서 23레벨인 얘가 1대 쳐서 잡는 고블린을 45레벨인 나는 10대를 쳐야 돼. 넌 공학계니까 그냥 팔의 무장만 바꾸면 평타 딜링은 오르잖아."

"흠~ 딜이 그렇게 안 나오나요? 그럼 위협 수치는 패시브로만?"

"패시브로 올리는 위협 수치랑 방이력을 깎는 패시브랑 도발 스킬을 쿨마다 걸어서 해결하지."

흠~ 이제야 제대로 이야기가 되네.

나와 세연, 상연은 각자 가진 스킬의 시너지에 대해 회의하기 시작했다. 세연은 〈혹한의 검〉을 통해 빙결과 슬로우를 가지고 있지만, 그레이트 바실리스크와의 레벨 차이 때문에 별로 안 통하리라고 생각하는 게 보통이었다.

"세연아, 너 혹한의 검 말고, 빙결계 스킬 더 없냐? 그레이트 바실리스크라곤 해도 저항 수치는 바실리스크를 그대로 따라가서 냉기 스킬에 약해. 아마 빙결이 네 생각 이상으로 잘 걸릴 거다."

"알겠습니다, 아저씨."

"아니, 왜 아저씨의 스킬은 설명이 이따구입니까? 장난 하는 것도 아니고, 이래서야 효과를 알아볼 수가 없네요."

나도 그게 곤란해. 우리 셋은 그렇게 서로의 스킬과 스펙을 일부 공유하고, 서로의 취약점에 대해 토론을 했다.

나는 모자란 딜량으로 인한 위협 수치, 세연은 그냥 저 레벨이라서 취약하기 그지없었다. 방어 스킬 하나 없이 평타만 맞아도 숨질 레벨.

다만, 기대하는 건 '해골 기사의 저주' 아이템으로 발동하는 효과가 과연 데스 나이트 세연에게는 어떤 식으로 발생될지에 대한 것이었다. 마지막으로!

"어이, 꼬맹이. 마지막으로 하나 알려 주지. 이번 레이드, 드래고닉 레기온이 주선한다는 거 알고 있지?"

"예. 용종인 그레이트 바실리스크를 테이밍 하기 위해서라고 브리핑에서 들었죠."

"일단 주목적은 그거이긴 하지만, 던전에 들어가는 파티가 쓸모없이 많기도 하지. 쓰리 스타즈 얼라이언스, H프라이멀, 로직 게인. 한국 최상위 길드 셋이 입하, 경비, 지원 등 각각의 목적으로 레이드에 들어온다. 일단 55레벨인 그레이트 바실리스크를 뛰어넘는 이들이 수십 명은 넘게 들어오겠지. 그리고 재수 없으면 우린 그들과 싸울지도 몰라."

그리고 안에 있을 한국의 3개 길드와 드래고닉 레기온

쪽에 있는 9명이 싸울지 모른다고, 난 상연에게 설명했다.

본심인지, 아니면 거짓말을 하는지는 몰라도 이 녀석 너드(Nerd) 같아서 모르는 느낌인데 말이야.

"적합자들끼리 싸울지도 모른다구요? 왜죠?"

"왜일까? 어쨌든 재수 없으면 피 본다는 건 알아 둬. 넌 역시 그 상황이 되면 H프라이멀에 붙어서 싸울 거냐?"

"제가 왜 그 돼지들을 위해 싸워야 하는데요?"

"아니, 너희 기업이 스폰하는 데인데 무슨 개소리야."

"아, 저 그 길드에 관심 없는데요."

이 녀석 정말 초딩 새끼라서 사회 굴러가는 걸 모르나? 아니, 전에는 전화로 잘만 회사 경영 같은 것 하던데, 그냥 도장만 찍는 바지 사장인가? 도내체 이 녀석은 뭐 하는 놈인가? 어떻게 돼먹은 놈인가? 그럼 마지막으로 하나만 물어봐야겠다.

"어쨌든 넌 그런 싸움이 생기면 어떻게 할 거냐?"

"아~ 그럼 이길 쪽에 붙어야겠죠?"

말은 잘하네. 이길 쪽이라~ 한국 길드 쪽에 붙는다는 걸 돌려서 말하는 건가? 어쨌든 틀린 이야기는 아니다. 최전선에서 싸워야 하는 탱커로서 죽는 건 싫으니 이길 쪽에 붙어야 살겠지.

어쨌든 녀석의 의사는 알게 되어 고개를 끄덕이는 나는 각오하라는 이야기를 해 준다.

레이드 최악의 적은 보스 몬스터가 아니다

"이길 쪽이라? 그래, 어느 쪽이 이길지는 모르겠지만 네 판단이 옳았으면 하네."

"모든 정보는 이미 제 손안에 있습니다. 이 정도 계산이야 산수나 다름없죠. 그래서 싸움이 벌어질 경우 어떻게 할지에 대한 신호나 진형 합류 계획서는 짜여 있습니까?"

"그걸 왜 너에게 말해 줘야 하는데? 미친 거 아니냐. 왜, 돌아가서 다 알려 주게?"

"돌아가긴 어딜 돌아간다는 겁니까?"

뭐지? 묘하게 이 녀석이랑 내 말이 평행선을 달리는 것 같다. 설마 이 녀석이 이길 쪽이라고 한 게? 아니, 그럴 리가. 고작 9명밖에 없는데?

"너, 혹시 우리 쪽에 붙어서 싸운다는 이야기였냐?"

"당연히 드래고닉 레기온이 이길 수밖에 없잖습니까?"

"아니, 암만 드래고닉 레기온이라고 해도 지금 마스터와 부 마스터 두 사람, 호위 기사 5명, 나랑 세연이가 전부인데?"

"거기에 저까지 들어가면 확실히 우리가 이기겠네요."

이 초딩 새끼, 무슨 미친 소리를 해 대는 거지? 뻐킹 너드(Nerd) 자식, 대가리에 총 맞았나? 이 녀석은? 상대 전력이라든가, 레벨 합이 장난이 아니구만 무슨 개소리를? 게다가 한국 3대 길드 놈들은 뭐, 바보들만 있는 줄 아냐?

"너, 집에서 뭐라고 안 하냐? 정말 우리가 이겨 버리면 H

프라이멀에 손해가 클 텐……."

"아, 지원하는 길드가 진다고 해도 스폰서는 피해 안 입잖아요. 그냥 지원금을 깎든가, 다른 실적을 요구하면 그만이니까요."

"과연 그래서 부담 없이 이길 쪽에 붙는 판단을 한다는 건가?"

"더불어 회사 내에서는 H프라이멀을 지원하자고 했던 삼촌의 평가도 깎이겠네요. 하지만 저는 탱커라서 이길 쪽 아닌 데 붙었다가는 목숨이 남아나질 않으니 말이죠. 그리고 위약금도 물기 싫고요."

레이드 도중 도망가는 경우 그 위약금이 평시에 파기할 때보다 수배나 들며, 여차하면 소송까지 가는 경우도 있다. 왜냐하면 당연히 참여하던 한 놈이 도망가거나 빠지게 되면 남은 사람들이 위험하니까, 크로니클에서 정부와 협의해 만든 각종 적합자에 대한 법안 중 하나였다.

그리고 나중엔 길드 단위로 소송에 걸려서, 지면 목숨 값보다 더 비싼 엄청난 액수의 돈을 물어내야 하거나, 감옥에서 평생 썩기 중 하나가 기다릴 뿐이다. 그런고로 레이드에서 자의로 선택할 수 있는 건 오로지 죽음, 아니면 자신의 실력으로 살아남는 것뿐이다.

"그래서 결론은 우리와 함께하겠다는 거군, 너드 꼬맹이."

"정말이지 말투나 행동, 성격은 모두 최악이지만, 실력만큼은 있다고 제 판단이 말하고 있으니 살아남으려고 하는 어쩔 수 없는 선택 정도로 해 주세요."

"그래, 씨발, 잘 살아남아 보자."

결국 나는 상연이라는 꼬맹이와 악수를 나눈다. 어쨌든 탱커끼리 협력 관계가 된 건 괜찮은 성과라고 생각한다.

지크프리트 씨에게 할 말은 생긴 셈. 비록 정보는 못 얻었어도 불안 요소를 지워 냈으니 말이다.

상연이 녀석을 보낸 나와 세연은 이제 할 일이 없어졌으므로 둘이서 카페에서 시간을 보내기로 한다.

"휴우~ 이제 레이드 본 방송뿐이군. 레이드 준비 처음인데 어땠냐?"

"절차랑 준비가 생각보다 많네요."

"어, 게임에서야 그냥 직업 조합이랑만 대충 해 가면 그만이지만, 이건 적합자들이 나서는 수십억의 돈이 움직이는 사업이니 말이야. 이제 남은 건 더럽게 거대한 몬스터들에게 사람들이 죽어 나가는 괴수 영화를 실시간 라이브로 보는 것뿐이지."

혹은 인간끼리 서로 죽여 나가는 전쟁물이 될지도 모르고 말이야.

이런 일이 일상처럼 느껴지는 게 결코 정상은 아니리라. 물론 난 내 손으로 사람을 죽인 적은 없지만, 솔직해지자.

딜이 죽어라 안 나와서 못 죽이는 거지. 죽이려고 마음먹은 순간은 엄청 많았다.

그야 당연하지. 멀쩡히 탱커질 하면서 돈 벌고 살려 하면 스캐빈저들에게 노려지니까. 귀환 크리스털이 하나당 50만 원이라는 미친 가격이니 짜증이 날 뿐이다.

"하아~ 어쨌든 레이드 가면 못 볼 장면 많이 볼 거야. 각오 단단히 해 둬."

"자신의 죽음보다 더 무서운 장면이 있겠어요?"

하! 졌다. 그렇지, 자신의 죽음. 상상하는 것만으로도 무섭네. 자신의 죽음이야말로 모든 공포와 두려움의 근원이지. 그리고 그 공포의 근원이 될 장면보다 무서운 장면은 없을 것이리라.

데스 나이트라서 〈죽은 자〉 패시브를 가진 그녀에겐 아마 두려움이라는 단어는 없는 거나 마찬가지겠지.

"아, 그래도 세연에게도 무서운 게 있어요."

"하아? 갑자기 무서울 게 없다는 듯하다가 태세 전환이냐? 데스 나이트 이름이 울……."

"아저씨에게 버림받거나, 아저씨가 죽는 장면. 그게 지금 세연의 두려움이에요."

으아아, 부끄러워! 부끄럽다고! 이 녀석은 왜 이렇게 부끄러운 말을 태연하게 하는 거야? 끄아아아아! 난 손발이 오그라드는 부끄러움을 느끼며, 양 뺨에 손을 올리고 부끄러운 척하는 세연을 바라본다. 녀석은 쐐기를 꽂듯이 마무리를 짓는다.

"그리고 두려움은 살아 있다는 증거이기도 해요."

"너, 지금도 이런데 살아 있었을 땐 얼마나 핑크빛이었다는 거야?"

"아저씨가 심각한 동정일 뿐이에요. 흥!"

"어쨌든 레이드를 각오하고, 조심하고, 내 오더 철저히 따라. 일단 그러면 나보다 먼저 죽는 일은 없을 테니 말이야."

"그게 제일 두려운데요?"

"아니! 말이 그렇다는 거라고! 나도 죽기 싫어! 꼭 살아남아서!"

이 망할 세상을 만든 자식의 얼굴을 보고 말 테다! 놈에게 한 방 먹여 주지 않으면 성질이 풀리지 않아.

그렇게 서로 결의를 다지고, 각 진영은 준비를 끝내게 되었다.

남은 이틀은 평범하게 마무리 정비를 하면서 보냈고, 시간은 흘러 드디어 레이드의 날이 다가왔다.

레이드 날, 오전 6시.

레이드는 적합자에겐 최고의 수입원이자, 그들이 레벨 업을 하고 성장하는 목표라고 할 수 있다.

보통 던전과 달리 몬스터의 규모가 거대해서 게임에서

쓰던 용어를 그대로 적용하는 과거엔 재앙이었으나 세계가 안정된 지금은 어떻게든 나오면 잡아야 하는 곳이 되었다. 어쨌든 갑작스럽게 튀어나와서 몬스터들을 뿌려 대는 곳이었으니 말이다.

"자! 자! 줄 똑바로 서시고! 사인하고 인장 받아 가야 나중에 보수 들어옵니다. 어허이! 거기, 아저씨! 간격 좀 벌려요! 다 같은 탱커끼리 이러지 맙시다."

수많은 인력이 필요한 만큼 준비 시간도 길고, 관리하는 사람도 많이 필요하다. 거기에는 레이드 갈 사람만 모이는 게 아니라.

게다가 적합자계에서 소문난 드래고닉 레기온과 한국 3대 길드가 다 모였으니 방송국에서도 이들과 인터뷰를 했고, 여기저기서 카메라 셔터 소리가 들리고 있었다. 그리고 크로니클의 헌터와 정부 요인과 군인들까지 배치되어 있어 어떤 의미론 살풍경한 모습이었다.

"아, 정말 귀찮네. 관리직은 이래서 싫단 말이야! 예이, 다음! 29레벨 금강역사? 아, 무투에서 파생된 탱커 캐릭 맞네요. 여기, 인장 받아 가시고, 저쪽에 희멀건 여자애 보이죠? 쟤한테 가서 물약이랑 보급품 받아 가세요. 아! 그리고 네임드 1개짜리 레이드니까 추가 배급 없으니 넉넉히 달라고 해요!"

아, 좆같네. 씨발, 아침 5시에 일어나 준비 작업에 들어간 나는 짜증이 났다. 드래고닉 레기온에 고용된 내가 탱커 팀장이라는 관리직을 맡아 버리니, 출석 체크, 보급품 지급, 그리고 이동용 버스로의 안내까지 모든 작업을 맡고 있었다.

원래는 각자 길드의 인원들이라 그냥 길드끼리 챙겨 가면 되는데…….

'탱커는 죄다 고용 인원뿐이니 답답한 노릇이다.'

오늘 전체적인 부대 구성은 3대 길드에서 각각 딜러 10명, 힐러 5명, 즉 45명, 드래고닉 레기온의 직속 인원 9명에 고용직 탱커 38명이다. 결론부터 말하자면, 레이드 주축 길드인 드래고닉 레기온에 직속으로 고용된 탱커 팀장인 내가 38명이나 되는 탱커 아저씨들을 관리해야 하는 팔자다.

인증과 보급품을 받은 탱커들은 모두 적합자 전용으로 만들어진 버스에 올라탄다.

'흠~ 이 사람, 24레벨 검투사 클래스인가? 확실히 방패도 들 수 있긴 하지만, 탱커에 맞는 스킬은 몇 개 없고, 근접 딜러에 가까운데…….'

"빠… 빨리 인장이나 주슈……."

초췌한 얼굴에 퀭한 눈동자의 30대 초반인 아저씨. 꾸부러진 담배를 물고 있고, 등에는 많이 쓴 흔적이 보이는 검과 방패를 하나씩 메고, 가죽 갑옷을 입은채 날 재촉한다. 레벨도 압도적으로 낮았다.

뭔가 사정이 있어서 탱커에 지원한 거겠지만, 솔직히 알고 싶지 않다. 당연하지. 알아 봐야 기분 나빠지는 건 난데 말이야.

'에휴, 자기가 죽겠다는데 내가 무슨 참견이냐? 다음은~ 오~'

"안녕하신가?"

"오우~ 아머드 나이트 님 아니신가? 그 꼴로 차에 타려고, 깡통 꼬맹이?"

3미터의 강철로 된 거체. 적색과 금색이 조화를 이룬 거대 로봇, 공학계 탱커 클래스 아머드 나이트였다.

육중해 보이는 강철의 거체뿐만 아니라, 어제 본 오리하르콘으로 만든 것 같은 방패와 허리의 거대한 워 해머가 사람들의 시선을 사로잡고 있었다. 다른 쪽에서 업무 중인 길드 사람들도 그를 알아보고 웅성거리고 있었다.

'오~ 아머드 나이트를 고용했나? 역시 드래고닉 레기온.'
'우와, 거대한데? 탱 지리겠다.'
'저게 소문의 아머드 나이트인가? 멋지네~'
'탱커면서 43레벨이래. 장난 아니구만. 오늘 저 양반 뒤를 따라다니는 게 좋겠어.'

난 그들을 뒤로한 채 서류를 떼고, 인장을 꺼내면서 농담을 건넨다.

"그 색 배합 모티브는 아이언맨이냐? 네가 토니 스타크야? 마블에서 고소 먹는다, 너?"

"고소는 못 받아 봤지만, 영화 출연 제의는 왔었지. 디자인 좀 변경해서 헐크 버스터 역할을 맡아 줄 수 없냐더군."

"그래서 그 망할 몸뚱이를 어떻게 옮길 겁니까? 스킬로 트랜스 폼 풀어서 가나? 로버트 다우 주니어, 주니어, 주니어 씨?"

"아니, 비행 세팅으로 와서 이동은 혼자 해도 충분하다. 절차를 밟았으니 먼저 출발하지."

푸슝! 투콰아아아아아!

등에 있는 부스터가 불을 뿜더니 그대로 날아가 버리는 아머드 나이트였다.

하여간 저 뻐킹 너드 새끼. 저러다 공군한테 걸려서 공중전 하는 거 아닌가 몰라~? 그런 상념을 품은 나는 다음 사람을 받는다. 에휴, 바쁘다, 바빠.

그렇게 2시간 후, 신청만 해 두고 레이드에 참여 안 한 3명을 빼고, 총 탱커 숫자가 37명이 된 것을 확정 지은 다음 지크프리트에게 보고하고, 다른 길드 사람들에게도 보고를 하러 갔다. 당연히 쓰리 스타즈 얼라이언스 쪽에도 한 번은 가야 했는데 솔직히 껄끄럽다.

"예이~ 이번 레이드에서 쓰리 스타즈 얼라이언스의 힐러 팀장이신 차현마 대리님. 여기 최종 확정 탱커 리스트임다. 확인하시고, 힐 좀 자알 주십쇼~

"……."

서로 노려만 보고, 전에 있었던 일에 대해선 아무 말도 하지 않을 뿐이다. 어쨌든 난 사무적인 절차만 행해 주고 그 자리를 빠져나왔다.

내 태도가 건방졌는지 등 뒤에서 따가운 시선이 느껴진다. 아, 뭐 어쩌라고! 진짜 이러다가 레이드 던전 들어가자마자 투기장 되는 거 아닌지 모르겠네. 뻐억!

어쨌든 절차를 모두 마치고 선행하는 탱커들을 실은 버스를 보낸 업무까지 마친 나는, 드래고닉 레기온의 트레일러로 돌아왔다. 나까지 들어오자 드디어 차는 움직이기 시작했고, 우리는 전라남도 순천에 있는 레이드 던전으로 향했다.

내가 아침을 안 먹은 걸 안 세연이 편의점 봉투를 나에게 건넨다. 오~

"아저씨, 아침 안 드셨죠? 자요."

"어? 어어, 고마워. 어라?"

"아! 잠깐만요, 강철 님. 이런 인스턴트보다는 제가 직접 만든 걸 든든하게 드시는 게 어떤가요? 오늘 하루 종일 힘쓰셔야 할 텐데~"

반대 쪽에서는 세르베루아 아가씨가 뭔가 거대한 락앤락 통을 들고 나에게 다가온다. 뭔가 싶어 그것을 여니, 감미로운 향기와 함께 훈제 오리와 각종 야채들이 어우러진 볶음 요리였다. 맛은 있어 보였는데, 양이 너무 많지 않은가 싶은 나는 세르베루아를 바라보며 질문을 던진다.

"저기, 이거 양이 좀……."

"어, 어머! 내 정신 좀 봐. 평소 아이들에게 만들어 주던 대로 만들어 버렸네."

아직도 날 애완동물로 취급하던 감각이 남아 있나 보다. 그러면 이거 분명 용들의 입맛에 맞는 음식일 텐데……. 하하하, 미치겠네. 양이 많아도 너무 많네.

포크로 찍어서 먹기 시작했는데, 줄어들 것 같지가 않아서 나는 주변 사람들에게 도움을 청한다.

"하하, 그럼 같이 먹죠. 그리고 세연아, 너도 좀 도와주면……."

"아, 저는 요리하면서 이미 먹었어요."

"아저씨 다 먹어요. 흥!"

휙~

내 말에 그러며 뒤돌아 사라지는 세연이었다. 아, 삐졌구만~ 이 편의점 세트는 점심으로 먹어야겠다.

나는 그 사료 같은 음식(물론 맛은 있었다)을 반 정도 먹고는 도저히 배가 불러서 더 못 먹겠다고 세르베루아 양에게 사실대로 사죄를 했고, 그녀는 웃으면서 락앤락 통을 닫아 가져가서 먹으라고 주었다.

"흠~ 순천까지 얼마나 걸리는지 아십니까?"

"한 4~5시간 정도 걸릴 것 같습니다. 그리고 쓰리 스타즈 얼라이언스 녀석들은 역시 뭔가 조짐이 묘하더군요."

난 인원 구성표를 펼쳐 각 길드의 구성원들을 바라보고 있었다. 우선 차현마가 있는 쪽부터 보자.

쓰리 스타즈 얼라이언스

힐러 팀장 : Lv 75 차현마 대리

딜러 팀장 : Lv 66 유근호 차장

힐러 클래스 구성 : 크루세이더, 프리스트X2, 드루이드, 홀리 어벤저

딜러 클래스 구성 : 야만 전사, 검성X3, 사무라이, 호크아이, 레인저, 패스파인더, 위저드, 블레이드 댄서

힐러는 길드 마스터인 아크비숍의 영향인지 성직자 계열 클래스가 주를 이룬다. 안정적이고 강력한 치유량이 기대되는 걸?

드루이드가 1명인 게 묘한 조합. 딜러 클래스는 근접 딜러들이 주류를 이루고 있었고, 근거리 6명, 원거리 4명이었지만 그 원거리 2명도 탐색 클래스였다. 현마 자식, 자기네 길드 근접 딜러가 너무 많다고 힐하기 힘들다고 징징거렸

레이드 최악의 적은 보스 몬스터가 아니다 •

던 기억이 새록새록 난다.

> H프라이멀
>
> 힐러 팀장 : Lv 68 홍민귀
>
> 딜러 팀장 : Lv 65 최윤석
>
> 힐러 클래스 구성 : 메디컬 라이저, 클레릭, 샤먼, 케찰코아틀, 이단 심문관
>
> 딜러 클래스 구성 : 스나이퍼 헌터, 플라즈마 런처, 룬 나이트, 호크아이X2, 거너, 위저드, 정령술사, 인챈터X2

 힐러들의 치유 능력이 전부 미묘한 H프라이멀 길드다.
 메디컬 라이저는 공학계였고, 클레릭, 샤먼, 케찰코아틀, 이단 심문관 전부 버프, 디버프 기능이 좋은 편이지만, 힐량이 전부 애매하다고 소문난 조합이다. 그래서인지 룬 나이트 하나 빼고는 전부 원거리 딜러. 원거리 딜러진들의 시너지를 폭증시키기 위해 버프와 인챈터를 둘이나 집어넣어 단기전으로 이끄는 길드.
 '이 길드는 탱커 오질나게 죽어 나겠구만! 힐량이 다 개붕신 같은 클래스 조합이야? 근데 공학계가 둘이나 되네? 와! 마지막은?'

로직 게인. 맨날 쓰리 스타즈 얼라이언스와 H프라이멀에 치여 만년 3등으로 놀림을 받는 길드지만, 그래도 한국에서 세 손가락 안에 들 정도였고, 레어 클래스도 둘이나 보유한 포텐셜만은 충만한 길드였다.

다만, 조직의 운영 능력이 문제인 건지, 앞의 두 길드를 따라잡는 걸 보지 못했다.

로직 게인

힐러 팀장 : Lv 70 설현 대사

딜러 팀장 : Lv ?? 나이트 레저스

힐러 클래스 구성 : 약사여래, 주술사X2, 드루이드X2

딜러 클래스 구성 : 다크 나이트, 어쌔신, 위저드X3, 흑마법사, 호크아이, 패스파인더, 데몬 베인, 비스트 테이머

이 중 레어 클래스는 '약사여래'와 '다크 나이트'. 무투가 계열에서 파생해야 얻을 수 있는 약사여래는 크루세이더에 맞먹는 힐과 버프는 기본, 모든 상태 이상을 해제할 수 있는 올라운드 힐러였다. 그리고 다크 나이트는 소문만 무성하지 실제로 드러나지 않아서 로직 게인의 비밀 병기라고 불리는 남자다. 세연과 비슷한 계열이려나?

"세 길드 다 무슨 딜러까지 메인으로 싹 데려왔네요. 55레벨 그레이트 바실리스크 레이드인데!"

"광폭화 이후의 전투로 예상해서 다들 오버 레벨로 데려왔다고 하더군요."

"딜러는 거의 60레벨 초반에서 50레벨 후반, 힐러진들은 60레벨 중반에서 70레벨 초반인가? 녀석들이 뭘 꾸미는지는 몰라도 이 구성으로 던전 안에서 싸우면?"

"미스터 아이언에겐 압도적으로 보일지 몰라도 제가 〈악룡극멸참〉을 쓰면 반 수 이상은 전멸할걸요? 그러니까 대충 이런 스킬인데 말입니다."

그는 자신의 인터페이스를 열어서 나에게 보여 준다. 우와, 이게 뭐야? 진짜 필살기네?

〈액티브 스킬-악룡극멸참(惡龍極滅斬)〉
설명 : 전방 300미터 반경으로 파룡(破龍)의 기운과 신성의 기운을 쏟아 내어 휩쓸어 버린다. 쿨 다운 3시간, 데미지 계산은 총 물리 공격력X5400%, 마스터 시 부가 효과 용족 대상으로 방어 무시 데미지. (M)+Lv 3

발뭉의 스킬에 붙은 효과까지 더해져 원래 용족 대상으로

만 악랄한 스킬이 그냥 흉악한 스킬이 되어 있었다. 게다가 저 양반의 무기 데미지도 원체 강하잖아.

 패시브와 그런 거 빼고, 전에 봤던 발뭉의 데미지 값(4,550)으로 계산해도 대충 24만이다. 사실 전설 아이템인 발뭉이 아니라면 좀 맞아 볼 만한 스킬이었겠지만, 애초 마스터 효과가 방어 무시다. 난 스치면 그냥 뒈지는 거 확정이네.

"생존기를 틀어도 다 죽을 무시무시한 공격력이네요. 공격 반경에서 벗어나거나 무적기로 회피하거나 하는 게 아니면 무조건 사망이네요."

"그리고 전부 저보다 레벨이 낮으시니 레벨 보정으로 추가 데미지도 받게 되죠. 하하하."

 물론 자의가 아니라지만, 이 양반이 세계 최고의 길드 마스터가 되면서 가는 길에는 엄청난 양의 피가 흘렀을 것이다. 정말이지, 이 세계는 미친 게 틀림없다. 이런 걸로 웃고 떠들고 있다니 나 자신이 한심했다. 그리고 답답해져서 창밖을 바라보자 마침 탱커들을 태운 버스가 앞질러 지나간다.

"후~ 저들 중 과연 얼마나 살아남을지. 하아~"

"그래도 지금 메타는 충분히 바뀌고 있습니다. 좀 있으면 탱커의 시대가 옵니다. 저희 드래고닉 레기온이 어비스 랜드와 그랜드 퀘스트의 클리어로 가치를 보여 준 만큼, 지금

전 적합자 세계에 바람이 바뀌고 있습니다. 최상위 레이드는 고 레벨 탱커가 필요하니까 말이지요."

"하하, 말이라도 고맙네요. 그 시대가 오기 전까지 살아 있을지는 모르겠네요. 당장 오늘부터……."

"아, 그 점 말인데요. 당신의 용족 판정 덕에 세르베우아 양이나 저와 연계도 될 것 같은데……."

"에? 무슨 의미?"

"엎드려 주시겠습니까? 하나 알아보고 싶은 게 있어서……."

뭐, 뭘? 뭘? 왜 갑자기 등짝을 보자!를 시전하냐? 이 아저씨가 왜 이래? 엎드리라니, 무슨 개소리야? 우왁! 그러고 보니 이 아저씨도 나보다 근력이 높지? 으아아아! 이게 청년막 뚫리는 건가? 지크프리트 씨는 그대로 내 등에 마치 말을 타는 것처럼 앉는다.

"흠… 역시 〈기승〉이 활성화되고, 제 패시브 스킬이 켜지는군요. 오오! 더구나 기승 상태에서만 쓸 수 있는 스킬들이 다 활성화되니 예상대로 제 스테이터스도 오르는군요!"

용기사인 만큼 용을 탔을 때 더 많은 부가 효과와 제 능력치가 나오는가 보다. 아니, 내가 아무리 용족 판정을 받는다고 해도 보통 사람을 탄다는 게 정상적인 생각이냐고?

"아, 아니, 그래도 이건 좀 너무한 거 아닙니까?"

"드래곤을 탈 수 없는 곳에서 전 약한 면이 없지 않습니다만, 이거라면 어디서든 상관없겠군요. 미스터 아이언, 코드 네임을 아이언 드래곤으로 바꾸셔서 저희 드래고닉 레기온에 들어오심이?"

"일단 이 자세부터 좀 풀고 이야기하면 안 될까요? 네?"

졸지에 사람의 탈것이 될 뻔한 나는 그대로 세르베루아에게서 도망쳐서야 지크프리트 씨의 권유에서 해방될 수 있었다. 하지만 산 넘어 산이라고 했던가? 지크프리트 씨의 패시브가 나로 인해 켜진다는 걸 안 세르베루아 아가씨는?

"그럼 제가 강철 님을 테이밍 해도 된다는 건가요? 그러면 영국에 데려갈 수 있겠네요. 그럼 여기서 시전을……."

"아뇨, 제가 거부할 겁니다만? 테이밍은 엄연히 상호 간에 계약 같은 거라서 OK 안 하면 무효라."

"우우웃! 하아~ 어차피 지금 강철 님을 테이밍 하면 쿨다운에 걸려서 오늘 레이드의 목적인 그레이트 바실리스크 군을 테이밍 하지 못하니까 참을게요."

휴우~ 다행이다. 일단 오늘은 그냥 넘어가는가? 그나저나 세연은 어디 가 있는 거야? 레이드 전에 장비랑 물건을 점검하고 있나?

"아, 세연 양은 지금 별실에 혼자 있어요. 아침에 그거 때문에 말이죠."

"에휴, 그럼 전 그 녀석이나 위로해 주러 갈게요."

"예~"

나는 세연이를 찾아 트레일러의 별실로 갔다. 혼자서 웅크리고 앉아 있는 세연의 모습이 보인다. 뭐 하는 거야? 이제 곧 목숨이 왔다 갔다 하는 전쟁터에 갈 판국인데, 이게 무슨 짓인지? 난 조심스럽게 녀석의 옆에 앉는다.

"……."

"어이~ 뭐 하고 있어?"

"말 걸지 마세요."

차, 차가워! 어쩌지? 이 나이 대 여자애들 마음은 전혀 모르겠네. 그 뭐라고 해야 좋을까나? 평소에는 언제나 살갑게 굴던 애라서, 갑자기 이러니 어떻게 대처해야 할지 모르던 나였다. 우선은 사과부터 해서 말문을 열어야 하는데.

"그, 아, 아침엔 미안했다."

"뭐가 미안한데요?"

"……."

헙, 순간 말문이 막힐 수밖에 없는 나였다. 이게 그 리얼 여성의 초필살기인 '뭐가 미안한데?'인가? 미연시 게임이면 선택지가 존재할 텐데! 여기선 뭘 어떻게 해야 할지 모르겠다. 오히려 내가 침울해질 지경.

그렇게 서로 말없이 나란히 앉아 30여 분이 지났을까? 나와 얼굴을 마주치지 않은 채로 세연이 입을 연다.

"그… 전 별로 아저씨에게 화가 난 건 아니에요. 따뜻하고, 조리된 음식이 편의점 식품보다야 몸에 좋은 건 알고 있으니까요. 그걸 선택한 게 잘못한 건 아니에요."
"그래?"
"세연이 화가 나고 슬픈 건 저 자신 때문이에요."
 뭔가 더욱 우울한 반응을 보이는 세연. 나는 일단 지금은 잠자코 그녀의 이야기를 듣고 있었다. 표정과 어조는 무감정했어도 그녀가 생각하는 걸 짐작했기 때문이다.
"세르베루아 님이 너무 부러워서, 세연도 아저씨에게 음식을 만들어 주거나, 온기를 공유하거나 하고 싶어요. 해 드리고 싶은 건 너무 많은데 할 수가 없어서 분해요."
"……"
"사실 지금 저 울고불고 난리 치면서 말하고 싶은데요. 그럴 수가 없는 것도 슬프네요. 울고 싶은데 울 수 없고, 화내고 싶은데 이 차가운 몸은 마음을 안 따라 주네요."
 겉으로 태연하다 해서 마음도 그런 것은 아니다. 그녀는 얼음 같은 차가운 육신, 죽은 것도 산 것도 아닌 이 상태.
 감정의 격양에 따라 작용할 살아 있는 육체의 체온, 땀, 호흡을 가지지 않으니 태연한 것처럼 보인 것. 실은 좋아하는 사람을 위해 그 어떤 것이든 해 줄 만큼 사랑에 일직선인 순수한 소녀인데 말이지.
"하아… 미안하다. 눈치 못 채서……."
"아저씨, 눈치 없는 건 이미 아니까 됐어요. 제 잘못이죠. 하지만 저 죽어도 포기 안 할 거니까 각오만 해 두세요."

'아니, 이미 죽은 몸이잖냐. 나 얼마나 깊게 사랑받는 거야?'

"그러니 우선은 심란한 마음과 레이드 가기 전의 긴장감을 풀기 위해서 아저씨에게 도움을 요청합니다."

"뭔데? 어어? 야아!"

날 끌어당기더니 무릎베개를 해 주는 세연이었다.

목 뒤로 살짝 차갑지만 부드럽고 매끈한 감촉이 전해진다. 으, 으아, 이거 뭐야? 그러고는 내 머리를 조심스레 쓰다듬는 세연이었다.

"하아~ 이거 좋네요."

"뭐가 좋아? 나 그냥 일어난다?"

"보통 전쟁터 같은 데 들어가는 영화를 보면 주인공 남성은 연인이 해 주는 애교 같은 거 다 받아 주곤 하던데……. 혹은 침대에서 마지막으로 사랑을 나누던가? 반지를 주고는 '이 전쟁이 끝나면 우리 결혼하자' 같은 소리도 하는데……."

"바보야! 그거 다 사망 플래그잖아! 그런 짓 하는 놈들 백방 다 죽거… 으갸아아악!"

대표적인 비극 속의 인물들처럼 죽으라는 세연의 말에 나도 모르게 버럭해 버렸다. 으아! 방금 전까지 민감하던 애한테 내가 무슨 짓을! 나 바보! 멍청이! 면목이 없어진 나는 양손으로 얼굴을 가린다. 으아아! 미안내!

"미안해. 나 또 바보 같은 소리를……."
"아뇨, 나 이런 아저씨가 좋으니까 괜찮아요."

으아아아! 무표정한 얼굴에 담담한 말투인데 왜 이렇게 내가 다 부끄럽냐? 나 죽을 것 같아. 이 녀석, 진짜 살아 있을 때는 순정 만화의 여주인공 아니었을까? 그러고 보면 이 녀석의 허벅지, 부드럽고 매끈하고 적당히 시원한 게 기분 좋네~

지금 6월이니까 은근 따뜻한 날씨에, 이상한 데서 열을 내는 바람에…….

'…완전 기분 좋아. 으으, 열이 식어 가면서 몸이 풀어지는 느낌인 데다 평소 일어나지 않는 시간부터 일을 해서……. 아오, 졸려.'

"눈이 풀리네요. 한숨 주무셔도 돼요."
"그, 그치만 너, 다리 저리……."
"어차피 피가 통하는 다리도 아닌데요. 아저씨의 자는 얼굴로 값을 치를게요. 도착하면 깨울 테니 마음 편히 주무세요."

슥슥…….

으아! 안 돼. 그렇게 머리를 쓰다듬으면 졸려! 몸에 힘이 빠져서 눈이 제멋대로 감겨! 더구나 이 녀석의 목소리, 고저가 거의 없어 자장가처럼 들려서 잠들어 버려… 쿨…….

레이드 최악의 적은 보스 몬스터가 아니다

페이즈 4-2

입던은 점프가 개념

전라남도 순천, 그레이트 바실리스크 레이드 대기소.

차로 5시간을 달려서 남하한 레이드 팀은 도시 북쪽을 갉아먹은 경계 지역에 마련된 대기소에서 전부 내려 짐을 푼다.

레이드 던전이 나타난 곳은 산인 천황봉이 있는 곳이었다. 이미 반경 10킬로미터는 전부 대피 명령이 내려져 근처 마을과 건물은 텅 빈 상태였다.

숲과 산에는 이제 레이드 던전에서 나타나는 바실리스크들이 돌아다닐 뿐이었고, 이곳 대피소로 못 넘어오는 것은 원래 이 지역에서 싸우는 크로니클과 길드와 군인들 덕이었다.

"자, 그럼 마지막 브리핑을 시작하겠습니다."

도착해서는 우선 간부 회의를 했다. 각 길드의 담당 대표 2명과 드래고닉 레기온의 마스터인 지크프리트와 탱커 팀장인 나까지, 총 8명이 회의장에 모였다. 레이드 던전에 들어가기 전에 포메이션을 짜는 것이었다.

"레이드 던전까지 가는 길에 있는 바실리스크들의 평균 레벨은 34~35 정도입니다. 저희 탱커 평균 레벨은 28이니 주의해서 가 주십시오. 뭐, 길드의 힐러분들의 레벨과 실력을 알고 있으니, 던전에 들어가기 전에 희생이 없었으면 좋겠군요. 그러면 각 길드 탱커분들의 배분입니다. 총 37명이고, 4개 조로 나눌 텐데, 제일 앞에서 선행을 저희 드래고닉 레기온에서 할 거라 쇠돌이 님과 아머드 나이트 님을 받도록 하겠습니다."

"흐음~ 뭐, 상관은 없겠죠. 어차피 이 2명이 메인 탱커이시니 미리미리 가면서 호흡을 맞춰 두는 게 편할 테니까요. 소인은 상관없소이다."

지크프리트의 의견에 레어 클래스 약사여래인 로직 게인 길드의 힐러 담당이자 이번 레이드 팀장인 설현 대사가 고개를 끄덕이며 말한다. 새하얀 가사를 입고 눈을 항상 감고 있는 스타일이, 마치 깨달음을 얻은 현자와 같은 모습이었다.

"어차피 가는 길의 몬스터들 정도야 원 샷, 투 샷!이면 충분하니 상관없습니다. BANG!"

"우리도 상관없네. 가는 길 정도야 뭐~ 30레벨 대 몬스터들이니 말이야."

쓰리 스타즈 얼라이언스의 유 차장과 H프라이멀의 최윤석도 동의한다. 다들 한국 최고의 길드에 소속된 적합자들이니 탱커들의 레벨이 좀 낮다고 해서 우는소리 할 사람은 전혀 없었다. 아니, 우는소리 하는 놈은 분명 다른 길드 사람들의 비웃음을 살 것이다. 이른바 자존심 싸움이라는 거다.

"……."

"……."

그리고 탱커를 나누는 과정 중 현바 너석은 한 번씩 날 노려봤지만, 나도 그냥 더러운 눈빛으로 응수했다. 아마 이게 정상적인 레이드라면, 너석이 날 지명해서 데려갔을 것이다. 왜냐하면 대재앙 직후 1년간 호흡을 맞춰 왔던 콤비였고, 내가 쓰리 스타즈 얼라이언스의 하청을 받을 때도 되도록 콤비를 짰던 조합이었지만 지금은 아니다.

"자, 그럼 이걸로 회의를 마치겠고, 준비된 길드는 먼저 출발하셔도 됩니다. 집합은 레이드 던전 앞에서 하도록 하죠."

"예, 그럼."

"수고하십시오."

대기소에서 회의를 마친 각 길드원들은 그대로 해산하여 자신들의 길드의 트레일러로 돌아가 본격적으로 장비를 착용하고 준비를 하기 시작한다.

 나도 이제 본격적으로 전투태세를 갖추고자 인벤토리에서 사룡의 저주 갑주 세트를 입는다. 다 입고 투구를 쓴 다음, 미러 실드를 착용하는 걸로 마무리한다.

 "아저씨, 그 방패 뭐예요?"

 "아? 이거? 세르베루아 양이 주시더라고. 오늘 레이드의 관건은 아무래도 석화 브레스가 중요하다고 생각해서. 자, 여기, 데이터."

미러 실드-희귀 등급

분류 : 방패

방어력 : 25

옵션 1 : 석화 내성 증가

옵션 2 : 마법 데미지 감소

착용 레벨 : Lv 34

 석화, 마법 데미지 감소. 즉, 오늘 레이드에서 바실리스크가 시전하는 석화 브레스를 막아 주는 좋은 아이템이라

는 거다.

 그래도 마법 아이템이라 수백만 원은 할 아이템에 천만 원대도 넘을 사룡의 저주 세트까지 끼다니 내 인생 최대의 스펙. 후후후, 아주 좋군! 인터페이스에 취한다!

"이게 당신의 전투 모드인가요? 그렇게 웃으니 완전 악당 같군요."

"아, 상연 군이네요."

"그 목소리, 세연 누님이십니까? 그 해골 갑옷은? 스컬 나이트 세트인가요?"

 묘하군. 해골 갑옷의 기사가 SF에서 나올 것 같은 매카닉이랑 인사를 나누다니. 특촬물에서나 나올 것 같은 모습인 나까지 합치면, 이건 도대체 무슨 장르의 영화를 찍으려고 모인 거야?

"우리 셋이 드래고닉 레기온 쪽의 탱커다."

"힐러는 어느 분이죠?"

"저쪽에 있는 드래고닉 레기온의 팔라딘 님이야. 힐의 양은 적지만 방어 오라 잔뜩 얹어 주고, 딜로 녹여 버려 준다는데? 뭐, 그래도 70레벨이시라 우리가 받는 느낌은 꽤 크다고 할 수 있지."

 이미 모든 준비를 끝낸 드래고닉 레기온의 호위 기사 중 새하얀 갑옷을 입은 사람을 가리키며 알려 준다.

 팔라딘. 본래 힐러 클래스는 아니고, 방어 버프와 아주 적은 양의 시너지 치유를 가진 직업이지만 아이템 세팅과 스킬 포인트 투자로 힐러 역할도 겸할 수 있는 근접 딜러 직업이었다. 물론 그래도 절대 본가 힐러 클래스와는 절대적인 차이가 있지만 말이다.

'흠, 드디어 출발이구만~'

난 슬쩍 쓰리 스타즈 얼라이언스 쪽의 준비 장면을 본다. 황금색 갑옷을 전신에 두른 현마의 모습이 보인다. 예전에 마트에서 미노타우로스 레이드 장면을 봤었지. 이제부터 진짜 실전이니 긴장을 해야겠군. 휴우~ 어쨌든 준비를 마친 나는 드래고닉 레기온 팀과 합류하려고 하는데? 지크프리트 씨가 누구와 설전 중이었다.

"그건 곤란합니다. 레이드 던전에 방송국 인원을 데려갈 수는 없습니다."

"에이~ 그런 말씀 마시고, 상대적으로 레벨 차이도 큰 멤버들로만 구성되어 안전할 텐데~ 이번에 저희 방송국에서 촬영을 좀~ 그래야 국민들이라든가 사람들의 적합자를 보는 시선도 나아지지 않겠습니까? 하하하!"

"그래도 인명 피해가 날 수 있기에 일반인들을 데리고 갈 수 없습니다."

"그럼 작은 카메라를 든 2명만! 2명만 어떻게 안 되겠습니까?"

녹색과 금색이 섞인 드래곤 나이트 전용 갑주를 입은 지크프리트 씨가 방송국 사람들에게 둘러싸여 곤란스러워하고 있었다. 그야 쟤네가 미친 거지. 사람이 막 죽어 나갈 장면을 찍어서 도대체 뭐 하려는 건지. 뭐, 일반인들이 우리가 레이드 뛰는 모습을 궁금해하는 건 알지만, 스플래터나 고어 신 잔뜩일 텐데.

"안 됩니다. 레인저와 패스파인더님들이 찍는 공개용이 있으니……."

"그래서야 다른 방송국과 경쟁이 안 되잖습니까~ 그리고 묘한 편집이 많아서 현장감도 적고, 결국 3D SF 영화 레벨밖에 되지 않잖습니까! 좀 더 리얼~ 리얼한 걸 노리고 싶습니다!"

이른바 리얼함을 살려 자극직이세 만들어 시정률을 올리자는 건가? 장난하나? 진짜로 다 찍어 가면 스플래터 무비 쇼가 되어 버린다고! 짜증나네. 확 그냥 데려가서 죽게 내버려 둘까? 죽게 내버려? 호오~? 아하! 오히려 그걸 역으로 이용해 볼까? 생각이 떠오른 나는 여전히 거절 일색인 지크프리트 씨에게 다가가서 말을 건다.

"지크프리트 씨, 잠깐 할 이야기가 있는데."

"예? 아, 미스터 아이언. 무슨 용무이신지요?"

"방금 좋은 생각이 났는데요. 잠시 이리로 와 주세요."

나는 방송국 인원들에게 붙들려 있는 지크프리트를 데리고 대피소의 한구석에 있는 회의실로 간다. 나는 조심스럽게 지크프리트 씨에게 제안을 한다.

"저 방송국 인원들을 소수만이라도 데려가는 게 좋을 것 같습니다."

"미스터 아이언? 그, 그게 무슨 말입니까? 아무리 그래도 레이드는 위험한……."

"위험하니까 데려가는 겁니다. 그리고 쓰리 스타즈 얼라이언스에 경호를 맡기는 거죠. 이렇게 되면 저희는 어차피 메인 탱커 파티라 최고 전열이니 위험하다는 핑계를 대고 물러날 수 있습니다. 반면 쓰리 스타즈 얼라이언스 파티는 그나마 후방에 위치할 테니 감시 인원인 셈으로 붙여 두는 거죠."

쓰리 스타즈 얼라이언스 녀석이 무언가를 꾸미고 있는 걸 알고 있고, 거기에 방송국 사람들을 배치해 두면 분명 그 녀석들의 행태를 찍으려고 난리겠지. 거부한다면 거부하는 대로 녀석들이 거북한 구석이 있다는 확신을 갖는다. 더구나 안전을 확인시켜야 할 짐까지 지게 한다면 행동에 따르는 부담이 늘어나기에 우리에게 무언가를 할 타이밍을 잡기 어려우리라.

그리고 방송국의 사람들이라서 그들이 가진 장비에 기록도 남는다.

"흠~ 하지만 그래도 일반인을 대동하는 건?"

"레이드 던전에서 가장 안전한 곳은 현마 그놈의 옆이 최고라고 말할 수 있습니다. 더구나 그들을 그냥 행동하게 두면 우리가 죽을지도 모릅니다. 그리고 혹시나 싶으면 저도 구하도록 노력하겠습니다."

"확실히 그들의 속셈을 모르는 이상 미스터 아이언의 계책은 확실히 쓸 만하다고 생각합니다. 알겠습니다. 예, 그 안을 받아들이겠습니다."

그리고 떠나는 지크프리트 씨는 방송국 사람들을 데리고, 쓰리 스타즈 얼라이언스 길드의 일행 쪽으로 향한다.

크크큭, 지금쯤 엄청 당황스러우리라. 그래도 엄연히 수십억이나 되는 사업비를 낸 클라이언트의 제안을 대놓고 거부하긴 힘들 테니, 아마 최저 인원이라도 데려가겠지.

난 나름 예상하면서 우리 드래고닉 레기온 팀의 이농 순비를 모두 마친다. 가장 먼저 나아가야 하는 만큼 준비를 신속하게 마친 것이다.

"자, 그럼 출발 준비 되셨죠? 거리는 그다지 안 먼데, 산행이라서 조금 빡셀 겁니다."

"산, 갑옷 차림으론 힘들겠네요."

"그리 높지도 않은 산이에요. 높이 400미터도 안 되는 동네 뒷산 레벨입니다. 거기 정상에 레이드 던전 입구가 있더군요. 비행하면서 봤습니다."

이미 사전에 위치 조사도 한 만큼 선행 팀의 밥값은 충분히 되겠다고 예상한 나는, 지크프리트 씨의 귀환만을 기다리고 있었다.

 호위 기사분들도, 완전 무장 차림의 세르베루아 님도 오늘은 녹금색이 조화를 이룬 로브를 걸치고 있었다. 저게 전투 모드이시군. 음음! 화사한 게 예쁘긴 예쁘구나, 싶었지만 옆에서 세연이 또 차가운 눈빛으로 바라보길래 냉큼 시선을 돌린다.

'무슨 마누라 눈치 보는 것도 아니고 말이야.'

"아! 미스터 아이언, 돌아왔습니다. 말씀대로 임무를 맡겼습니다. 근데 이상한 건, 그걸 흔쾌히 받아들이더군요."

"아, 예, 알겠습니다."

 수상하게 보이기 싫었던 건가? 아니면 방송국 사람들을 데려가는 것 자체가 자신들의 계획에 지장을 전혀 안 준다는 건가? 나는 수상쩍긴 했지만, 더 이상 밝힐 증거가 없어서 일단은 조치를 취했다는 것에 만족했다. 그리고 지크프리트 씨가 왔으니 드래고닉 레기온 길드 일행은 본격적으로 레이드 던전을 향해 출발하기 시작했다.

 우리는 길을 따라 천천히 산속으로 올라가기 시작했다. 본래 등산로였고, 산 자체가 낮아 오르막의 각도도 낮아서 그리 힘든 길은 아니었지만, 던전이 나타나고 상당히 방치되어서 주변에 나무와 수풀이 많았다.

"세연이 너는 절대 먼저 나서지 말고, 막시밀리언(팔라딘) 님 곁에 있다가 도발만 당겨. 알았지?"

"예, 아저씨."

"음~"

23레벨인 세연이에게는 30레벨 대인 바실리스크도 무서운 존재였다. 우리 힐러는 전문 힐러가 아니라 딜러 겸 서포터 힐러인 팔라딘이라 까딱하면 쉽게 죽으니 말이다.

아머드 나이트는 '아니, 그런 저 레벨을 왜 데려온 거지?' 하는 눈으로 날 바라봤는데, 맨 앞에서 선행하게 될 때 난 조심스럽게 말한다.

"나랑 쟤 스캐빈저에게도 노려지거든. 뭐, 하루 이틀 일은 아니지만, 이번에 노리는 녀석은 뭔가 배후가 크고 쟤 혼자 어디 놔두기가 무서워서 데려온 거야."

"용케 클라이언트가 허락했네요."

"일단 메인 탱커이기도하고, 기사 계열 클래스라 지크프리트 씨도 완전 눈 돌아갔거든?"

"흠, 기승 스킬이랑 다 가지고 계신 건가요?"

"어, 아마 쟤 지금도 레벨만 맞으면 용도 탈 수 있어."

보통의 〈기승〉 스킬보다 더 효과가 좋은 스킬을 지닌 게 데스 나이트다. 보통 기사들은 못 탈 마수나 마물까지 가리지 않고 탈 수 있으니 말이다.

아마 무언가 존재를 굴복시키는 정신 지배 계열 스킬만 배우면 바로 저기 수풀을 헤치고 뛰어 들어오는 바실리스크 같은 건 스스로 테이밍 해서 타고 다닐… 어?

크레레레렉!

"어이쿠! 벌써 손님 하나 오셨네! 내가 먼저 탱 한다! 뒤에 알려!"

"알겠습니다."

길이 약 2미터, 색깔은 검녹색. 코모도왕도마뱀과 유사한 외모였지만 더 흉포했다. 석화 독을 포함한 몬스터인 바실리스크는 수풀의 땅을 기어 점프하더니 날 잡아먹으려는 듯 달려든다. 정말 고마우시네! 난 능숙한 경찰견 조교처럼 왼팔을 들어 올려 물게 내버려 둔다. 약간의 통증과 함께 귀에서는 데미지를 받았다는 보고를 받았지만, 남은 체력을 보면 여유 있다고 느껴질 정도였다.

쇠돌이 체력 : 96,213/96,720

워낙에 우월한 능력치 덕인가? 게다가 방어 능력도 개쩔어서 난 놈이 내 팔을 그대로 물게 한 상태로 턱을 잡아 고정시킨 다음 뒤돌아 말한다.

"극딜요."

크레레렉? 크렉!

"All Right, Tank Boy!"

탱커의 스펙이 압도적으로 높으면 이런 변태 짓도 가능하다. 불쌍한 바실리스크 녀석은 날 문 채로 호위 기사님들과 세연에게 극딜 당해서 순살 당한다.

물린 나는 석화 독에 감염되었지만 인터페이스를 보면 이미 내 몸은 대응하고 있었다.

[Lv 34 바실리스크의 석화 독에 저항했습니다.]

[막시밀리언 님의 〈신념〉 스킬로 433의 체력을 회복하였습니다.]

"아저씨, 팔 괜찮아?"

"아, 괜찮아. 그냥 벌레 물린 정도밖에 안 돼."

45레벨과의 레벨 차이, 압도적인 무장, 그리고 미러 실드라는 특화 아이템이라는 삼박자를 갖춘지라 바실리스크는 정말 쉽게 쉽게 가는 듯했다.

나는 안심하면서 산행을 계속했고, 아머드 나이트는 무언가 감지했는지 나에게 말한다.

"전방 바실리스크 감지."

"뭐, 바실리스크 던전이 있으니까 그렇겠지만!"

"다수입니다. 제 레이더에 걸리는 것만 13마리 정도네요."

"한 마리 죽으니까 피 냄새를 맡고 달려온 거구만?"

엄연히 파충류과 몬스터라서 그런지 시각보다는 후각과

입던은 점프가 개념 • 191

체온으로 감지할 터. 한 놈이 죽자 그놈의 피 냄새와 우리들의 달아오른 체온을 감지하고 주변에 있던 놈들이 모조리 달려오고 있는 것이리라.

그렇지. 씨발, 쉽게 갈 리가 없지. 반반 나눠 가지는 게 되려나? 이래서 선행 부대는 보통 가장 피해가 많고, 다들 가기 꺼리는 만큼 고 레벨 탱커들의 배치는 필수나 다름없다.

크레레렉…….

크레에에에엑!

크레레레레레!

쩌저적, 사사삭!

수풀을 헤치는 소리와 함께 바실리스크의 안광이 풀 속에서 빛난다. 야생 몬스터라 그런지 정면에서뿐만 아니라 후방에서도 몇 놈이 다가온다고, 아머드 나이트 상연이 말한다.

그래, 탱커가 짜증 나는 이유는, 이렇게 무서운 몬스터의 파도를!

크레에엑!

늘 혼자서!

"뒈져, 씨발! 〈액티브-압도하는 포효. 설명 : 내 앞에! 무릎을! 꿇어라!〉 꿇어라!"

저지해야 하기 때문이었다.

크레에엑!

콱!

 내 어깨를 물고 있는 놈을 패대기치면서 난 다음 팔을 문 놈의 눈을 손으로 찌른다. 데미지야 어떻든 이렇게 하는 편이 상태 이상뿐만 아니라 위협 수치도 높게 나온다. 급소 효과라고 해야 하나?

 어쨌든 나만을 바라보고 있는 게 대략 8마리. 체력 수치는 아까와 다르게 빠른 속도로 내려가고 있었지만, 우리 편이라고 놀고 있는 건 아니었다.

 "〈액티브-크로스 슬래시〉."
 "〈액티브-드래고닉 스트라이크〉."
 "〈액티브-블러드 드레인〉."
 "〈액티브-아이스 룬 스트라이크〉."

 후방은 아머드 나이트 녀석이 탱킹 중이었고, 호위 기사님을 포함해, 지크프리트 씨까지 나서 주니 빠르게 정리된다.

 이들은 호흡을 맞춘 것처럼 한 마리씩 제거해 나가는데, 너무 데미지가 높다 보니 몬스터의 시체도 멀쩡하지 못했다. 더불어 소재 회수는 어쨌든 레벨이 가장 낮은 세연에게 맡기고, 우리들은 오는 족족 바실리스크를 죽이며 산길을 계속 전진.

 전투는 약 2시간이 걸렸고, 그동안 이래저래 죽인 바실리스크만 약 100마리 정도 되었다.

"푸하! 드디어 도착이네. 꿀꺽꿀꺽……."

난 인벤토리에 있던 물약을 마시면서 산 정상에서 보랏빛으로 빛나는 던전의 입구를 바라본다. 일반 던전(푸른색)과 다르게 대놓고 레이드 던전입니다, 라고 알려 주는 보랏빛이었다.

참고로 그랜드 퀘스트 던전인 어비스 랜드의 입구는 황금색이다. 어쨌든 우리는 인원에 아무 이상 없이 레이드 던전 앞까지 도착한 것이었다.

"휴~ 이제 기다리면 되네요."

"아저씨, 괜찮아요? 몬스터들에게 엄청 많이 공격당하시던데, 포션 안 모자라세요?"

"이게 일상이야. 씨발, 메인 탱커의 숙명이고. 포션은 아직 넉넉해."

"그리고 아저씨, 저 이제 27레벨이에요."

"아, 오면서 잡은 바실리스크 덕에 레벨 업 했나 보네. 이거 나도 모르게 쩔해 준 셈인가?"

9명이서 경험치를 나눈다고 해도 바실리스크는 34레벨의 몬스터. 100마리 정도에 4레벨이나 업하다니! 정말 빠른 성장이라고밖에 볼 수 없었다.

젠장! 내가 23레벨 땐 한 달인가 걸려서 27렙 되었는데! 같이 파티에 들어 있는, 해 주는 멤버들의 고용비를 생각하면 거진 10억은 족히 쓰는 쩔(돈을 받고 저 레벨 혹은 아이템이 모자란 파티원을 같이 데려가서 성장시키는 행위)이 구만, 이거?

"스킬, 지금 찍을까요?"

"어? 보자, 뭐, 뭐 가능한데?"

"여기요."

세연은 인터페이스창을 열어 새롭게 갱신된 자신의 스킬창을 보여 준다.

클래스 스킬

〈액티브-파멸의 일격〉

설명 : 마력을 담아서 적을 벱니다. (미 습득)

〈액티브-스켈레톤 소환〉

설명 : 나를 위해 싸우는 스켈레톤을 하나 소환합니다. (미 습득)

〈액티브-영혼 오염〉

설명 : 대상을 일정 시간 동안 행동 불가 상태로 만듭니다. (미 습득)

〈액티브-흑염의 검〉

설명 : 무기에 화염+암흑 공격력을 추가합니다. (미 습득)

〈패시브-정신 흡수〉

설명 : 대상의 마력을 흡수하여 체력을 회복합니다. 마력이 없을 경우 체력을 흡수합니다. (미 습득)

〈패시브-얼음 갑주〉

설명 : 물리 방어력을 더욱 증가시키고, 이동 속도 감소를 무시합니다. (미 습득)

〈액티브-아이스 브레이크〉

설명 : 냉기를 뿌린 다음 폭파시킵니다. (미 습득)

〈액티브-심연의 굴복〉

설명 : 생명체를 굴복시켜 날 위해 싸우거나 탈 수 있는 상태로 만듭니다. (미 습득)

〈액티브-서몬 나이트메어〉

설명 : 악몽에서 불러낸 탈것을 소환합니다.〉 (미 습득)

추가 포인트 투자 가능 스킬

〈액티브 스킬-도발〉

설명 : 적 하나를 도발해서 자신을 공격하게 만듭니다.

(1/3)

〈패시브-복수의 광기〉

설명 : 공격력에 20퍼센트만큼 방어력을 증가시킨다.

(2/3)

〈액티브-혹한의 검〉

설명 : 무기에 냉기 공격력과 빙결,

> 슬로우 효과를 추가합니다. (1/3)
> 〈패시브-공포의 군주〉
> 설명 : 적들의 위치를 밝히고,
> 공포를 심어 스탯을 낮춥니다. (1/3)

 레벨 업이 되어서 새롭게 개방된 스킬들이 있어서인지 스킬의 숫자는 예전보다 늘어나 있었다. 새로 생긴 스킬은 〈심연의 굴복〉과 〈서몬 나이트메어〉 둘. 둘 다 데스 나이트인 그녀를 위한 탈것을 고용하거나 직접 소환하는 스킬이었는데, 딱히 기동력이 필요한 구간도 아니고, 더구나 서울 도심에서 막 유령 말 같은 걸 타고 다니면 완전 깨니끼 둘 다 별로였다.

 "새로 생긴 건 둘 다 찍지 마라. 멀쩡한 자동차 같은 거 두고 이런 걸 사용할 필요가 있냐?"

 "소환수 정보 눌러 보니까 '나이트메어'는 지치지 않는 말에다 시속 300킬로미터까지 달릴 수 있다네요. 기타 메뉴창을 통해 튜닝, 혹은 사용자 레벨에 따라 부가 옵션도 추가된다고 하던데?"

 "옵션? 참 나 에어백 같은 거 달아 준대냐?"

 "음, 50레벨엔 물 위를 달린다거나, 75레벨이 되면 하늘도 날 수 있는 것 같아요."

"개, 개쩐다. 역시 레어 클래스라는 거냐? 그럼 나이트메어로 택할 거야?"

"아뇨, 〈심연의 굴복〉을 찍어서 아저씨 테이밍 할 건데요? 아저씨 방어 타입 괴수 판정이죠? 그럼 레벨만 올리면! 음! 좋았어!"

야! 그런 걸로 정하지 마! 지금은 아마 레벨 차이 때문에 내가 테이밍될 일은 없겠지만, 레벨이라도 따라잡히는 순간, 나 이 녀석 스킬에 목줄 차게 되는 거야? 찍지 마! 그런 거 찍지 말고 스펙이나 올리라고!

"찍을 겁니다."

"그런 거 찍지 마악! 그냥 방어 스킬 〈패시브-얼음 갑주〉나 찍으라고! 이동 속도 감소 무시가 얼마나 좋은데?"

중요한 레이드를 앞두고 이게 뭐 하는 짓인지. 실랑이를 벌인 뒤에야 난 세연에게 '하루에 1회 포옹'이라는 먹이를 주는 조건으로 그 무시무시한 스킬을 찍는 걸 관두게 할 수 있었다. 아니, 눈빛을 보니 언젠 찍을 것 같은데. 절대 이 녀석에게 레벨이 추월당하진 말아야지. 자고 일어난 순간, '아저씨'라 하지 않고, '주인님이라고 불러, 이 멍멍아~'라고 할라.

'일단 레이드에 신경을 써야겠군. 아, 다음에 오는 건? H 프라이멀이군.'

시간이 지나자 산 정상에 다른 길드 사람들도 도착하고

있었다. 그리고 11~12명씩 배치해 준 탱커들의 숫자가 한두 명씩 줄어 있는 게 보였다. 아니, 이 미친 인간들, 힐 제대로 안 준 건가? 뭐야?

먼저 도착한 H프라이멀 길드 쪽의 탱커에게 가서 물어보기 시작했다.

"아니, 왜 2명이나 당했다는 겁니까? 석화 내성 물약이랑 포션은 넉넉히 드렸잖아요."

"그게, 그 망할 녀석이 돈 아끼겠다고, 마시라는 석화 내성 물약을 안 마셔서 바실리스크에게 물린 자리가 돌이 되는 바람에! 게다가 H프라이멀엔 상태 이상을 해제시킬 수 있는 힐러도 없어서 그냥 되돌아가게 했습니다."

아우! 등신! 준 건 걍 처먹으란 말이야.

물론 포션 같은 건 남으면 그냥 갖는 것이라 아끼면 그만큼 수익이 남지만, 그렇게 팔이나 다리가 돌이 되어 버리면 크로니클에서 재생이나, 치유를 받을 때 수백만 원씩 깨진다.

다음으로 온 로직 게인 길드도 탱커 1명이 당했다. 아니, 거긴 또 왜? 약사여래라는 회복계 레어 클래스까지 있구만! 아무리 레벨 차이가 있다곤 해도 생존기를 올리면 되는데!

"그 검투사님이 워낙 순살을 당하는 바람에, 시체는 대충 묻어 주고 왔습니다."

하아~ 아까 그 불안했던 아저씬가? 내 그럴 줄 알았다. 이런 경우 보수는 아마 가족에게 지급될 테니, 자기 목숨이랑 돈을 바꾼 셈이군. 보험사에서도 탱커는 안 받아 주니.

근데 진짜 생존기가 없던 건가? 아닐 텐데. 검투사라면 아마 일정 시간 동안 체력이 아예 안 깎이는 〈투사의 혼〉이라고 있을 텐데…….

'에휴, 하루 이틀 있는 일도 아니고. 반면 쓰리 스타즈 얼라이언스는 역시 힐러 빵빵 길드라서 탱커가 한 명도 안 죽고 왔구만!'

마지막으로 온 쓰리 스타즈 얼라이언스. 아마 가장 바실리스크에게 적은 공격을 받았겠지만, 거기에 힐러까지 빵빵하니 단 한 명의 탱커의 희생도 없었다.

이제 레이드 던전으로 입장만 하면 되었지만, 그 전에 다시 인원 점검을 실시하는 각 길드였고, 지크프리트 씨는 총괄 브리핑을 시작했다.

"패스파인더님과 레인저님들의 보고로는, 던전 안은 커다란 동굴이라 기상 관련 마법, 번개 소환 마법은 사용이 불가능합니다. 그리고 그레이트 바실리스크는 석화 브레스를 사용하기에 미리 준비해 드린 석화 내성 포션을 꼭! 마셔 주십시오. 벌써 오는 길에 탱커 3명이 당했습니다. 그럼 이만 마치고, 레이드 던전으로 입장하겠습니다."

드디어 제대로 된 레이드의 시작이다. 안에는 보스 몬스터 하나뿐이니까, 미로라든가 함정 때문에 고생할 필요는 없겠군.

 어쨌든 나와 아머드 나이트를 필두로, 모두가 천천히 보라색 던전 입구로 입장하기 시작했다.

페이즈 4-3

VS 그레이트 바실리스크

 산 정상의 상쾌한 공기를 맛보다가 순식간에 습해진 공기의 맛에 인상을 찌푸리는 나였다.

 던전 안의 대공동. 전방 약 200미터 거리에 거대한 바실리스크가 똬리를 틀고 자고 있었다. 정보를 자세히 바라본다.

그레이트 바실리스크 레벨 : 55
체력 : 450,000/450,000

'음, 역시 레이드 보스 몬스터군. 체력 보소. 45만이나 되네.'

45레벨인 내 체력이 9만 6천이니 4배가 넘는군. 어쨌든 저놈의 평타가 얼마나 나올지 궁금한데.

내가 보스 몬스터를 보면서 고민할 때, 다른 길드 사람들과 지크프리트 씨는 이제 테이밍을 시전할 세르베루아 양을 중심으로 진형을 짜는 중이었다. 물론 탱커들은 그 진형에서 최대한 밖에 있었고, 난 나와 생존기 연계를 할 아머드 나이트에게 다가간다.

"그러니까 여기서 쓸 수 있는 내 생존기는 〈베히모스의 재생력〉이랑 〈티아메트의 본능〉이고, 쿨 다운은 각각 10분이랑 25분이니까 내가 신호하면 도발해서 버텨 줘."

"아마 저 오래 버티진 못할 것 같습니다만……."

"내가 힐 받는 동안만 참으면 돼. 아마 모든 길드의 힐이 메인 탱커인 나에게 집중될 거고, 지금 다른 길드도 힐러진이 괜찮고, 힐러가 15명이나 되니까 보스 1마리면 석화 브레스 말고는 크게 피가 빠질 일은 없을 테니 광폭화 전에는 너랑 나 둘이면 충분할 거야."

"예썰."

나 살자고 힐에 집중 안 하거나 도망치는 경우만 없으면 크게 불안할 게 없으리라. 그리고 레이드는 특정한 경우가 아니라면 귀환 크리스털을 쓸 수도 있으니까 상관없으리라.

 후우~ 근데 진짜 크네. 몸길이 12미터에 높이가 3미터였나? 메인 탱커인 나도 난생처음인데. 조금 긴장되었다.

 크레레레렉… 쿠오오오오!

 "아차, 깨 버렸구만~ 뭐, 먼저 달려들기 전까진 공격 안 하겠지만, 막상 움직이는 걸 보니 더 쫄리네."

 뒤에서는 서서히 준비가 되고 있었다. 세르베루아 양을 중심으로 한 시전자 보호 구조. 되도록이면 저쪽으로 그레이트 바실리스크의 공격이나 브레스가 향하지 않도록 하는 게 내 주 임무일 것이다.

 음, 벽을 등지고 탱킹 해야겠지? 그러면 피할 곳이 적어서 거의 생으로 맞아야 되는지라 체력 빠지는 속도가 엄청 빨라 힐러의 역량이 중요한데…….

 '막시밀리언 씨는 전투를 해야 힐이 들어오는 타입이고, 그나마 내 방어 타입에 맞는 힐이 가능한 세르베루아 님은 캐스팅 중일 거고. 돌아 버리겠구만!'

 "미스터 아이언!"

 "아! 예에!"

 "준비되셨습니까?"

 "예이! 카운트다운에 맞춰 들어갈게요."

 진영이 완성되었고, 세르베루아 님도 주변에 호위 기사와 탱커들이 둘러진 상태였고, 다른 길드 사람들도 각기 진영을 갖추고 뒤에 서 있었다. 이번 레이드는 테이밍을 주도하는 만큼, 다른 이들은 방어 진영을 짠 채 대기하는 게 주였다.

 방송국 사람들은 카메라로 나와 그레이트 바실리스크를 찍고 있었다. 좋았어, 저들이 영상으로 남겨 준다면 크게 우려될 건 없겠지. 후우~ 어쨌든 준비가 끝나고, 나는 방패를 낀 채로 그레이트 바실리스크만을 바라본다.

"그럼 카운트다운 하겠습니다. 5."

4.

아, 마음이 떨린다.

3.

그야 나도 사람인지라 저런 거대한 몬스터에게 달려드는 게 두렵지 않을 수는 없다.

2.

하지만 이게 내 일이기도 하고. 하아~ 그럼 가 볼까!

1.

"크오오오오오오! 〈액티브-도발!〉 어이! 마누라에게 소박맞아서 혼자 고추나 긁고 앉아 있냐? 망할, 도마배애애애앰(바실리스크어)!"

크레에에에에에엑!

쿠웅! 쿠우웅!

땅을 박차고 나아가는 내 욕설이 바실리스크에게 닿자 놈은 머리를 돌리고 눈을 빛내며 나에게 미친 듯이 달려온다.

난 곧장 달려가 녀석의 몸체와 머리 방향을 동굴 벽으로 향하게 한다. 놈은 석화 브레스를 사용하니, 후방에 있는 아군의 안전을 위해서는 필수였다.

크레에에엑!

"크악!"

[쇠돌이 님이 그레이트 바실리스크의 공격에 6,723의 데미지를 입으셨습니다.]

쇠돌이 체력 : 89,997/96,720

그냥 앞발에 맞은 건데! 안정적으로 방어 자세를 취했음에도 저 데미지라니! 역시 벽에서는 버티기가 힘들어! 하고 생각할 때, 내 몸에 녹색과 빛의 오라가 휘감기며 다시 체력이 차오르기 시작했다. 힐이 들어오고 있는 것이었다. 좋았어!

난 계속해서 바실리스크를 후려치며, 위협 수치를 유지하기 위해 안간힘을 쓴다.

"그래! 그래! 형이랑 놀자고! 애먼 데다 고개 돌리지 마라!"

크에에에엑!

"크아아아악! 물! 지! 말라고!"

[쇠돌이 님이 그레이트 바실리스크의 물기 공격에 9,822의 데미지를 입으셨습니다.]

쇠돌이 체력 : 86,332/96,720

끄아아! 겁나 아파! 이대로 물린 채 딸려 가면 위험하니 난 날 문 녀석의 잇몸 부분을 자극해서 입을 떼게 만든다.

우왁! 씨발! 느낌 겁나 안 좋네. 체력 바가 무슨 물 채워 넣은 수조처럼 출렁거리냐. 역시 레이드는 위험하구나, 라고 생각하면서도 난 바실리스크의 공격을 조금이라도 덜 아프게 맞기 위해 안간힘을 쓴다.

로직 게인 길드의 본진.

"호오~ 거의 10만에 이르는 체력이라. 역시 고 레벨의 탱커인가요?"

"대사님, 치유에 집중하셔야?"

"예, 집중하고 있습니다. 헙! 〈여래의 은총〉."

현자 같은 법복을 입은 설현 대사는 눈을 감은 상태로도 강철의 체력을 보면서 힐을 넣어 주고 있었다. 일단 같은 파티원은 아니라 버프는 못 넣었지만(강철은 드래고닉 레기온 파티에 들어가 있다.), 어쨌든 대상으로 선택해서 치유를 하는 중이었다. 옆에 있는 다른 힐러들은 '약사여래'인 설현 대사의 마력량을 보면서 바로 힐링을 인계하려고 대기 중이었다.

"55레벨 레이드 보스의 공격에도 생각보다 잘 버티는군요."

"고 레벨 탱커답네요. 아이템 세팅도 좋네요. 45레벨에 체력이 9만이나 하고, 무슨 영웅템에 전설템으로 도배한 거 보면 수억은 썼겠네요. 하지만 저런 탱커 하나 육성할 바에야 그냥 고용직 탱커들을 다수 생존기 로테이션 돌리게 시키고, 딜러를 더 키워서 녹이는 게 돈도 더 남고 그러지 않겠습니까?"

"뭐, 그렇지요. 지금 한국의 적합자 메타가 그렇긴 하죠. 한데 드래고닉 레기온은 EU의 전폭적인 지원이랑 그랜드 퀘스트 클리어로 인해 경제계의 거물이 되어 버려서 저런 짓이 가능한 거죠."

대뜸 영국 앞바다에, 세계가 100년은 쓸 석유가 있는 유전에 채유 시설까지 완성된 걸 떨궈 버리니 길드 하나의 경제력이 아주 하늘로 솟아 버렸고, EU의 경제를 한 번에 살려 버리기까지 해 버리니 그쪽에서는 이미 드래고닉 레기온과 적합자 사업에 대한 전폭적인 지지를 하는 추세였다.

물론 그것을 보고 배가 아파진 다른 나라에서도 레이드 던전과 그랜드 퀘스트에 대한 연구를 하려는 가운데, 자국 길드에게 '왜 우리는 그랜드 퀘스트 못해?'라며 압박을 넣고 있는 추세다.

"근데 저분, 한국 사람 아닙니까? 코드 네임도 쇠돌이인데?"

"예. 원래 한국에서 일하시던 고용직 탱커라더군요. 쓰리 스타즈 얼라이언스의 하청을 받아 먹고살던 분이어서 저희가 손댈 수도 없던 위치고, 아이템은 드래고닉 레기온이 대여해 준 것이고, 그곳에 고용되었답니다."

"캬, 빅토르 안 같은 경우인가요? 씁쓸하네요, 설현 대사님."

"음… 그러게 말입니다. 일단 힐에 집중하겠습니다."

H프라이멀 길드의 본진.

"〈엑티브-메디컬 런처〉!"

공학계 힐러 클래스 메디컬 라이저. 특기는 긴급 수술 및 신체 복구로, 던전 및 레이드에서 신체가 결손된 인원의 육체를 즉시 재생과 수술로 복구시켰지만, 하루 제한 횟수가 존재해서 아까 저 레벨 탱커들의 실수로 다친 것은 복구시켜 주지 않고 그냥 보내 버렸다. 그만큼 냉정하기도 한 그의 코드 네임은 블리자드 라이프였다. 그는 SF에서 나올 것 같은 핸드 런처와 바이저를 쓴 채 힐에 집중하고 있었다.

"YO! 수고한다. 탱커들, 괜찮나?"

"매우 쓸모. 아직 신체 절단이나 상태 이상이 걸리지도 않고 잘 버틴다. 우리도 하나 구했으면 좋을 정도. 이렇게 힐을 하기 편한 적은 처음이다."

"WOW~ 체력이 거의 10만이나 되네. 무슨 아이템으로 도배했는지 모르지만, 45레벨 탱커가 이렇게 체력이 많아?"

"불가능한 수치는 아니다. 패시브 스킬의 효율과 아이템을 효율적으로 찬다면 탱커에겐 너끈하지."

"흠~ 하긴 드래고닉 레기온에 고용되었으니 장비 지원 정도는 받았겠지. 저 친구, 정규직이래?"

"그건 모름. 소문에 의하면, 마스터인 지크프리트와 가까운 사이라더군. 아까도 둘이서만 뭔가를 이야기하는 걸 보았다."

"WOW~ 드래고닉 레기온 정규직이면 돈이 얼마야. 근데 저놈 클래스가 뭐지?"

"그 부분은 비밀로 되어 있다. 탱커들은 전부 자기 클래스를 드러내길 원하지 않지. 스캐빈저 문제도 있으니 말이야. 그래도 뭐, 싸우고 있는 걸 보면 맨손에 방패 하나이니 실드 파이터인 것 같다."

클래스를 알게 되면 예상 체력이라든가 상대가 가지고 있는 스킬을 알게 되어 스캐빈저들이 대처하기 쉬우니 탱커들은 자신의 스테이터스나 체력을 감추려고 애썼다. 이 체력 부분도 한국 3대 길드 레이드니까 흔쾌히 공개한 거지, 아니었으면 그냥 비공개해서 감으로 힐을 할 뻔했다. 어쨌든 블리자드 라이프는 계속 힐에 집중한다.

쓰리 스타즈 얼라이언스의 진영.
'흠~ 생각보다 체력이 안 빠지는군. 강철 녀석 장비까지 갖추니 아주 괴물이 되어 버렸어. 체력이 9만이나 되니 여유가 장난이 아니야.'
"보자. 차대리, 슬슬 교대 안 해도 되는감?"
"아직 마력이 60퍼센트 이상 남아 있습니다."
"캬! 역시 힐은 차 대리구만!"
유 차장은 벌써 25분째 힐을 지속하고 있는 차현마 대리를 보면서 감탄한다. 다른 쓰리 스타즈 얼라이언스 힐러들과 전혀 교대 안 한 채 그는 효율적이고 정확한 힐로 쇠돌이는 물론 아머드 나이트까지 치유하고 있었다.
'후, 석화 브레스의 직격에도 체력이 2만 3천밖에 안 빠지는 건 대단하군. 나도 직격으로 맞으면 4만 정도 빠지는 걸 각오해야 하고, 그냥 고용직 탱커들이라면 아마 생존기 켜고 받아 낸 다음 교대하거나 죽어라 했을 텐데! 이래서

탱커 육성을 해야 한다고, 그렇게 주장했는데…….'

 그랜드 퀘스트의 존재가 밝혀지기 전부터 차현마 대리는 지속적으로 길드와 스폰서에게 탱커 육성의 필요성을 언급하고 있었다. 하지만 돌아온 대답은 '투자에 비해 비효율적'이라는 것이었다. 그렇다. 딜러는 키워 두면 던전을 도는 속도에 큰 영향을 끼쳤고, 힐러들은 키워 두면 의료 업계와 병행하여 쏠쏠한 수익까지 생기는 꿀 같은 직업이었지만, 탱커들은 그저 몬스터를 잡아 두는 벽 이상의 의미가 없었기 때문이다. 그래서 인건비를 아끼기 위해 저 레벨 탱커를 다수 쓰는 제도가 생겼고, 일부는 스캐빈저와 연계해서 장기 매매나 연구 목적의 납치 같은 것으로 탱커들의 천민화를 가속시켰다.

 '그랜드 퀘스트의 존재가 밝혀져서 결국 탱커들도 정규직으로 고용하기 시작했지만…….'

 딜러와 힐러의 풀에 비해 압도적으로 적은 정규직 탱커들이 겪는 것은 과로와 중노동에 가까운 스케줄뿐이었다. 그래서 대부분 30레벨 중반에 그만두든가, 아니면 몰래 스킬 포인트를 딜러용으로 모조리 투자해서 중소길드의 딜러로 재취업하는 편이 더 많을 정도다. 오죽하면 40레벨 이상 탱커의 숫자가 한국 전체에 30명도 안 되겠는가?

 '더구나 그들도 강철처럼 정규직 길드는 싫다고 하는 추세고, 압도적으로 좋은 조건이 아닌 이상 정규직 길드에 들

려 하지 않지.'

 드래고닉 레기온에서 강철을 영입했다는 소문이 들리면 조금은 바뀌려나, 하며 기대하는 차현마였다. 어쨌든 그랜드 퀘스트를 클리어하려면 고 레벨 탱커들이 다수 필요했으니 말이다.

 드래고닉 레기온에서는 드래곤을 이용한 탱킹으로 어떻게 커버해서 깰 수 있었지만, 그들도 수십 마리나 되는 드래곤을 잃어버릴 정도로 어렵고 힘든 레이드임은 틀림없다.

 '천지호(天地虎)의 그랜드 퀘스트만은! 우리가… 우리가 깨야! 그 거대한 보상을 뺏길 순 없어.'

 그는 아무도 모르는 천지호의 그랜드 퀘스트 보상을 알고 있었다. 백두산 근처, 천지호가 풀어 놓은 몬스터들을 알아보러 가면서 우연히 받게 된 그랜드 퀘스트와 보상. 그는 그것을 꼭 얻고 싶어 했고, 그것을 위해 열심히 길드에 노력하게 되었지만, 길드 상층부와 기업들은 여전히 탱커의 처우 개선과 육성에 관해 귀찮아하고 있었다.

 "슬슬 피곤할 테니, 교대하지?"

 "아직입니다. 이 40분을 제 마나로 다 버틴 다음, 광폭화부터 계획대로 한다고 하지 않았습니까?"

 "하하하, 진짜로 차 대리가 40분을 버틸 줄은 몰랐지. 계획이야 뭐, 여기 들어온 이상 완성된 거나 다름없지."

 "예, 그렇겠지요."

전투 시작 후 30분째, 드래고닉 레기온의 세르베루아는 여전히 드래곤 테이밍 주문을 시전 중이었다. 1시간이 걸리는 이 맹약의 시간이 벌써 절반이 지났고, 다른 데서는 이미 힐러들이 교체되어 탱커들에게 힐을 주고 있었다.

 차 대리는 계속 힐을 하면서 이번엔 지크프리트를 바라본다. 그의 등에는 화려한 장식이 달린 대검이 매여져 있었다. 그가 가지고 있는 전설급 아이템 발뭉. 엄청난 옵션은 둘째 치고, 그것을 얻어 팔기라도 하면 엄청난 돈이 되는 물건이었다.

 "어서 갖고 싶군."
 "브류나크는 갖고 오지 않은 것 같군요."
 "상관없지. 지기 하나만 해도 수백억인데."
 '후… 내가 어쩌다가 이런 짓에 가담하게 된 건지. 길드 마스터님.'

 사실 그도 이런 짓은 하고 싶지 않다. 스캐빈저 짓이나 다름없다. 하지만 이미 길드원들이 실세인 유 차장의 말에 넘어가 동조하게 된 것.

 애초 이 레이드 던전을 탐사하고 조사한 것은 이곳 쓰리 스타즈 얼라이언스였는데… 유 차장은 이 일의 정보를 은닉하기 위해 조사했던 길드원을 스캐빈저의 손으로 죽일 정도로 잔혹한 사람이었다. 물론 차현마 대리 혼자 빠지거나 길드를 탈퇴하면 그만이었지만, 그러자니…….

'마스터……!'

대재앙 이후, 강철, 윤미래와 함께 적합자의 세상에서 살아남기 위해 싸우다가 만난 자상한 길드 마스터. 신부인 그는 이 어려운 세상을 헤쳐 나가자고 자신들을 구해 주었었다. 그리고 곧 미래는 기업의 연구직으로 가게 되었고, 강철은 쓰리 스타즈 얼라이언스에 고용되어 일하고 기반을 잡아 갈 수 있었다. 그런 만큼 마스터의 은혜를 갚기 위해, 그는 끝까지 길드를 위해 일하기로 한 것이었다.

전투 시작 후, 40분째……

크레레레레레레레레레레레렉! 끼에에에에에엑!

실컷 패고, 시멘트 같은 석화의 숨결을 사용하다가 바실리스크 놈은 갑자기 머리를 들고 포효하기 시작했다. 그리고 붉은 눈빛은 더욱 광기 어리고 진하게 빛나기 시작했는데, 난 직감했다. 아, 광폭화가 왔구나!

"이제부터! 크억!"

[쇠돌이 님이 그레이트 바실리스크의 일반 공격에 18,341의 데미지를 입었습니다.]

쇠돌이 체력 : 34,512/92,720

와! 씨발! 일반 공격이 1만 8천? 아까 광폭화 전에는 6천 가량이었으니 근 3배 이상의 데미지인가? 아니면 이거 순차적으로 데미지가 증폭되는 광폭화인가? 씨발, 존나 아프네. 이거 피 빠지는 게 힐 들어오는 것보다 더 빠르다. 슬슬 생존기를 올릴 때구만!

"〈액티브-베히모스의 재생력. 설명 : 꾸오오오오오옹!〉 크오오오오오!"

내 포효와 함께 전신에 회색빛 연기가 오르듯 기운이 넘실, 올라왔고, 내 체력은 아주 빠른 속도로 회복되기 시작했다.

좋아! 좋아! 좋아! 1초에 거의 1만 2천 회복! 그리고 추가적으로 들어오는 힐까지 하면 충분히 버틸 수 있지만, 이거… 지속 시간이 3분. 끝나자마자 〈액티브-티아메트의 본능. 설명 : 아, 섹스하고 싶다! 아! 섹스하고 싶다!〉를 올리면 5분이 추가되어 나 혼자 8분은 버틸 것이다.

"다들 준비해 주십시오. 맨 앞에서부터 한 분씩 생존기 켜고, 그 지속시간만큼만 버틴 후 도발로 교대하면 됩니다."

"아, 예엡……."

"그, 그러려고 온 거니까……. 근데 저 성님, 진짜 잘 버티네."

"캬! 역시 외국계 탱커는 다르구만!"

"우와아~ 55레벨 보스 몬스터의 광폭화를 버티네!"
"역시 사람은 외국에 가야……."
"감탄만 할 게 아니라, 여러분들도 생존기를 켜고 버티는 거니까 다음 순번의 사람에게 알려 주세요."

"〈액티브-티아메트의 본능〉!"
크레레레레에에엑!
바실리스크의 포효가 울리는 가운데… 난 내 마지막 생존기를 켰음을 알린다. 앞으로 테이밍 완료까지 남은시간 17분이었다.
〈액티브-티아메트의 본능. 설명 : 아, 섹스하고 싶다! 아! 섹스하고 싶다!〉. 세르베루아 님의 해석에 의하면 제대로 된 설명은 이랬다.
〈액티브-티아메트의 본능. 설명 : 현재 최대 체력량을 증가시키고, 받는 데미지를 추가로 50퍼센트 감소시킨다. 사용자가 원할 시 특정 신체 부위(거기! 거기!)도 크게 하는 게 가능하다. 마스터 시 부가 효과는 '티아메트의 심장'을 소환해 장착.〉
이때까지 베히모스의 재생력만을 생존기로 알고 있던 나는 티아메트의 본능이라는 제대로 된 생존기를 알게 되어 너무 좋았다. 더구나 이 티아메트의 본능 공식은 항상 현재 최대 체력량 증가고, 증가되는 양만큼 체력이 회복되는 효과도 있어서…….

> **쇠돌이 체력 : 212,629/290,160**

크레레레레레레렉!

"알았다, 알았어! 나만 보라고! 크악!"

퍼어억!

아, 씹! 발톱이 복부에……. 다, 다행히 뚫리진 않았어. 갑옷만 뚫렸네. 젠장! 광폭화라서 데미지도 오질나게 아플뿐더러, 나 혼자 버티고 있으려니 방어구 내구도도 빠르게 닳아 버린다. 이거 세트 효과 없어지면 나 순식간에 무너지는데!

다행히 복부 부분의 갑주가 부서진 정도로는 세트 옵션이 사라지지 않았다는 듯 내 MAX 체력량은 그대로였다. 후우… 남은 지속 시간 5분만, 5분만 버티자. 그러면 내 할당량은 끝난다. 휴우…….

크레레레렉! 크와아아아아아아악!

"크악! 시멘트나 쳐 뱉고……!"

석화 브레스는 시멘트를 들이붓는 느낌이다. 질척하고, 무거운 그 느낌. 하지만 내가 가지고 있는 미러 실드, 그리고 아까 레이드 전에 먹어 둔 석화 내성 포션 덕분에 석화에는 충분히 대응할 수 있었다.

[쇠돌이 님이 그레이트 바실리스크의 석화의 숨결에 저항했습니다.]

[쇠돌이 님이 그레이트 바실리스크의 석화의 숨결에 저항했습니다.]

[쇠돌이 님이 그레이트 바실리스크의 석화의 숨결에 저항했습니다.]

[쇠돌이 님이 그레이트 바실리스크의 석화의 숨결에 저항했습니다.]

다만 히트라서 눈이 아플 정도로 데미지 리포트가 올라온다. 더불어 광폭화라서 무려 4만이나 되는 체력이 깎여 나간다.

퉤퉤! 놈의 브레스에서 석화된 먼지들이 마치 모래를 먹은 것처럼 씹혀 온다. 진짜 3D 직업이라고! 이거!

'진짜 더럽고 좆같은 탱커 인생! 지속 시간 얼마 남았지? 이제 30초… 인가?'

난 옆을 돌아보면서 눈으로 아머드 나이트인 상연 꼬맹이에게 신호를 보낸다. 정확히 10초 전에 뛰기 시작해서 도발 교대를 하면 된다. 이 녀석, 브레스는 방금 썼으니까 다시 브레스를 쓸 염려는 없으니… 으갸악! 말하는 사이 13초다.

"야! 꼬맹이! 탱 교대! 플리즈!"

"라저, 보스. 〈액티브-도발〉! 컴온 베이비! 빠킹, 리자드!"
"바실리스크야. 배운 꼬맹이라고 배운 티 내는 건가?"
"〈액티브-부스트 온!〉"

투콰아아아아!

뭐야, 이 자식. 도발이 엄청 시시하네. 근데! 야! 동굴 안에서 부스터 틀고 달리지 마! 먼지가! 씨발! 으갸아아악!

난 달려오다가 녀석이랑 크로스하는 타이밍에 놈이 가속하려고 튼 부스터의 후폭풍에 휘말려 앞으로 구르게 된다.

"젠장! 이게 무슨 꼴이야. 퉤, 퉤! 아고, 머리야."
"아저씨, 수고했어요."
"어, 고마워. 땡스."

세연은 도작한 나에게 스포츠 음료를 건넨다. 그렇지, 수분엔 이거지. 우선 한 모금으로 입안을 헹구고 뱉어 낸 나는 두 번째 모금부터 벌컥벌컥 마셨다. 휴우~ 살았다. 그리고 인터페이스를 통해 남은 체력을 확인한다.

쇠돌이 체력 : 62,541/96,720

휴우, 〈액티브-티아메트의 본능〉의 효과가 드디어 떨어졌군. 어쨌든 이제 저 꼬맹이랑 남은 탱커들이 12분 정도

VS 그레이트 바실리스크 • 223

만 버티면 끝난다. 그리고 2분 정도만 버티면 내 생존기 중 하나인 〈액티브-베히모스의 재생력〉이 돌아오니, 어떻게든 되리라.

어쨌든 내가 할 일은 HP 보충뿐만 아니라 복잡해진 머릿속을 정리하며 쉬는 것뿐이다.

"후우~ 저놈은 언제까지 버티려나? 꿀꺽꿀꺽… 아, 맞다. 가슴 부분 수리해야지. 수리 키트… 수리 키트."

난 인벤토리를 열어 수리키트를 꺼내 갑옷의 배 쪽에 구멍 난 부분을 빠르게 수리하기 시작했다.

이거 직접 쓰면 쓰기가 불편하다니까! 그래도 사용만 하면 나노 머신 인터페이스가 빠르게 수리 키트의 정보를 읽어 내어 자동적으로 부서진 갑옷을 수복하기 시작한다. 휴우~

"글쎄요. 보니까 오래갈 것 같진 않은데……."

"겉으로 보기엔 무슨 SF 영화의 한 장면 같은데?"

"하지만 싸우는 건 원시적이네요. 미사일이나 레이저 같은 걸 쏠 것 같은 이미지였는데."

"에이, 원래 매카닉 강화복의 로망은 방호력과 늘어난 힘을 바탕으로 하는 육박전이라고. 오오오!"

터어어엉! 콰아아아앙! 파지지지직!

뇌전이 깃든 워 해머를 휘두르며 방패로 맞서는 매카닉의 모습. 몸길이는 압도적으로 길지만 높이는 거의 비슷해서, 아머드 나이트는 놈의 공격을 효율적으로 방어하며 싸워 나가고 있었다.

나의 경우는 키 차이가 심해서 물리기도 했지만, 놈은 눈높이가 비슷하고, 거대하다 보니 물리지 않았고, 물리더라도 한쪽 팔만 물리게 되어 워 해머로 후려치면서 떨어뜨리고 있었다.

"크윽! 다가오지 마라!"

크레에엑! 크레레레렉!

"〈액티브-포스 실드〉!"

우우우우웅! 카앙! 지지직! 카앙!

푸른빛의 방어막이 아머드 나이트를 뒤덮고, 바실리스크의 공격은 방어막을 두들긴다. 드디어 생존기를 켜기 시작한 건가? 아무래도 받은 힐 이상으로 데미지가 누적되었던 것이리라. 그래도 저 녀석은 나보다 액티브는 많으니까 못해도 10분은 버티겠지? 싶었지만…….

"〈크윽! 액티브-긴급 수리!〉."

뭔데? 뭔데 벌써 다음 생존기를 쓰는 건데? 체력 좀 봐. 요동치는 게 무슨 파도 같아. 저놈도 나름 43레벨 탱커인데!

"아저씨랑 완전 차이 나네요. 광폭화를 생존기 한 개씩으로 버티는 아저씨가 비정상 아닌가요?"

"아~ 그런가?"

"〈액티브-아머 트랜스! 포스 실드!〉"

VS 그레이트 바실리스크 · 225

오우, 또 생존기 연계. 아, 그러고 보니 저 녀석은 생존기 쿨이 짧고, 그것을 사용하면서 큰 공격에 대비하는 타입이었다. 물기와 앞발치기는 방패로 막아 내면서 열심히 방어하고 있었지만 뭔가 위태위태해 보였다. 흐음, 힘든가 보네.

[머라우더 님이 그레이트 바실리스크의 공격에 23,124의 데미지를 입었습니다.]

머라우더 체력 : 32,131/64,830

[경보! 경보! 상대가 너무 강합니다. 후퇴를 제안합니다.]

'세상에, 뭐가 이렇게 강해! 크윽!'

상연은 시시각각으로 울리는 비상음과 인터페이스에 귀가 멀 지경이었다. 눈앞의 그레이트 바실리스크는 너무나 강적이었다. 지금 후방에서 생존기와 큰 힐을 하나씩 보내 주었기에 망정이지, 안 그랬으면 진작 저 바실리스크의 공격에 깡통 조각이 되었으리라.

'포스 실드의 재사용까지 앞으로 7초. 긴급 수리는 1분 10초. 일단 죽음의 위기는 〈위상 전이〉로 넘어간다고 쳐도… 크윽!'

[머라우더 님이 그레이트 바실리스크의 공격으로 22,100

의 데미지를 입었습니다.]

> 머라우더 체력 : 10,031/64,830

'크, 큰일 났다. 교대라고 말했어야······.'

죽음의 위기. 자신의 생존기인 포스 실드는 쿨과 지속 시간이 짧았지만, 좋은 성능이어서 버틸 만했는데··· 몇 초 안 남은 시점에서 자신의 체력이 바닥까지 내려갔고, 다음 공격을 받으면 100퍼센트 죽음인 상황. 이미 아머드 나이트는 자신에게 탈출 혹은 퇴각을 권유하였고, 각 부위가 손상되는 데미지 정보가 올라오고 있었다.

이제 죽는구나, 싶어서 다음 공격이 들어와도 그저 방패를 들어 올리며 눈을 질끈 감는 순간!

"〈엑티브-대천사의 수호〉!"

"〈엑티브-정화의 연꽃〉!"

"〈엑티브-리페어링 샷〉!"

아아아아아! 사아아아아아! 철컥! 타아아아앙!

하지만 그것을 두고 볼 한국 3대 길드의 힐러들이 아니었다. 차현마는 크루세이더의 긴급 생존기인 〈대천사의 수호〉를 시전하여 황금의 대천사가 다음 공격을 대신 맞아 주고 있었고, 그 사이 설현 대사가 〈정화의 연꽃〉을 시전하여 체력을 빠른 속도로 채우고 있었다.

1초 정도 눈을 떼니 금세 4만이라는 체력이 되돌아올 정도로 엄청난 회복 속도였다. 그리고 메디컬 라이저가 쏴 준 리페어링 샷 덕에 금이 가고 깎인 내구도가 보강되어 모든 방어력을 다시 회복한 상태!

"〈액티브-포스 실드〉!"

포스 실드의 스킬 쿨까지 버텼고, 이제 다음 브레스는 〈위상 전환〉으로 피한 다음 탱커에게 인계해야겠다는 생각이 든 그는, 고개를 돌려 탱커들이 대기하는 곳을 향해 외친다.

"다음 브레스가 끝나면 바로 인계 부탁드립니다!"

"아… 예, 예!"

'제길… 고작 4분밖에 못 버텼나?'

저기 지금 앉아서 쉬는 아저씨도 8분인데! 아까 순간적으로 체력이 29만까지 오르는 걸 본 상연은 자존심이 상했지만 그도 엄연히 동 레벨 탱커들 이상의 우월한 스펙을 자랑하고 있었다.

온갖 영웅급 소재를 사용해 개조한 아머드 나이트. 성능에 절대적인 자신감이 있었는데! 이것밖에 안 되다니!

'상대가 너무 강하다고 변명하고 싶어도! 저 아저씨의 반밖에 못 버틴 게 분해……!'

크레레레렐렉! 쿠웨에에엑!

그레이트 바실리스크가 입을 벌리고 토할 것 같은 포효를 한다. 석화 브레스 타이밍이었다. 그것을 알아챈 상연은 재빠르게 자신의 생존기를 사용한다.

"〈액티브-위상 전이〉!"

쏴아아아아!

잠시 기체를 아공간에 숨겨서 모든 데미지를 무시하는 무적 생존기. 다만, 지속 시간이 3초밖에 안 되기에 이런 브레스류의 기술을 피하는 데만 써야 했다.

상연은 브레스가 끝나자마자 부스터를 써서 이탈하여, 강철이 있는 곳까지 도착한다.

"허업! 〈액티브-도발〉! 소신이 상대하겠소!"

무투가 계열의 탱커 클래스인 금강역시기 교대로 들이갔고, 그는 가자마자 앞발 한 대를 맞고 곧장 〈금강불괴〉라는 생존기를 시전한다. 상연은 도착하자마자 크게 숨을 몰아쉬면서 머리 쪽의 입부분만 열어 물을 들이켠다.

"하아~ 이거 진짜 힘들군요."

그러며 강철에게 레이드 보스 몬스터를 탱킹 한 감상을 내뱉지만, 강철은 그의 말을 듣고 있지 않았다.

에, 저 양반, 오늘 아침에 봤던 29레벨 그 금강역사인가? 하는 클래스군. 뭐, 회피를 기반으로 하는 회피 탱커 계열이라 일단 공격을 잘 회피하고 있긴 하네. 확실히 운체풍신이라는 패시브 외에도 취권, 같은 패시브로 회피를 끌어올려 회피하기는 하지만, 어려워 보이네.

"크억! 〈액티브-금강불괴〉!"

그래 봐야 레벨이 너무 낮아 2대쯤 피하고, 곧장 1대 맞더니 생존기를 사용한다. 자세히 보니 체력이 고작 3만 4천밖에 되지 않았다. 평타 한 대 맞고 2만 8천이라는 체력이 날아가 버려서 피를 토하고, 몸을 휘청거리다가 간신히 다음 공격 전에 생존기를 사용한다.

저거 지속 시간이 얼마지? 한 20초쯤 지났을까?

그는 다음 탱커들이 대기하는 곳을 향해 외친다.

"다, 다음! 교대해 주시오! 앞으로 3초면 내 〈금강불괴〉가 끝나오!"

"알았습니다. 다음 들어갑니다! 〈액티브-도발〉!"

하아~ 지속 시간이 30초였나? 다해서 고작 40초 버티네. 에휴. 그리고 저 생존기 빠지면, 2대 맞으면 죽는 양반이니, 바로 다음 탱커에게 인계를 부탁한다. 뭐, 광폭화 몬스터이니까 어쩔 수 없지. 근데 좀 불안하다. 슬슬 브레스 타이밍일 텐데.

도발이 들어갔는데, 놈이 머리를 들기 시작했다. 이런, 젠장!

크레레레렉 쿠웨에에엑!

"힐러, 버프 딜러들 보호막이랑 광역 생존기를 사용해! 브레스다!"

"제기랄! 〈액티브-긴급 수리〉!"
"세연아, 가만히 있어!"

 그리고 나는 세연을 끌어안아 내 품에 들어오게 한다. 이 녀석은 아직 마법 공격에 대한 생존기가 부족한 만큼, 저거 한 대를 직격으로 맞으면 죽는 거나 마찬가지다.

 어차피 나는 체력이 높고, 여기서 가장 마법 방어력과 내성이 높은 만큼 직격으로 맞아도 죽지 않는다. 그건 상연 또한 마찬가지인지라 그도 HP만 채워 두고 방패를 들어 브레스에 대비하면 충분했다.

페이즈 4-4

브레스! 피해요! 구석으로!

 가장 중요한 세르베루이 님과 각 본진은 예상이라도 했다는 듯 다들 조치를 취하기 시작했다.
 우선 쓰리 스타즈 얼라이언스
 "〈엑티브-성역의 보호〉!"
 "〈엑티브-신성한 대지〉!"
 "〈엑티브-대천사의 방패〉!"
 각종 신성 마법 위주의 보호막과 빛으로 대비를 끝낸다. 힐러 내에서만 해결되는 깔끔한 포메이션이었다.

 H프라이멀은 힐러진이 애매해서인지 모든 힐러뿐만 아니라, 정령술사와 룬 나이트까지 나서 방어 마법을 전개해

야만 했다.

"큭! 〈액티브-하이퍼 리저네이트 입자! 방출!〉 다들 방어 마법을 전개하라."

〈엑티브-신의 은총〉!-클레릭

〈엑티브-룬 마법-VAng〉-룬 나이트

〈엑티브-선조의 은혜〉-샤먼

〈엑티브-쿠룩카쉬 님의 힘〉-케찰코아틀

〈엑티브-이단에게 정화할 힘을 주소서!〉-이단 심문관

〈엑티브-바람의 정령이여! 우리를 보호하라!〉-정령술사

모든 힐러에 딸려진 2명까지 포함되어서야 이들은 브레스를 방어할 수 있었다. 그리고 마지막으로……

로직 게인은 레어 클래스인 약사여래 설현 대사가 혼자 나서는 것으로 해결한다. 다른 이들은 그에게 가까이 붙어 마법 효과를 받으면 될 뿐이었다.

그가 주문을 외우고 손을 하늘로 뻗자 바닥에서 연꽃 문양이 퍼지고, 연분홍빛의 바람이 퍼지며 석화 브레스를 막아 낸다.

"〈엑티브-제근구족(諸根具足)〉!"

모든 불구자의 병고를 구원한다는 뜻으로, 약사여래가 세운 12개의 서원의 이름 중 하나를 모티브로 한 약사여래만의 궁극 주문 중 하나이다. 정확한 효과의 설명은 아래

와 같다.

> ⟨액티브-제근구족(諸根具足)⟩
> 설명 : 일시적으로 약사여래의 주변 10미터를 정화하여 아래와 같은 효과를 부여한다. 범위 안에 있는 모든 대상의 체력을 최대치로 회복하고, 5초간 모든 저항 수치와 물리, 마법 방어 수치를 MAX로 하여 데미지 감소율을 99퍼센트까지 끌어올리며, 고정 데미지 공격은 모두 무시한다. 쿨 다운 1일.

그는 하루에 한 번밖에 쓸 수 없는 궁극 주문을 아군 길드원들을 구하는 데 사용한 것이다. 가히 레어 클래스다운 위력이라고밖에 할 수 없었다. 그의 앞에서는 저 그레이트 바실리스크의 브레스 따위 그저 산들바람에 지나지 않았다.

마지막으로 드래고닉 레기온은 주문을 시전 중인 세르베루아 님을 어떻게 보호하냐면? 로드 나이트 프리드리히께서 검을 들더니 외친다.

"⟨엑티브-아너 오브 나이트⟩!"

나중에 물어보니 기사 계열끼리 뭉쳐 있을 때, 각자의 마력을 빌려 시전하는 로드 나이트 전용 스킬이라고 하더라.

효과는 기사 직업 파티원들을 일시적으로 무적으로 만드는 것이라고 한다. 분명 세연이도 데스 나이트라서 효과를 같이 받았겠지만, 이때 당시는 저 스킬을 몰랐기에 난 브레스의 폭풍이 끝나자마자 세연의 상태부터 살폈다.

"괜찮냐?"

"네, 세연은 멀쩡해요. 아저씨는요?"

"어, 보자. 어, 괜찮아. 아저씨 저거 많이 맞은 것 보면 알잖아."

내 체력은 여전히 4만대, 그냥 맞아도 큰 문제는 없었다. 다만, 이제 약 7분 정도를 더 버텨야 하는데 저놈의 바실리스크는 이쪽으로 서서히 쿵쿵, 걸어오고 있었다.

아머드 나이트와 나를 제외하고 다른 탱커가 살아 있나 하며 고개를 돌리는데… 이런 빌어먹을, 10명만 멀쩡히 일어나 있었고, 5명 정도는 신체 일부가 돌이 되어 괴로워하고 있었다. 그 외의 사람들은… 크윽!

"아저씨, 저 사람들 석상이 되어 버렸어요."

"젠장!"

다 죽었다. 그래, 석상이 되어 버렸으니 죽어 버린 거나 마찬가지다. 아까 탱커 하고 있던 금강역사도, 탱을 교대해 주러 간 사람도 석상이 되어 서 있을 뿐이다.

저렇게 완전 석화가 되면 상태 이상을 풀어도! 이미 숨이 끊어진 시체만 남게 되어 버린다. 석화 내성 물약을 먹었어도 레벨 차이 때문에 완벽히 석화 브레스에 저항하지 못했거나 생존기를 안 켜서 석화가 되어 버린 것이리라.

크레레레에에에엑!

놈이 다가온다. 거대한 몸을 움직이면서, 땅을 울리면서 점점 커져 가고 있었다. 휴우… 씨팔! 나는 욕지거리를 하며 방패를 다시 들고 뛰어 나가기 시작했다. 다행히 〈액티브-베히모스의 재생력〉의 시간이 되돌아온 걸 확인한 나는 뛰어나가며 아머드 나이트에게 말한다.

"3분 버틴다! 그사이에 다른 탱커들 정비시키고, 교대해 줘! 이제 7분밖에 안 남았어! 내가 3분 버티면 4분 남을 거야!"

"예, 알겠습니다."

"우오오오오오! 〈액티브-도발〉 이 망할 도마뱀 새끼야! 넌 네 엄마 앞에서도 토하냐(바실리스크어)?"

도발한 뒤 다시 머리를 돌린다. 그리고 평타 한 대를 맞아 급히 체력이 3만대로 떨어진 나는 다시 〈액티브-베히모스의 재생력〉을 사용해 버티기 시작한다.

젠장, 미치겠구먼! 망할 탱커 인생! 지금이라도 방패를 빼고 모든 패시브를 적용시켜서 저거노트의 진면목을 보여야 하나? 아니야, 버틸 만하니까 일단은 참자.

'현마 자식이랑 저 양반들이 아직 패를 안 꺼냈는데! 내가 조커를 꺼낼 수는 없지. 크윽!'

콰득!

끄아아아아아아아! 더럽게 아프네. 망할! 잠깐 딴생각하다가 왼팔 부분이 물렸어.

[쇠돌이 님이 왼팔이 물려서 상태 이상 '골절'에 걸리셨습니다. 더불어 팔 보호구 내구도가 줄어듭니다.]

씨바알! 하필 물려도 팔꿈치 부분, 갑주가 적은 부분이 물려 가지고! 방패를 찬 오른팔이 안 물린 건 다행일지도. 내 뜻도 아닌데 조커를 꺼낼 수는 없지! 으오오오오!

쓰리 스타즈 얼라이언스의 진영.

"휴우… 으으, 마력 회복 물약은 언제 마셔도 맛대가리가 없군요."

"퉤! 퉤! 아오! 모래가 아직도 입안에! 에잉! 저 망할 탱커 자식들! 교대할 때 머리가 이쪽으로 돌아가게 하니 이 모양이지! 제기랄! 그나저나 저거 죽었구먼……. 어라?"

"세, 세상에……."

"저분 다시 탱킹 하러 간 건가요?"

참고로 쓰리 스타즈 얼라이언스 길드는 현재 드래고닉 레기온의 요청에 따라 방송국 인원 2명을 보호 중이었고, 그들의 촬영을 허가한 상태였다. 이들은 방금 전 브레스의 폭풍이 지나가고, 죽어 있는 탱커들의 모습을 바라보다가 다가오는 그레이트 바실리스크를 향해 뛰쳐나가는 한 명을 바라보며 감탄하고 있었다.

'철이 저 녀석!'

"어라? 저 갑옷을 입은 녀석, 근성 한번 좋군. 아까 거의 45분 가까이를 탱킹 하느라 힘들었을 텐데, 다시 나가다니……!"

"차장님, 저놈 저희 길드에서 하청을 받던 그 녀석입니다. 제 친구 놈이지요."

"헤에?"

"드래고닉 레기온에 빼앗긴 게 저놈이란 말입니다. 보세요. 저런! 한쪽 팔이!"

그레이트 바실리스크에게 물려서 달랑거리는 왼팔을 눈치챈 현마는 자신의 길드 힐러 담당이 힐을 하고 있음에도 그에게 힐을 주기 시작한다.

게임과 달리 한쪽 팔을 못 쓰면 방어 행동 자체에 큰 지장이 있기에… 체력 소모는 더 빠를 것으로 예상된다.

자신도 재생이 가능한 주문이 있었지만, 다른 힐러들도 가능할 것이기에 힐량을 생각하며 힐링에만 집중했다.

H프라이멀.

"OH! 저분 팔이 당했어요!"

"'메딕 킷'을 가지고 긴급 수술을 해 주러 가야 한다. 허가하나?"

"NO! 블리자드 라이프 군은 우리 H프라이멀 길드의 메인 힐러잖아요! 어딜 간단 말이에요!"

"하지만 저대로 두면 당할 텐데?"

"어차피 이 임무는 드래고닉 레기온의 일이고, 여차하면 우리는 크리스털을 써서 도망가면 그만일 뿐이니 쓸데없이 위험한 데 가지 말고 여기서 그냥 힐만 줘요."

"알았다."

블리자드 라이프는 작게 한숨을 내쉬더니 다시 힐을 하기 시작했다. 원래라면 지금 당장 내려가 잠시 탱커를 바꾸고 그의 팔을 고쳐 줘야 하는 입장이었지만, 그는 탱커였고, 지금 몬스터는 광폭화 중이라 힐러인 자신이 갔다가 죽기라도 하면 길드로서는 엄청난 손해였기에 말린 것이리라.

로직 게인은 이미 약사여래가 큰 주문을 사용해서 마력을 모두 소진했기에 앉아서 마력 회복 포션을 마시고 명상을 해서 빠르게 마력을 채우기 시작한다. 현재 이곳에는 다른 힐러가 나서서 힐을 하고 있었다.

"어? 맨탱 팔 나갔는데? 우리 중에서 고칠 수 있는 사람 있나?"

"없지. 저기 H프라이멀의 메디컬 라이저가 고칠 수 있지 않나?"

"근데 왜 저 새끼들은 가만히 있지? 가서 고쳐 줘야지. 지금 저 맨탱 죽으면 바로 쓸리는데……."

"크리스틸 쓰려고 개기는 건가? 망할 놈들, 여차하면 그냥 위약금 물겠다는 거네. 와, 배짱 보소."

"그럼 힐러 한 명 더 붙여 줘! 저대로라면 피 엄청 빨리 빠진다."

로직 게인은 그나마 강철을 걱정해 주었고, 힐러가 더 붙어서 힐량을 올리기 시작한다.

크레에에에엑!

"물리긴 싫거든! 씨발, 진짜! 으아아아아아악!"

밟혔어! 씨발, 왼팔 밟혔어. 씨발, 가뜩이나 덜렁거리고 힘이 안 들어가는 팔이구만! 잘못 피하다가 놈의 거대한 발에 밟힌 나는 몸을 움직일 수 없었다. 이런, 젠장! 빠져나가야 하는데? 어떻게?

"이런, 빌어먹을……."

"아저씨!"

크레에에에엑! 콱!

놈은 밟은 채로 내 몸을 문다. 강하게 물어뜯는 게 아니었다. 가볍지만 이빨에 걸리게 무는 행위다. 난 이 행위 다음이 무엇인지 안다. 젠장! 베히모스의 재생력이 앞으로 1분 남아서, 생명력상으로 받는 데미지에는 문제가 없겠지만, 놈은… 내 팔을 밟은 상태로 몸통을 물어 당겨서 뜯. 어. 낼. 것. 이. 다.

"아저씨! 〈액티브-도…….〉"
"도발하지 마! 입 닥쳐!"
"아, 아저씨!"
으득!
이미 너덜너덜해진 팔에서 기묘한 소리가 들리기 시작한 것을 느낄 새도 없이…….
크레레레레렉.
"으아아아아아아아악!"
쫘아아아악! 크레에에에에에엑!

 눈앞이 새하얗게 변하며 격통이 몰아친다. 피가 뿜어지고, 그레이트 바실리스크의 발에 밟혀 있던 내 팔과 내 몸은 둘로 나뉘고 만다. 생으로 팔이 뜯겨 나가는 고통을 아는가? 3년간 탱커 생활하면서 나도 처음 겪는 일이다. 그리고 내 몸은 들어 올려지고, 그대로 땅에 내팽개쳐진다. 다행히 아직 생존기가 살아 있는 상태라서 체력만큼은 무사했지만…….

[쇠돌이 님이 왼팔을 잃었습니다.]
[쇠돌이 님이 상태 이상 출혈에 걸리셨습니다.]
[쇠돌이 님의 왼팔 끝부분에서부터 석화가 시작됩니다.]
[쇠돌이 님의 갈비뼈에 금이 갔습니다. 골절에 유의해 주십시오.]

쇠돌이 체력 : 20,093/96,720

'빌어먹을… 일어나야 하는데……'

크레렉…….

쿵… 쿵…….

다행히 멀리 내팽개쳐져서 놈의 다음 공격이 바로 이어지진 않았다. 하지만 내 귀엔 놈이 다가오는 소리가 들리고 있었다. 아직 시간이… 시간이 5분 남았는데!

각종 상태 이상이 겹치면서 내 체력은 급속도로 떨어지기 시작했다. 크윽! 젠장! 버텨야 하는데… 버텨야! 일어나야! 죽기 싫으면 일어나야 하지만, 이상하게 몸에 힘이 들어가지 않는다.

쇠돌이 체력 : 21,320/96,720

'젠장… 척추도 당했었나?'

출혈의 상태 이상으로 인한 빠르게 체력이 빠지는 것 때문에 생존기의 효율성이 떨어지고 있었다. 아니, 이대로 계속 오르락내리락해서 체력 상태가 유지가 되어 버리면 놈의 다음 공격은 막타가 될 것이었다.

〈베히모스의 재생력〉의 남은 시간은 앞으로 20초. 다행히 사람들의 힐이 계속 이어져 금세 체력은 빠르게 올라왔지만……

쇠돌이 체력 : 39,912/96,720

크레레레레렉! 퍼억!
놈은 머리로 날 밀쳐 올리면서 밀어낸다.
[쇠돌이 님이 그레이트 바실리스크의 박치기에 28,800의 데미지를 입었습니다.]

쇠돌이 체력 : 11,112/96,720

마치 쓰레기통에 던지는 깡통처럼 바닥을 뒹군 나는 남은 HP를 보며 절망에 빠진다. 하지만 다행히도 내 의식이 끊어지기 전에…….
"〈액티브-도발〉!"
"아저씨!"

콰아아아아아아!

부스터 소리와 함께 도발해서 그레이트 바실리스크를 나오는 반대 방향으로 끌고 가는 정상연.

휴우… 진형 정비가 끝난 모양이군. 그리고 세연은 나에게 다가와 날 안아 올린다. 야, 야! 뭐 하는 짓이야? 왜 네가 날 공주님 안기를……!

"입 다물고 있어요. 빨리빨리! 누구에게 가야 치유를?"

"H프라이멀로. 거기 메디컬 라이저라고, 아마 재생 수술 같은 거 되는 양반 있을 거야."

현마도 되긴 하지만, 그 녀석은 힐을 해야 했기에 다른 쪽을 요청하는 나였다.

"예, 알았어요, 아저씨. 금빙 갈 테니 죽지 마요. 알았죠? 죽지 마요, 아저씨."

넌 나랑 밴드면서 체력도 안 보이냐? 안 죽어, 이년아. 이제 남은 시간은 약 5분. 그 정도면 저기 있는 10명가량의 탱커와 정상연으로 충분히 탱킹 할 수 있으리라.

나는 그렇게 생각을 하며 졸린 눈을 잠시 감는다. 출혈이 심하긴 해도 체력이 조금 있으니까 안 죽겠지.

세연은 날 공주님처럼 안아 H프라이멀 길드 진영으로 데려간다.

"아저씨를 살려 주세요."

"어, 여자 목소리다. 스컬 나이트 세트 안에서 웬 여자 목소리가?"

"지금 그게 중요하나요? 빨리 아저씨를 고쳐 줘요."

"알았다."

이미 레이드로 인해 서로 협력 관계고, 고용비는 드래고닉 레기온이 지불해 주었기에, 현장에서 치료는 무료로 받을 수 있으리라.

휴우… 그래도 여기서 치료를 받으니 돈 굳었다. 크로니클의 치유 시설을 쓰려면 분명 1,000만 원가량 돈이 나갔을 텐데. 그리 생각하는 나는 역시 뼛속까지 속물이란 말인가?

"메딕 킷, 리스토레이션 킷 사용. 잠시만 참으시죠."

"크으윽!"

"어라, 사용 불가? 왜지?"

뭐시여? 블리자드 라이프가 품에서 꺼낸 자신의 전용 아이템들을 사용해 보았지만 계속해서 에러 메시지가 뜨는 것 같았다. 그는 당황스러워하며 나에게 그 메시지를 보여 준다.

"이거 뭡니까?"

〈사용할 수 없습니다. 오류 내용 : 인간형 대상을 지정해 주세요.〉

아! 씨바알! 이게 뭐시여? 저 메딕 킷, 리스토레이션 킷이라는 거, 인간 전용이여? 그럼 크로니클은? 아, 맞다. 크로니클은 오만 가지 레어 클래스가 다 오고, 서방에는 그 뱀파이어 로드나 웨어 울프 워리어 같은 클래스도 온다고 했었다. 그래서 크로니클의 공용 치유 시설은 언데드까지 치료할 수 있는 기묘한 시설이었다. 그 덕에 세연이도 치료할 수 있었지. 하지만 메디컬 라이저의 기술은 대부분 인간 전용이다.

"이런, 쉐트! 제길 어쩔 수 없지. 그냥 붕대만 몇 개 주세요. 지혈만 하고 크로니클에서 치료받아야지."

"흠… 뭐, 그러지요. 붕대라면 여기 있습니다."

"아저씨, 세연이가 해 줄게."

하, 망할 이게 무슨 일이야?! 내 방이 판정이 분명 괴수 다 입이긴 했지만, 아니 이런 데서 불이익이 생기나? 그럼 힐은 뭐야? 힐은, 생명체는 모두 치유하는 힘이라서 그런가? 이 공학계 힐러 양반만은 아마 자신의 재생치유능력에 명백하게 인간형이라고 지칭되어 있어서 내가 걸림돌이 되어 버린 거 같았다.

"에휴, 돌아가기 전엔 외팔이 인생인가? 그나저나 이제 슬……."

"예, 20초 남았어요. 마지막 탱커가 교대해서 바로 생존기 틀었네요."

크레레레레렉!

이래저래 시간을 보내다 보니, 드디어 그레이트 바실리스크의 테이밍 시간이 다 끝나는 게 보였다. 이제 남은 시간은 10초.

 휴우… 이제 저거 테이밍만 되면 이번 레이드도 살아서는 끝나는구먼! 중간에 브레스가 본진을 향해 쏴져서 완전 큰일 날 뻔했지만, 팔 하나 날아가고 상처뿐이게 되었지만 그래도 다행이다. 오, 벌써 5초인가?

 5… 4…

 3.

 2.

 1.

"〈엑티브-드래곤 테이밍〉!"

사아아아아아아아!

 녹황색의 빛기둥이 그레이트 바실리스크를 휘감는다.

 오, 새빨갛던 그레이트 바실리스크의 눈이 점점 색이 옅어지고, 새하얀 눈으로 변하고 있었다. 다른 탱커들은 물론 쓰리 스타즈 얼라이언스에 있던 기자들까지도 굉장한 것을 보는 눈을 하며 이 진귀한 광경을 놓치지 않기 위해 카메라를 움직였다. 시간이 지나자 점차 녹황색의 빛기둥이 사라지는데…….

"아, 끝났다, 끝났어."

"아저씨, 정말 멋있었어. 오늘밤은 세연을 마음대로 해도 좋아.♡"

"멋대로 분위기 타지 마라. 이 잘린 팔부터 치료받으러 가야 하고, 저 사룡의 저주 갑옷 팔 부분도 회수해야 하고, 레이드 리포트 써야 해서 바빠!"

"그럼 아저씨 입원해. 그동안 세연은 열심히 광렙 할 거니까."

이 자식, 아직도 테이밍 의욕을 안 버린 거야? 그나저나 얘도 문제지만, 세르베루아님 도 날 테이밍 하려고 할 텐데 어쩐다……? 하며 여전히 바보 같은 대화를 나누는 순간…….

크레레레… 크레레렐.

"여러분! 드래곤 테이밍 시전이 실패했어요. 시급히 진투 준비를 하세요!"

크레레레레레레레레렉!

뭐, 뭐야? 뭔 일인데? 세르베루아 님의 외침과 동시에 그레이트 바실리스크의 눈빛은 다시 시뻘겋게 변하고, 광폭화 상태로 돌아와 있었다.

우선 급한 대로 아머드 나이트인 상연이 탱킹 하기 시작했고, 3대 길드의 딜러들이 전부 무장을 꺼내 준비하기 시작했다. 아니, 이게… 이게 어떻게 된 건데? 나는 재빠르게 일어나서 드래고닉 레기온 진영으로 돌아간다. 그리고 빠르게 세르베루아 양에게 묻는다.

"이게 어떻게 된 거죠? 역시 보스 몬스터라 테이밍이 안 되는 건가요?"

"아뇨, 저거보다 더 높은 레벨의 보스 몬스터도 테이밍 한 적 있어서 그건 아니에요. 그게… 그게… 잠시만요. 주문 오류 내용이… 이거네요."

세르베루아 양은 자신의 인터페이스를 열고, 데미지 리포트를 꺼내서 방금 전 주문이 실패한 원인을 짚는다.

[세르베루아 님이 드래곤 테이밍을 시전하였으나, 그레이트 바실리스크는 저항하였습니다(이미 테이밍 된 소환수입니다).]

이건? 이미 테이밍 된 소환수입니다. 즉, 저 녀석은 이미 누군가의 임자라는 것이다. 그러니 이미 주인이 있으니 암만 레벨이 더 높고, 스킬이 있어도 테이밍 될 리가 없던 것.

잠깐만 이게… 어떻게 된 거야? 그럼 저 녀석의 주인은 누구야?

크레에에에에에엑!

"크으윽! 이대로는 오래 버티질 못해! 〈액티브-포스 실드〉."

도대체 이게 어떻게 된 거야? 아비규환 속에서 아머드 나이트가 탱킹 하는 가운데 다른 탱커들은 공황 상태가 되어 우왕좌왕하기 시작했다. 이대론 안 되는데, 생각하며 난 다시 나가려 했는데 누군가가 내 어깨를 잡는다.

"하하하, 미스터 아이언, 그 몸으로 어딜 가려고 합니까?"

"그럼 씨발, 누가 저걸 탱 할 건데요? 다행히 조금만 있으면 〈액티브-티아메트의 본능〉이 돌아오니까 그걸 켜면……."

"테이밍이 실패했고, 그 이유가 이미 주인이 있는 거라면 이제부터는 버틸 필요가 없는 싸움입니다. 상대는 용종인 보스 몬스터. 미스터 아이언, 제가 누군지… 이 검이 무엇인지 잊으신 겁니까?"

"…아하! 드래곤 나이트! 그리고 발뭉!"

용기사! 그리고 그가 들고 있는 양손 검은 용기사 전용 전설 아이템! 오오, 믿음직스럽다. 그리고 그는 등에서 검을 뽑은 다음, 날 바라보며 한마디를 더 넌진다.

"미스터 아이언, 앉으세요."

"예?"

"앉으시고, 절 목말 태우세요."

"…아니, 왜? 아… 서, 설마?!"

"예. 제 필살기라고 할 수 있는 〈악룡극멸참〉은 용을 탄 상태에서만 쓸 수 있는 필살기라서 말입니다. 하하하하."

…아니, 난 왜 졸지에 멀쩡한 용기사의 탈것이 되어야 하는가? 한쪽 팔까지 잘려 나간 마당에 어이없어 했지만 지크프리트 씨의 눈은 진지했다.

하아~ 필살기 사용의 조건이 용기사다워서 할 말이 없네.

난 체념하고 한숨을 내쉬며 무릎을 꿇고 앉는다.

"이러면 되나요?"

"예, 그럼 실례."

"우와, 지크프리트 님이 아저씨의 위에 올라탔어. 역시 아저씨는 수(受)가 어울려."

세연아, 지금 아저씨 슬프니까 그 입 좀 다물어 주면 안 되겠니? 내가 오만 더러운 탱커 짓, 하인 짓, 천민 짓, 돈 없어서 빚쟁이 짓까지 다 했지만, 이젠 하다 하다 탈것 취급까지 당하니까 우울하거든? 근데 수는 무슨 뜻이야? 하아~ 슬프다.

"그럼, 이랴! 어서 가지요, 미스터 아이언!"

"아니! 말 취급은 하지 말아 주실래요?"

"용 취급입니다. 하하하! 자랑스러운 세계 최고의 용기사의 용이라구요!"

"하나도 안 자랑스럽거든? 이 아저씨야!"

그러면서도 나는 한쪽 팔로 지크프리트 씨의 다리를 잡고, 그레이트 바실리스크를 향해 나아가기 시작했다. 생존기인 〈액티브-티아메트의 본능〉의 쿨 다운이 얼마 안 남았고, 지크프리트 씨가 날 타니까 왠지 모르게 몸이 가벼워진 느낌이 들어서 스테이터스를 열었는데······.

쇠돌이 레벨 : 45 클래스 : 저거노트

> 근력 : SS-(150)
> 민첩 : S+(90)
> 마력 : 없음
> 지력 : D-(50)
> 체력 : 89,213/112,033

 모든 스탯의 랭크가 한 단계씩 올라 있었다. 아무래도 드래곤 나이트의 기승 효과는 탑승한 탈것의 능력치도 올려 주는 것 같았다. 내 스테이터스를 바라본 지크프리트 씨는 웃으면서 말한다.

 "〈패시브-인마일체(人馬一體)〉입니다. 기승 스킬을 지닌 상위급 기사 클래스만 배울 수 있는 스킬이지요. 참고로 제 스탯도 한 단계씩 오릅니다."

 "…아깐 용이라면서요."

 "그런 걸로 해 둡시다. 남자가 너무 쩨쩨하면 못써요. 도발이나 당겨 주세요."

 "예이. 〈액티브-도발〉! 여~ 사정 실패도 세 번째면? 발기부전을 의심해 봐야지(바실리스크어)?"

 크레레레레레레렉!

 놈은 나와 목말을 태운 지크프리트 씨 쪽으로 뛰어오기 시작한다. 아, 맞다. 머리, 머리! 난 측면으로 서서히 뛰면서 놈의 브레스가 본진을 향하지 않게 하였고, 안심한 지크프리트 씨는 발뭉을 들어 올리며 〈악룡극멸참〉을 시전하기 시작했다.

"하아아아아아아아!"

크레에레레레레렉!

그레이트 바실리스크 체력 : 399,213/450,000

하하, 그래도 1시간이나 탱커들이랑 손발을 교환했으니 체력이 5만 정도는 깎여 있는 놈이었다. 과연 82레벨의 드래곤 나이트가 전설 아이템을 들고서 시전하는 궁극기의 힘은 어느 정도일까?

어느새 뒤에서 준비하던 3개의 길드 사람들의 시선은 지크프리트를 향해 있었다. 전설 아이템, 세계 최강의 기사의 힘을 모두가 보고 싶었던 것이리라.

'보자, 공격력 4,550짜리 무기에 저 필살기 데미지가 5,900퍼센트고, 더불어 저 그레이트 바실리스크는 용종이라 용족 판정이니까… 300퍼센트 추가 데미지까지 계산하면.'

거기에 지크프리트 씨의 근력과 지력, 갖가지 패시브를 계산하고, 80레벨의 스탯까지 추가하면… 으어어억? 이거 설마…….

 내가 상상하는 사이 지크프리트 씨의 시전이 끝났다는 듯 바닥에서 마법진이 빛났고, 그다음 지크프리트 씨는 기합을 외치며 검을 휘두른다.

"〈엑티브-악! 룡! 극! 멸! 참!〉"

 고오오아아아아아아아아!

 황금빛의 검에서 광휘가 쏟아져 나와 그레이트 바실리스크를 덮친다. 더불어 밀폐된 동굴에서 쏜지라, 소음과 후폭풍도 거세게 몰아친다. 아까 맞은 바실리스크의 브레스보다 더한 것 같았다. 어쨌든 한차례 폭풍이 지나가고, 먼지가 가라앉자 눈앞에 그레이트 바실리스크가 쓰러져 있었다.

"와… 세상에……."

그레이트 바실리스크 체력 : 0/450,000

 뒤에 있던 3개 길드의 딜러들도 어이없다는 표정으로 그 광경을 바라본다. 세상에, 이럴 거면 거의 30명이나 되는 딜러들은 왜 데려온 건가?

 나는 깜짝 놀라서 인터페이스를 열어 데미지 리포트를 살펴본다. 엄연히 난 지크프리트 씨의 탈것 상태였기에 같은 유닛으로 취급되어 데미지가 나왔는데…….

[지크프리트 님이 악룡극멸참으로 그레이트 바실리스크에게 615,424의 데미지를 입혔습니다.]

[그레이트 바실리스크가 사망했습니다.]

'딜이 미, 미쳤어!'

"하하하, 무기발입니다, 무기발. 그리고 용종 상대 추가 데미지랑 레벨발이고……."

"OP다, 리얼 OP야. 이럴 거면 왜 큰돈 들여서 딜러들을 고용한 거예요?"

"혹시나 하는 사태를 대비해서죠. 그리고 어떤 길드가 호위도 없이 레이드에 힐러들을 보냅니까?"

아니, 그래도 그렇지, 이 아저씨 너무 센 거 아님? 아니지. 82렙이니까 무리도 아닌가? 아니, 그래도 그렇지, 레이드 보스 몬스터를 일격에 보내 버리는 건. 아냐, 그래도 완벽한 역상성에 전설 무기다운 위력이라 그리 무리도 아닌가? 으갸아악! 머리가 복잡해진다. 그만 생각하련다. 어쨌든 이걸로 바실리스크 레이드도 끝난 셈이었다. 드래고닉 레기온의 목적인 바실리스크 테이밍은 실패로 끝나고 말이다.

쓰리 스타즈 얼라이언스 진영.

"캬, 한 방이라니! 역시 전설 무기발이 죽이네!"

"레어 클래스에 전설 무구, 그리고 압도적인 고 레벨의 조화. 마지막으로 상성이 낳은 결과인가?"

 하지만 그래도 단번에 40만에 가까운 레이드 보스의 체력을 날려 버린 건 엄청나다고 생각하는 차현마였다. 진짜 저들은 그랜드 퀘스트가 아니라 그냥 레이드 던전만 찾아다녀서 하루에 두 탕씩 끝낸다 해도 돈을 긁어모으는 건 보통일이 아니리라. 그리고 저 정도의 역량이 있어야만 그랜드 퀘스트를 할 수 있는 건가? 하는 부담감만 늘어난다.

"흠… 유 차장님의 역대 최고 데미지가 얼마였죠?"

"어? 나? 9만 2천인가? 야만 전사 필살기 격인 〈엑티브-천지 붕괴〉를 프로보크 걸고서 썼을 때 그 정도 나왔는데?"

"제 신성 버프까지 받으면 한 13만까지는 나오겠군요. 하아~ 너무 압도적인 차이군요. 그런데 하나 이상한 게 있는데……."

 왜 강철에게 목말을 타서 기술을 쓴 건지 의문을 품는 현마였다. 도대체 왜? 용기사는 엄연히 드래곤을 타고서 싸우는 기사인데, 왜 목말을 탄 건지 이유가 없진 않을 거라 생각했지만 설마 싶은 현마였다.

'설마 강철이 드래곤이라도 되는 건가? 훗, 내가 생각해도 바보 같은 예상이군.'

"자, 그럼 슬슬 준비하지? 시간 확실히 재고……."

"예, 알겠습니다. 다들 예정대로 준비하고, 다른 길드에게 알려라."

쓰리 스타즈 얼라이언스 길드가 움직이기 시작한다. 그들은 장비를 거두고, 무장을 거두고, 모두들 마치 돌아가기 위한 준비를 하는 것처럼 보인다. 그 속도가 너무 민첩했다. 다른 이들도 그들을 보며 행동을 맞추어서 돌아갈 준비를 한다.

과연 그들이 꾸미는 것은 무엇인가? 생각할 때, 드래고닉 레기온 일행들은 모여서 다른 이야기를 하는 중이었다.

어쨌든 우리의 레이드는 실패나 마찬가지였다. 일부러 테이밍을 하러 왔는데 이렇게 죽여 버렸으니. 그래도 레이드 보스이니만큼 각종 보상 아이템을 잔뜩 내놓는 바실리스크였다.

그래, 이 맛에 잡는 거지. 크으!

드롭 아이템 목록
용의 이빨 23개
바실리스크의 가죽 24개
용의 힘줄 4개
바실리스크의 심장 2개
오리하르콘 원석 500그램 1개

우선 소재 품목. 와, 오리하르콘 원석 500그램밖에 안 준다

고? 진짜 귀하긴 귀하구나. 이렇게 빡세게 잡은 놈이 고작 이 거만 주다니! 근데 왜 심장이 2개지? 이거 무슨 오류여? 소재는 일단 용종이라고 취급돼서 용의 뼈와 힘줄, 그리고 바실리스크를 위주로 하는 소재들이 나온다. 전부 다 희귀급 이상이고, 용의 힘줄과 바실리스크의 심장은 영웅 등급 소재다.

이거만 해도 족히 몇 억은 나오겠군. 계산기를 두드려 봐야 하고, 시세가 각 나라마다 다르니 확정은 하지 못하겠지만 말이다.

스킬 북 : 암흑 화살-흑마법사 계열

스킬 북 : 심언의 지주-흑마법사 계열

스킬 북 : 얼음 창-마법사 계열

스킬 북 : 제련 3단계-공학계

스킬 북 : 유전 공학 4단계-공학계 관련 스킬을 배운 자/영웅 등급★

스킬 북 : 폭룡권-무투가 계열

스킬 북 : 극일섬-양손 무기 사용자 전부

스킬 북 : 용아병 제조학-네크로맨서, 리치, 데스 나이트 전용/영웅 등급★

다음은 스킬 북. 우와! 씨발! 유전 공학이다! 공학계에서 가장 비싼 스킬 북이다. 저거 하나만으로도 10억은 넘어가리라.

분명 현재 과학 기술로 구현할 수 없는 유전 공학 기술을 쓸 수 있게 해 주는 스킬 북이다. 제련은 뭐, 흔한 스킬 북이라서 100만 원 정도지만, 저 유전 공학, 그것도 4단계면 고위 등급이라서 미치게 비쌀 게 분명했다.

아마 제약 회사나 의료 기구 회사에서 아주 사고 싶어서 눈이 돌아가겠지. 그 외의 것은 그저 수백만 원대의 그저 그런 스킬 북들이고… 우와! 이거 뭐야? 세연아! 네 거 나왔다.

"네?"

"용아병 제조학이래. 잠깐만 자세한 설명을 보여 줄게."

스킬 북 : 용아병 제조학-해골 소환을 지닌 클래스(네크로맨서, 리치, 데스 나이트)만 배울 수 있으며, 기존의 〈액티브-해골 소환〉을 〈액티브-용아병 소환〉으로 업그레이드한다. 용아병의 능력치는 사용자의 레벨에 비례하며, 기존 해골보다 훨씬 강하고, 더 많은 숫자가 소환 가능하다. 레벨 X1.5만큼 소환 가능. 사용 레벨 제한 40

"어머나, 하지만 이거 익히려면 관련 스킬인 해골 소환 계

열을 찍어야 하는데요?"

 세상에, 전용 스킬 북이라니. 캬아! 이거 엄청 비싸겠는데? 하지만 역으로 보면 네크로맨서, 리치, 데스 나이트 같은 보기 힘든 클래스가 쓰는 물건이니까, 나중에 경매로 나오면 생각보다는 싸게 살 수 있으리라.

 사 가면 세연이의 클래스를 들키는 거나 마찬가지이겠군. 기승을 가지고 있어서 기사 계열이라는 게 들통났고, 이걸 배운다면 100퍼센트 들통나니 나중에 흑사자 같은 녀석에게 대리 구매를 맡겨야 할 것 같다. 그리고 그다음, 마지막으로 가장 적은 수익을 차지하는 무기류들이다.

> 양손 무기 : 용 뼈로 만들어진 대검/희귀 등급
> 한 손 무기 : 용 뼈로 만들어진 단검/희귀 등급
> 헤비건 : 드래곤 스트라이크 샷/영웅 등급★
> 지팡이 : 용의 피가 흐르는 지팡이/영웅 등급★
> 상의 : 용 가죽 갑옷/가죽/영웅 등급★
> 하의 : 용 가죽 갑옷/가죽/영웅 등급★
> 벨트 : 용 뼈로 만들어진 벨트/사슬/영웅 등급★
> 양손 무기 : 바실리스크의 눈이 박힌 권갑/영웅 등급★
> 방패 : 바실리스크의 눈이 박힌 방패/영웅 등급★

크, 영웅 아이템만 7개. 게다가 전부 다 레벨 제한이 50이니까 한 개당 못해도 4,000~5,000천만 원은 하리라. 나머지는 자세한 옵션을 봐야 하지만, 이걸 다 경매에 붙이면 이래저래 3~4억이 한계이려나?

결국 다 계산해 본 결과, 유전 공학 스킬 북이 대박을 쳤기에 수익은 거의 15~18억 정도? 하지만 초기 사업비 20억에다가 탱커 고용비, 그리고 날 트레이드한 비용 등등 여러 가지를 다 따져서 생각하면 거의 10억대가 적자인 것 같았다.

"하긴, 필요 이상으로 사람을 너무 고용해 버렸으니. 필요한 인원만 데려왔으면 족히 8~10억은 벌었을 텐데……. 아니, 사람을 더 줄이고, 물약을 절약하면 12억까지 가능하겠군."

"하하하, 원래 목적은 이 아이템들이 아니라, 테이밍이었으니… 하아~ 어쨌든 실패군요."

"설마 테이밍 할 몬스터가 주인이 있는 줄은 상상도 하지 못했죠."

"후, 이건 사전에 이 레이드 던전을 탐사한 패스파인더와 레인저의 잘못이니 그 부분을 노려서 손해 배상 청구 및 소송을 걸어야겠군요. 후후후후."

무, 무서워! 그러고 보니 패스파인더와 레인저의 탐색 스킬에 분명 레이드 보스에 대한 데이터가 나타날 텐데! 근데 이 양반 외국인이라서 소송 같은 데 민감하지? 확실히 이건 질 수 없는 소송이었다.

그러고 보니 이곳에 대한 사전 조사를 쓰리 스타즈 얼라이언스가 했을 텐데? 뭘 하고 있는 거? 어라, 저 양반은?

"이야, 수고하셨습니다. 하하하."

"아, 쓰리 스타즈 얼라이언스의 유 차장님이시군요."

가죽 갑옷에, 등에는 양손 검 두 자루를 X자로 메고 있는 야만 전사 클래스인 유근호 차장이 넉살 좋은 웃음을 지으며 우리에게 다가온다.

아니, 씨발, 조사를 어떻게 한 거야? 엄연히 레이드 보스가 테이밍 안 되는걸 알 수 있었으면서 그따위로 하나?라고 말하고 싶었지만, 클라이언트는 지크프리트 씨였기에 잠자코 일단 보고만 있었다.

"이야, 탱커 군, 솜씨 좋더만. 우리 쓰리 스타즈 얼라이언스에서 열심히 배우고 간 보람이 있어."

'미친 개소리하고 자빠졌네. 이 새끼가 갑자기 미쳤나?'

"그건 그렇고, 유 차장님. 이거 처음에 받던 보고서랑 너무 다르지 않습니까? 여기 있는 그레이트 바실리스크는 엄연히 테이밍 가능한 용종이라고 씌어 있는데··· '주인 있음'이라고 나와 있잖습니까? 어쨌든 이런 오류로 인한 손해 배상 소송을 걸 테니 기대하시지요."

엄포를 하는 지크프리트 씨의 말에도 유 차장은 능글맞은 웃음을 한 상태 그대로였다. 그는 등에 있는 대검을 뽑는다. 미쳤나? 설마 여기서 싸울 생각인가? 암만 지크프리트 씨가 지금 필살기를 사용한 상태라 마력이 거의 없어도 66레벨과 82레벨의 차이, 그리고 엄연히 지크프리트 씨는 영웅 아이템 풀 세트에 전설 무기를 들고 있는데…….

"호오? 설마 저와 싸우시려고요?"

"아하하, 설마요? 레벨 차이가 얼마인데……. 방금 그레이트 바실리스크를 일격에 없애 버린 걸 보고서 달려들 사람은 없습니다."

"그럼?"

"이럴 셈이지요. 하아압!"

타아앙! 터어어엉! 우우우우우웅!

땅에 검을 후려치자, 마치 종이 울린 것처럼 공명이 동굴 안에 울리기 시작했다. 자세히 보니 그가 내려친 자리에는 철판 같은게 있었다. 뭐야? 깜짝 놀라서 주변을 돌아보는데… 이미 유 차장은 잽싸게 귀환 크리스털을 사용하고 있었다. 이 새끼들이? 뭐 하는 짓이야, 하는 순간…….

"어째서 갑자기 다들 귀환 크리스털을?"

"하하하! 그럼 나중에 혹시 볼 수 있으면 밖에서 보도록 하지요."

뭐야? 뭐냐고? 갑자기 생겨나는 빛의 기둥들과 약속이나 한 듯 사라지는 다른 길드 사람들. 그리고 땅속이 울리며 진동하기 시작한다. 뭐야, 뭐야? 아이템들을 인벤토리에 모두 회수한 지크프리트는 나를 데리고 우선 사람들이 모인 곳으로 돌아오는데, 그들 모두 당황스러워하고 있었다.

10명 남짓 살아남은 탱커들과 다른 길드 사람들도 1~2명씩 딜러들이 남게 되었는데, 이들도 전혀 몰랐던 사실이라고 말하고 있었다.

"아, 아니, 다들 어디로 간 거지?"

"뭐야? 이게 어떻게 된 거야?"

"이게 어떻게 된 거죠? 레이드 보스 몬스터를 클리어했는데 오벨리스크도 안 나오고, 다른 사람들은 갑자기 귀환하기 시작했고……."

"지금 우리가 하려니 귀환이 안 됩니다. 이게 어떻게 된 거죠? 귀환 크리스털이 안 써집니다."

"당했다. 젠장!"

쿠구구구구구…….

그렇다. 우린 당한 것이다. 앞서 피터지게 싸웠던 그레이트 바실리스크는 그저 중간 보스였던 것이다. 이 던전의 진짜 레이드 보스는 별도로 존재하는 것이었다.

땅의 진동과 함께 아까 바실리스크가 엎드려 있던 곳에서 돌로 된 옥좌가 솟아오르고 있었다. 그리고 이 보스는 주변을 귀환 불가 필드로 만들어 버리는 특수한 능력도 지니고 있을 것이리라.

"즉, 마법을 사용하는 지성이 있는 보스 몬스터라는 것! 아마 저 철판을 후려쳐서 소리가 울리자마자 귀환 크리스털의 사용이 막힌 거야!"

"어머~ 귀여운 손님들이 왔군. 하지만 내 애완동물을 해치다니, 무례한 작자구나! 죽지 않는 한 여길 나갈 수 없을 것이다!"

하반신이 뱀으로 되고, 상반신이 여성의 나체. 아름다운 미모를 지닌 얼굴을 하고 있었지만, 머리카락이 뱀으로 되어 있는 여성형 몬스터. 보통 신화에서 나오는 메두사라는 이름의 몬스터였다. 정확한 정보를 위해서 자세히 바라보자, 정확한 정보가 나온다.

메두사 퀸 레벨 : 60
체력 : 400,000/400,000
마력 : 150,000/150,000

이런, 제기랄! 60레벨 레이드 몬스터라니. 게다가 상당히 성가신 마법사형 몬스터였다. 자세한 옵션이나 특징들은 레인저나 패스파인더가 있어야 알 수 있는데, 일단 선제공격형 몬스터는 아니니까 우리는 남은 인원을 모아 점검하는 것을 우선으로 하고자 했다.

페이즈 4-5

니벨룽겐의 반지

〈계획서 : 니벨룽겐의 반지〉

게르만족의 서사시 '니벨룽의 노래' 및 여러 설화와 이야기를 각색한 지크프리트의 이야기의 제목에서 나온 것.

결국 하겐에게 배신당해서 죽는 지크프리트의 이야기에서 딴 것이었다. 물론 여기서 배신하는 대상은 적합자 중 세계 최고의 딜러인 드래곤나이트 지크프리트를 이야기하는 것. 그리고 그를 레이드 던전에 고립시켜 죽게 한 다음, 클리어 실패로 던전이 다시 열리게 되면 들어가서 그의 아이템을 챙겨 나오는 계획이었다.

귀환한 쓰리 스타즈 얼라이언스는 자신들의 길드 건물로

돌아와 있었다. 대형 길드는 크로니클이 아니라 길드 사무소에 귀환을 지정할 수 있다. 별도로 마련해 둔 귀환실에서 모든 장비를 벗고 양복 차림으로 유근호 차장과 차현마 대리가 나오고 있었다.

"자, 이제 그럼 우리 둘은 회수 부대를 준비해서 가 볼까?"

"설마 그 지하에 '메두사 퀸'이 있다는 사실을 감추다니······."

"좋은 기회가 왔다고 생각해서 말이야."

"음··· 로드 오브 드래곤은 뭐, 용종이 없으니 전력 외라고 쳐도······."

80레벨인 세르베루아지만, 그녀는 로드 오브 드래곤이라는 레어 클래스. 이 클래스는 용이 없으면 제대로 된 힘을 발휘할 수가 없다. 용과 교감을 하고, 함께 싸울 때는 막강한 힘을 자랑했지만, 용이 없으면 그저 40레벨 마법사만도 못한 공격력을 가지고 있다.

"지크프리트 본인도 82레벨의 드래곤 나이트. 그 외 호위 기사들도 평균 레벨 70이나 되는 막강한 자들입니다. 더구나 로드 나이트와 팔라딘으로, 기사 계열 클래스끼리의 버프와 시너지도 충분한 상황이라 여차하면 필살기 러시로 쇠돌이에게 탱킹 하면서 극딜 하면 될 것 같은데요?"

"하하하, 그렇게 될 거였으면 이 계획을 짜지도 않았지. 보게나, 이걸······."

"이건?"

레이드 던전 보고서였다. 안에 있는 그레이트 바실리스크의 세부 능력치와 방어력, 마법 방어력이 정확한 수치로 기록되어 있었다. 심지어 메두사 퀸의 존재는 물론이고, 모든 능력치와 걸려 있는 버프의 존재까지 확인된 자료였는데, 아무래도 유 차장은 이것을 먼저 받고는 계획을 짠 것이리라.

메두사 퀸의 자료를 읽어 나가는 차현마는 어느 부분에서 눈을 크게 뜬다.

"…이건?"

"우리 적합자들에게서도 가끔 신기할 만큼 사기적인 조합이 나오곤 하는데 몬스터도 마찬가지더군. 정말 골치 아픈 특성을 지녔어. 그 여자, 메두사 퀸은 말이야. 보라고, 크크큭. 이걸 어떻게 잡아?"

"특수 방어가 있군요. 그것도 〈이성 공격 면역〉이라니? 설마……."

"메두사 퀸은 여성체. 〈이성 공격 면역〉, 즉 남성의 공격엔 무적이라는 것. 지금 거기 남아 있는 인원 중 여성이라고 해 봐야 로드 오브 드래곤 하나뿐일 터. 하지만 그녀에겐 같이 싸울 드래곤이 없으니 전력 외니까 놈들은 완벽한 함정에 걸려든 셈이지. 설사 실수로라도 전투를 시작하게 되면 죽음이나 다름없어."

"그래서 이 레이드 던전을 함정으로……."

유 차장의 말에 소름이 돋는 차현마였다. 그렇다는 건 자신의 친구 강철도 그곳에서는 아무것도 할 수 없다는 뜻이었다. 탱커의 어그로란, 엄연히 데미지를 입혀야만 끌어올 수 있는 것. 그리고 탱커가 진형을 못 잡는 네임드면…….

"크크큭, 리스트도 철저히 조사했고, 녀석들의 모습도 보았지. 저 중에 여성은 오직 로드 오브 드래곤뿐. 체력이 40만이나 되는 레이드 보스를 혼자서 딜 해 녹일 수가 없지."

"…어라, 하지만 한 명 더 있는 걸로 아는데……."

"에이, 23레벨 모드레드였나?"

물론 당연한 이야기다 23레벨, 레이드 던전으로 가면서 바실리스크들로 레벨 업 했기에 정확히는 27레벨이지만, 어쨌든 60레벨 레이드 몬스터인 메두사 퀸을 상대하기엔 분명 데미지도 제대로 박히지 않을 테니 무리였다.

"에이, 그래도 제대로 된 힐러도 없는 판국에 잡을 수 있을 리가 없지. 게다가 23레벨이 60레벨 레이드 몬스터의 공격을 버틸 리도 없고 말이야."

"한데 유 차장님, 어쨌든 이 일로 법적 분쟁이 있을 텐데 어떻게 감당하시려고 합니까?"

"하하하, 내가 그걸 대비해서 우리 길드 인원 몇 명을 남겨 두지 않았던가? 우리 길드에도 피해가 있었다면서 징징거리면 될 뿐이야. 게다가 그 귀찮은 방송국 사람들도 버려

두고 왔지. 민간인의 희생이 있으면 매스컴에서는 그쪽에 집중할 테니 국내 여론은 뭐 문제없고, 법적 문제와 전설 아이템 부분은 스캐빈저 놈들이 먼저 들어가서 털었다고 하면 그만이야. 어차피 죽은 자는 말이 없으니, 우리는 계약 이상의 던전 패턴이 나타나서 후퇴했다고 하면 되는 걸세."

"…그럴 수가."

"다만, 우려가 될 만한 건 이제 방송국 놈들이 가진 카메라겠군. 그걸 먼저 입수하면 완벽한 범죄인 거겠지."

"혹시나 잡기라도 한다면?"

"거참! 그럴 리 없다니까! 나만 믿으라고! 하하하!"

사람이 어떻게 이렇게 악할 수가 있는가? 같은 길드원마저도 태연하게 희생양으로 밀어 넣어 버리다니. 뿐만 아니라, 일반인까지 사지로 던져 버릴 줄이야. 그런데도 아무것도 아니라는 듯 태연자약해 무서운 차현마였다.

인간의 목숨을 이렇게 가볍게 취급하는 것은 적합자여서 그런 것인가, 아니면 본래 인간이 추악한 생물이었던 걸까?

그 시각, 던전 안.

일단 남은 멤버를 조사하는 지크프리트 씨였다. 우리 드래고닉 레기온뿐만 아니라, 3개의 길드에서도 사람이 한두 명씩 남아 있었는데, 대부분 다 그냥 딜러였고, 자신들이 버려졌다는 생각에 완전히 절망 중이었다.

나는 일단 다른 길드에서 버려진 사람들을 살펴보는 중이었다. 보자, 클래스가·······.

"소, 소인을 버리고 갈 줄은 몰랐소이다! 이럴 수가······."

일본식 갑주를 걸친 사무라이 한 놈. 이놈은 패시브 때문인지 어떤 갑옷을 입어도 일본풍이 된다고 한다. 거참, 쓸모없는 패시브구만. 정확히는 〈패시브-사무라이 마스터리〉에 붙어 있는 특수 옵션이라고 한다.

그리고 다른 길드, H프라이멀에서는 인챈터 한 명과 거너 한 명이 남아 있었다. 마지막으로 로직 게인에서는······.

"다크 나이트입니다."

"…에? 그 유명한 다크 나이트? 당신이 왜 여기에?"

"예. 미움을 받았는지, 왜 다들 저만 두고 갔는지 모르겠네요."

뭐, 뭔가 엄청 어두운 사람이다. 아니, 다크 나이트라서 당연한 건가? 마치 검은 연기에 주저앉아서 뭔가 허탈하게 웃는 게 말 그대로 어두운 사람이었다. 검은 머리카락으로 이마를 가리고, 새까만 갑옷을 입고 있었는데… 그러니까 나이트 레저스 님이었나?

"그, 일단은 고 레벨이고, 레어 클래스인 분인데 어째서 희생양이······?"

"뭐, 당연하겠죠. 다크 나이트라는 레어 클래스 주제에 딜 스킬도 안 나타나고, 이상하게 스킬 트리에는 탱킹 스킬만 오질나게 많고, 싸우다가 멋대로 모습이 변하고, 스킬도 변해서 제어도 불가능하고! 어떻게 해서 레벨도 46까지 올렸는데 이거 완전 망한 클래스예요, 망한 클래스. 그래도 이름값에 대한 기댓값 덕에 길드에서는 나름 밀어주면서 키워 주긴 했지만… 데미지 리포트는 언제나 절망. 버려져도 할 말이 없죠. 하하."

'잠깐, 그럼 이 사람도 퓨어 탱커 아냐?'

이쪽은 완전 망했구먼~ 그나저나 레어 클래스에 레벨도 상당히 될 텐데, 뭐가 안 된다는 건 어딘가 문제가 있다고 생각되는데? 아니, 저 녀석 분명 길드도 거대해서 프로 게이머 출신의 컨설턴트도 있을 텐데 어디가 문제인 거지? 진짜 망한 클래스인가? 어쨌든 이 태도와 모습을 봐서는 완전 전력 외이니 일단은 돌아가자.

"아, 왔습니까, 미스터 아이언? 그래서 다른 길드원분들에는 정보가?"

"전혀 없습니다. 에휴, 어째서인지 몰라도 레어 클래스까지 남겨 두고 갔던데요? 다크 나이트였나?"

"나, 나이트!"

"가서 면접 한번 보세요. 46레벨이었나? 그럴 텐데……."

"흠, 일단 이쪽 문제부터 해결하지요. 포레스트 가디언인 미리아르도 님이 알려 주신 정보입니다."

포레스트 가디언. 숲의 기사로서 패시브 스킬인 〈요정왕의 가호〉로 귀가 길쭉하게 된 분이었다. 근데 생긴 건 아무리 봐도 30대 중반의 엉덩이 턱을 한 게르만 아저씨라서 완전 안 어울렸지만, 자신도 좋아서 그렇게 된 게 아니라고 한다. 어쨌든 숲의 수호자인 그는 기사 계열이면서도 패스파인더나 레인저가 가지는 정찰 계열 스킬을 가지고 있었다. 그래서 알아낼 수 있는 메두사 퀸의 정보는 이랬다.

> 메두사 퀸 레벨 : 60
> 체력 : 400,000/400,000
> 마력 : 150,000/150,000
> 특수 방어 : 이성 공격 면역
> 특수 결계 : 귀환 불가 영역
> 물리 방어력 : 44%
> 마법 방어력 : 60%

"에? 〈이성 공격 면역〉이요?"

"예. 특수 방어 타입입니다. 남성의 공격엔 전부 무적이라는 거죠."

"으와! 이런 미친 타입이라니, 세상에……. 그러면 여성이 공격을 해야 한다는 건데, 지금 남아 있는 여성은?"

세르베루아와 세연뿐이다. 세르베루아 양은 로드 오브 드래곤이라서 계약을 맺은 용족과 함께해야 싸울 수 있다. 세연이는 27렙의 저 레벨이고. 거기까지 생각한 순간, 불길한 예감이 떠올라 슬금슬금 물러나려 했는데, 지크프리트 씨가 어느새 내 손을 잡는다.

"…잠깐, 혹시?"

"예. 소환수 및 테이밍 된 소환물의 공격은 어디까지나 주인의 공격 판정을 받지요."

"설마?"

식은땀이 흐른다. 아니, 설마설마했는데 어느새 내 뒤에서 세르베루아 양이 내 뒷덜미를 잡고 있다. 아니, 왜 그렇게 밝은 미소로 절 쳐다보십니까? 예? 마치 뭐랄까, 샵에서 원하던 강아지를 손에 넣은 듯한 그런 표정 짓지 말아주실래요?

"…헤헤헤, 드디어 합법적으로 손에 넣을 기회가!"

"흠, 이렇게 된 이상 드래고닉 레기온으로의 입단 절차를 밟아야겠군요. 보자, 레어 클래스이시고, 용족 판정을 가질 수 있는 경우는 처음이고 완전 희귀하니까 한화로 15억 정도 어떻습니까? 아니지, 너무 싸게 불렀군요. 한 30억까지는 올려 드려야 마음이 편하시려나요? 현재 45레벨에도 55레벨 레이드 몬스터를 광폭화 타임까지 안정적으로 탱킹 하신 그 능력이라면 차후 레벨 업 시 연봉 인상을 해 드릴 테니 우선 계약금만 1년에 30억으로 하고, 현재 6월이니 앞선 6개월분도 선입금하는 방법으로 정식 계약을…….″

뭐셔? 왜 지들끼리 북 치고 장구 치고야? 그 대신 저 세르베루아 아가씨에게 드래곤 테이밍 당하면 내 인생 어찌 되는 건데? 무엇보다 정규직 탱커는 하기 싫다고. 성과와 수입에 시달리는 건 싫단 말이야. 근데 연봉이 무시무시해서 오히려 사기 같다. 뭐, 30억? 30억이라고?

"아, 정규직 탱커로서 성과에 구애받을 필요는 없을 것 같습니다. 저희 드래고닉 레기온은 재정 상황이 매우 풍족해서, EU에서도 지원이 풍부해서 오직 그랜드 퀘스트만 클리어하기 위해 노력하면 된다고나 할까요? 아, 물론 레벨 업은 꾸준히 하셔야 합니다. 여차하면 당신을 위한 한국 지부 설립도 생각해 보죠."

"너무 스케일이 커진 이야기라서 무서운데? 그리고 30억짜리 탱커라니 들어본 적도 없다고……. 게다가 나 때문에 한국 지부 설립이라고? 아니, 무슨 생각이야?"

"예. 음, 우선은 한국 주재를 시킨 다음, 당신의 외국어 능력과 조직의 리더에 알맞은 능력을 갖추게 하기 위한 커리큘럼을 짜서 성장시키는 거죠. 이른바 프린스 메이커 아이언?"

이미 내가 가입 확정인 걸 전제로 플랜을 짜고 있는 지크프리트 씨를 보며 어이없어 하는 나였다.

메이저 리거보다 훨씬 높게 책정된 내 몸값. 연봉이 한화로 30억이라면 현마 녀석보다 훨씬 더 받는 건데? 아니, 그 전에 저 메두사에 대해서는 신경도 안 쓰는 거야? 지금 우리, 갇혀서 나가지 못하는 위기에 처해 있다고!

"저기… 저랑 맹약할 경우 소환수의 능력치는 어쩔 수 없어도 공격 판정은 80레벨이 때린 걸로 들어가서 괜찮을 거예요. 즉 방어 타입도 80레벨로 쳐서 데미지 감소해서 받아요. 다만 스탯은 용종을 따라가는 점은 어쩔 수 없지만……."

즉, 내가 세르베루아 아가씨와 테이밍을 한 상태로 내가 공격하면 여성으로 판정되는 것이다. 저런 반칙 같은 방어 타입을 뚫을 수 있는 유일한 열쇠인 셈이었다.

"그, 그런가요?"

"예. 이때까지 몇 마리나 되는 용종을 보살폈다고 생각하시는 거예요?"

그러고 보니 80레벨이나 되면 나보다도 활발하게 활동했으리라. 그런 만큼 자신의 클래스 특성과 장점을 완벽히 파악하고 있는 건 좋은 일이지만… 아, 벌써 내 머리를 쓰다듬기 시작했다. 뭘 기대하는 걸까? 나 이대로 애완동물 확정인가?

어느새 다섯 호위 기사들도 멋대로 미소 지으면서 날 바라보고 있었다. 이미 동료로 생각하고 있는 건가?

"Welcome Dragon Boy~ HaHaHa!"

"아, 그리고 테이밍을 한다고 해서 제가 일방적으로 다루는 관계 같은 건 아니에요. 드래곤 테이밍이라서 서로의 자유의사는 존중하는 관계예요. 다만, 제가 너무나~ 보살펴 주고 싶다고나 할까? 어쨌든 테이밍 하게 해 주셔야 여기를 나갈 수가 있어요."

"하아… 일단 자세한 이야기를 들어 보죠."

지크프리트 씨와 세르베루아 양이 정리해 준 이야기는 이랬다. 먼저 내가 세르베루아 양과 테이밍을 해서 맹약을 맺어 소환수로 등록. 그리고 로드 오브 드래곤이 지닌 용종 전용 버프를 이용해 나를 풀 강화하고, 지크프리트 씨가 날 타서 〈패시브-인마일체(人馬一體)〉로 스텟을 극한까지 강화. 남아 있는 인챈터분들에게서 무장이 없는 내 맨손에 마법을 부여받아 딜까지 뽑아 올려서 메두사 퀸과 전투시킨다는 것이다.

"정말 이 택틱밖에 없나요?"

"예, 없습니다. 애초에 여기서 저 방어 타입을 뚫을 수 있는 건 세르베루아 양과 이세연 양뿐입니다. 드래곤 나이트와 전설 무기가 무용지물이 되어 버리는 거죠. 즉, 완전 무적인 적합자는 이 세상에 없다는 말입니다."

"…휴우, 알았어요. 어쩔 수 없죠. 근데 한쪽 팔이 이런 상태라서 지크프리트 씨를 태우진 못 할 테니, 그냥 세르베루아 양이랑만 어떻게 해야겠죠?"

"아, 세르베루아 양은 지금 드래곤 테이밍 쿨 타임을 기다리고 있습니다. 중도 실패로 처리되어 원래의 쿨 다운인 1일이 아니라 3시간 정도만 기다리면 됩니다."

흠, 3시간이라? 다행이군. 식량도, 물도 하루치기 일이라고 생각해서 가져오지 않았다. 그러니 장기적으로 연락이 두절되어서 드래고닉 레기온이 일을 나서 주기는 힘들다는 것. 즉, 구조도 안 온다는 거고, 타국의 길드가 입국하는 걸 한국 길드가 정부에 요청해서 시간을 지연시켜 버릴 수도 있으니 구원의 손길은 전혀 없는 것이다.

선택지는 결국 내가 세르베루아 아가씨에게 테이밍 당하고, 드래고닉 레기온에 들어가는 것이었다.

"젠장, 강제 취업이라니! 강제 취업이라니!"

"그래도 세계 굴지의 대기업에 들어간 셈이잖아요. 아니지, 이 경우엔 세계 최고의 명문 메이저 리그 구단에 들어가는 선수라고 해야 맞을까요?"

"하아~ 짜증 나서 연봉 40억으로 상향 조정했어. 근데도 활짝 웃으면서 '예, 기꺼이~' 하는 게 짜증 나! 하아~ 돈을 많이 받는 건 좋지만 그만큼 빡센 일을 시킬 거라는 건데……. 분명 그랜드 퀘스트의 클리어를 위해 탱킹을 시키겠지. 미쳐 버리겠다. 아, 물론 레벨상으로 무리인 일은 안 시킬 거 라는데……."

나가자마자 선계약금으로 20억을 꽂아 버린다고 했을 땐 정말 무시무시했다. 이 인간들, 돈을 뭐로 아는 거야? 하면서 불평하고 싶었지만, 이미 지크프리트 씨는 아랍 석유 부자급으로 돈이 있을 테니 난 아무 말도 하지 못했다.

 이게 돈지랄의 극치구나. 근데 진짜 40억짜리 탱커라니, 소름이 돋는다. 그리고 그것이 나라니, 도저히 믿기지가 않을 뿐이다. 멍해 있는 내 곁에 세연이 앉아 푸념을 하기 시작하는데…….

 "내가 테이밍 하려 했는데…….."

 "너도 무서운 소리로 이 아저씨를 죽이려 드는구나."

 "하지만 그렇게 안 되니 저도 드래고닉 레기온 길드에 들어가는 걸로 했어요. 근무지는 무조건 아저씨 곁으로 해 달라고 했구요. 아, 물론 아직 저 레벨이라서 연봉은 얼마 안 돼요."

 "그러냐? 결국 이렇게 취직해 버리는 건가? 어라, 당신들은 누구요?"

 어느새 한숨을 쉬는 내 옆으로 쓰리 스타즈 얼라이언스에게 맡겨 두었던 방송국 사람 2명이 다가와 뭔가 광분했다. 그중 한 명이 나에게 마이크를 내민다.

 뭐야? 남자인 한 명은 카메라로 날 비추고 있었고, 여자인 캐스터로 보이는 사람은 마이크를 내민 채 수첩을 꺼내 메모할 태세를 갖추었다.

"저기! 지금 기분이? 세계 굴지의 길드, 드래고닉 레기온에 한국인 최초로 입단하게 되었는데?"

"에?"

"연봉 40억의 엄청난 계약금과 함께 드래고닉 길드에 고용직 탱커였던 강철 님이 드래곤 나이트 지크프리트 씨와의 회의 끝에 정규직으로 입단한다는 계약이 성사되었습니다. 지금 저희 방송에서는 단독 인터뷰를 개시하도록 하겠습니다."

"뭐야, 씨발? 댁들 뭔 개소리를? 왜 날 찍고 난리야? 뭐야, 왜 단독 인터뷰를 하려고? 나 그냥 탱커일 뿐인데? 미친 거 아냐?"

"당연히 찍어야지요! 세계 최고의 길드 드래고닉 레기온에 입단한 첫 한국인인데! 특종이야! 특종! 크! 역시 무리해서 따라오길 잘했어. 이건 곧장 방송국에 보내야 할 속보감이라고요! 그런 의미에서 첫 단독 인터뷰 좀… 아, 뜯겨진 팔 부분은 안 나오게 각도 좀 잘 잡아 봐요."

…씨발 이젠 하다 하다 이 인간들까지 극성이네. 지금 저쪽에 있는 메두사 퀸에 대한 건 다 잊어먹은 겨? 우리 죽을지도 모른다니까요? 아니, 아무리 택틱이 나왔다곤 하지만, 다들 너무 태연한 거 아니야? 이봐, 거기 탱커 아저씨들. 댁들도 와서 뭐라고 좀 해 봐. 이 아줌마 너무 심하잖아. 기삿거리라고 막 들어오는데? 여태 뉴스에서는 탱커 무시하면

니벨룽겐의 반지 • 285

서 병신 같은 뉴스만 보냈었는데…….

"캬~ 외국계 정규직 탱커라신다."

"역시 레벨이 오르면 될 놈은 되는구먼!"

"아까 활약을 보니까 갈 만하던데 뭘! 그레이트 바실리스크를 혼자서 거의 40분이나 탱 하던 솜씨! 여기서 썩긴 아깝지. 하하하!"

뭐냐고, 이 분위기는? 갑자기 내가 입신양명해서 간지 나게 외국계 기업에 고액 연봉을 받고 입사한 사원 같은 분위기잖아. 그리고 마치 국뽕이라도 맞은 것처럼 자신들도 기분 좋아하니, 대체 이거 뭐야? 다들 미친 건가? 그래도 댁들은 여전히 좆밥 탱커 인생이거든?

"아니, 아저씨, 이건 당연한 것 같은데. 아저씨의 레벨, 실력을 모두가 인정하고 있다는 거야. 더구나 끝까지 저 그레이트 바실리스크의 난동을 막았고, 누구보다 용감히 싸운 진짜 탱커라는 걸 알고 있다는 거지."

"어머, 이분 여성분이었어요? 기괴한 갑주를 입고 있어서 못 알아봤는데~ 어쨌든 예시가 참 멋지시네요. 호호호, 맞아요. 방금 전 그레이트 바실리스크와의 전투에서 정말로 멋지게 탱킹 하셨고…….

"멋져? 개년아, 이게 멋져? 이게 멋지냐고! 개년아! 네 팔도 뜯어 줄까?"

뜯겨져 나간 팔을 들어 올리며, 난 열이 받아 욕설을 내뱉었다. 아, 씨발, 진짜 그냥 놔두니까 아주 좆대로 싸지르시네! 기샷거리로 대하는 것도 짜증 나는데! 확 죽여 버리고, 그레이트 바실리스크에게 먹혔다고 해 버릴라!

"아저씨, 참아, 참아."

"하아… 세연아, 저 양반들 꼴도 보기 싫으니까 카메라 부수고, 품에 녹음기 같은 거 있나 확실히 확인한 후 없애 버려. 남자인 내가 손대면 성추행으로 신고할라. 너한테 부탁하마."

"응, 알았어."

그리고 난 혼자서 머리를 감싸 안으며 주저앉는다. 이런 개 같은 경우가 어디에 있어? 하아~ 미친 것 같은 탱커, 이제 평생 하게 생겼다. 연 40억이라는 고연봉이야 내 평생 만져 볼 수도, 아니 넘볼 수도 없는 금액인 건 확실했지만, 레벨 업 하면 그랜드 퀘스트라는 목숨을 건 모험을 평생 하고 다녀야 한다는 거고, 그것과 관련된 국가 간의 신경전과 스파이전, 전쟁에도 참여한다는 의미였다.

"염병, 이제 평생 탱커 인생인가?"

"뭘 그리 고민하는 거야, 외팔이 아저씨?"

"어? 뭐냐, 깡통 꼬마? 상태는 어때?"

"아, 긴급 수리 여러 번 돌려서 이제 체력은 멀쩡해."

아머드 나이트가 혼자 앉아 있는 내 옆에 앉는다. 3미터 강철 거인의 전신에는 흠집과 상처가 가득했다.

하긴, 이 녀석도 열심히 탱킹 했지. 나 혼자였으면 진작 죽었겠지. 그래서인지 이 녀석이 너무 고마웠다. 실력도 괜찮았고. 전투 속에서 싹트는 전우애 같은 것이려나?

"네가 있어서 정말 다행이야. 머라우더."

"저도 당신 덕에 산 위에 하늘이 있는 걸 알게 되었습니다. 나름 40레벨 근처의 탱커들 중에선 가장 단단하고, 강하다고 자부하고 있었는데……."

"너도 잘했어. 왜 그래? 2레벨이나 낮은데도 그 정도면 아주 잘한 거야."

"어쨌든 적어도 실력에 대해선 당신이 대단하다고 인정합니다. 근데 뭘 그리 고민하시나요?"

"아, 고민이 뭐냐고? 그게, 갑자기 너무 큰 대접을 받게 되었다고 해야 하나? 이대로 탱커 인생 계속할 수 있을까? 하는 고민?"

사실 살아남고, 돈 빚을 갚기 위해 시작한 탱커 일. 적합자가 되고 나서는 살아남기 위한 일 일색이었다. 딱히 최고의 탱커라든가, 그런 거 생각도 해 본 적 없고, 너무 밑바닥 삶만 살아왔는데 갑자기 크나큰 기회가 찾아와 확 떠 버린 것 같은 느낌이 든다고 해야 하나? 하여튼 이걸 승낙하긴 한다고 했는데 고민이 되었다.

"흠… 분에 넘치는 대우라고 생각되나요?"

"아, 뭐, 그런 느낌도 있지. 갑자기 탱커를 40억이나 주고 고용하겠다는 게 너무 말도 안 되는 소리 아니냐?"

"실제 한국 정규직 탱커도 뭐, 나름 괜찮은 연봉을 받지만, 그 업무의 강도가 너무 세죠. 더구나 무리한 던전 성과와 레벨 업 강요 때문에 거의 매일 야근과 과중한 업무에 질려 나간다고 할 정도니까요."

"괜찮은 연봉이라고 해 봐야 30레벨 정도가 연 2억~3억 정도 받던가? 내가 한 달 빡세게 고용직으로 달려서 받는 게 4천 정도인데 수지가 안 맞지. 그 이상은 길드도 주기 싫을 거고 말이야. 근데 갑자기 40억이라니… 씨발, 로또도 아니고……."

"음, 뭐 후하게 쳐준다는데 싫어할 사람 어디 있을까요? 오히려 아저씨 덕에 탱커에 대한 관념이 바뀔걸요. 메타 변화의 신호탄이 될 것 같네요."

"여길 나가면 말이지. 메타 변화인가? 앞날이 어떻게 될지는 아무도 모르는 거니까. 그리고 생각해 보니 내가 탱커를 안 하면 결국 좆밥 인생 되는 건 변함없네."

맞다. 거절해 봐야 남는 건 매일매일 던전 생활을 하며 돈 벌면서 고생하는 시궁창 탱커 인생뿐이다. 뭐, 그러니 승낙하는 것도 나쁘지 않으리라. 물론 이건 여기서 나가야 성립되는 이야기였지만 말이다.

"나가는 건 무리가 없어 보이는데요? 아저씨, 뭐 또 감춘 카드 있죠? 메두사 퀸을 봤을 때도 크게 당황하거나 절망

한 기색 없이 여유 있던데?"

 진짜 예리한 새끼. 지금 나는 방패를 착용한 상태다. 즉, 내 모든 패시브들이 비정상으로 작동하는 상태고, 부가 효과가 적용되지 않는 상태. 난 지금 이 상태로 그레이트 바실리스크를 탱킹 했다는 거다. 즉, 이 방패를 벗고, 모든 스킬을 해방시키면 아마 지금보다 스펙을 몇 단계 더 끌어올릴 수 있을 것이며, 사용하지 못한 부가 효과를 모두 사용할 수 있는 것이다.

 '모든 부가 효과와 포텐셜을 끌어올리고, 풀 버프를 받으면 과연 어떻게 되려나?'

 조금 궁금해지기도 했다. 사실 스킬 설명이 개판이라서 이때까지 알지 못했는데, 알고 나니 가슴이 두근거리면서 더 알고 싶어지기도 했다. 남자라면 그런 거 있지 않은가? 숨겨진 힘 같은 거 각성하고 그러면 휘둘러 보고 싶은 거? 그것도 3년이나 숨어 있었다고? 이 녀석! 세르베루아 님이 아니었으면 알아차리지 못했을 7개의 스킬이었다.

〈패시브-우로보로스의 끈질김〉-체력, 재생력 상승
〈액티브-티아메트의 본능〉-체력 증가, 물리 방어 증가
〈액티브-바하무트의 정의〉-마법 흡수 및 체력 회복
〈액티브-용의 비늘〉-마법 방어력 증가

〈패시브-파프니르의 저주〉-자금 획득 증가
〈패시브-레비아탄의 절대적임〉-상태 이상 해제 및 리턴
〈액티브-타일런트 대시〉-돌진

이 7개의 스킬, 아직 마스터하지 않은 〈파프니르의 저주〉, 〈용의 비늘〉, 〈타일런트 대시〉는 부가 효과가 없었고, 남은 4개의 스킬은 마스터했기 때문에 각자 부가 효과를 가지고 있다. 그 부가 효과는 바로 무장 소환 및 장비였는데……

〈우로보로스의 꼬리〉.

〈티아메트의 심장〉.

〈마하무드의 날개〉.

〈레비아탄의 발톱〉.

이것들이 바로 마스터 효과였다. 소환 가능이라고만 써 있고, 실제적인 효과를 모르는 나의 미지의 기술이다.

어디 구석진 데서 써 보고 싶어도 불안해서 말이지. 누가 봐서 내 스킬을 들킬 것 같기도 하고, 지난 3년간 클래스를 알려 주기 싫은 버릇 덕에 아예 알리기 싫고 말이다. 어차피 이번 레이드는 버티기만 하면 되는 조건에, 스펙도 굳이 내 모든 걸 드러낼 필요가 없어서였는데…….

'지금은 마음껏 설쳐도 세르베루아 님의 버프라고 얼버무릴 수 있으니까 마음껏 설칠 수 있겠군.'

자신이 막강해도 그건 모두 80레벨 세르베루아의 힘이라고 얼버무릴 수 있다. 다만, 내 원래 스펙과 인터페이스 공개를 받은 지크프리트 씨와 세르베루아 님은 방패를 착용하기 전과 후의 간격에 깜짝 놀라겠지만 말이지.

"후우······."

사실상 내가 혼자 딜을 해서 저기 앉아 있는 메두사 퀸을 잡아야 하는 판국이니까 쓸 수 있는 카드를 모두 써야 하는 건 어쩔 수 없으리라. 그렇게 고민을 끝낸 나는 시간이 되어서 세르베루아 님과 맹약을 맺기 위해서 원래 그레이트 바실리스크용으로 준비해 두었던, 한번 시전에 썼던 마법진에 선다.

"긴장되시나요?"

"그야… 긴장되죠. 보통 사람인데 갑자기 대뜸 테이밍 되니까요. 그나저나 전 한 시간 동안 가만히 있으면 되나요?"

"예. 드래곤 테이밍을 시전할 테니 가만히 계시면 됩니다. 그럼 시작할게요."

사아아아…….

세르베루아 아가씨의 주변에 마법진이 펼쳐지기 시작하고, 주문의 시전이 시작된다. 앞으로 한 시간이면 난 이 아가씨와 맹약 관계가 되는 건데, 왠지 이거 결혼식 같다고 해야 하나? 느낌이 묘하다.

"카메라 내놔."

"안 돼요. 도망가! 이건 엄연히 우리 방송국의 자산이에요! 멋대로 파괴하게 둘 순 없어요!"

"그럼 테이프를 내놔. 〈액티브-혹한의 검〉."

"히이이익! 이, 이 사람 미쳤나 봐! 누가! 누가 좀 도와줘요! 이대로 우리 살해당해요!"

와, 진짜 추하네. 저 기자 년이 세연이에게 손가락질하면서 후방의 카메라맨을 지키려고 애쓴다. 난 지크프리트 씨에게 시선을 돌렸지만 그는 고개를 갸우뚱하면서 묘하다는 얼굴로 날 바라본다.

세연은 역시 내 부탁이라고 생각한 걸까? 진짜 한없이 차가운 눈으로 기자와 카메라맨을 바라보며 다가가고 있었다. 이러니 진짜 데스 나이트 같네.

"음? 왜 그러시죠? 저 기자분이 뭔가를 했나요?"

"멋대로 제 영입이라든가, 남을 기삿거리로 만드니 짜증나서요."

"그래도 언론인을 억압하고 제압하는 건 별로 좋지 않다고 생각합니다만……."

"아니, 저로서는 언론에 드러나 봐야 완전 손해거든요? 노림만 더 받을 거고, 귀찮은 일만 산더미처럼 생길 건데. 돈이 되기는커녕 돈만 들 일이라고요! 생각해 보니 그냥 죽여도 되지 않으려나? 세연아!"

어차피 이런 음모에 빠진 거, 저 민간인들을 죽이고, 카메라와 전자 기기들 다 폐기해 버리면 그만이잖아. 내 말을 들은 세연은 내 쪽으로 고개를 돌렸고, 난 손으로 목을 긋는 시늉을 하며 없애 버리라고 한다. 세연은 내 의사를 깨달았는지, 자비 없이 검을 휘두르기 시작한다. 한기가 맺힌 대검이 크게 휘둘리자……

"꺄아아아아! 이, 이 사람 미쳤나 봐? 진짜로 사람을 죽이려 하고 있어!"

"적합자가 민간인을 덮치고 있다! 살려 줘요! 당신, 여잔데 제정신인가요? 미쳤어요?"

"응. 세연은 사랑에 미친 가련한 여자니까, 아저씨의 부탁이라면 신도 죽일 거야."

왜 내 몸이 다 떨리는 걸까? 드래고닉 레기온의 호위 기사님들은 무언가 싶어서 바라보고만 있었다. 이제 거의 우리와 같은 드래고닉 레기온으로 공인된 처지이기도 했고, 버려진 다른 길드원들은 남의 길드 사정이라고 그냥 방치 중이었다. 레벨도 압도적으로 드래고닉 레기온이 높았으니 말이다.

하지만 지크프리트 씨는 깜짝 놀라 세연을 말리기 시작했다. 왜 말리는데?

"나이트 세연, 멈춰 주십시오. 멋대로 사람을 죽이는 건 허락할 수 없습니다!"

"왜? 이 사람들이 아저씨를 괴롭히는데? 스캐빈저 같은 놈들이야."

"…아, 보기에 따라서 그렇긴 하지만, 저항 능력도 없는 약자를 죽이는 건 좀……."

"왜요? 우리 탱커들도 저항 능력이 없다고 스캐빈저들에게 태연히 죽임을 당하는데? 게다가 여긴 던전이라 죽어서 묻혀도 들킬 수가 없어. 클리어하고 나가면 오벨리스크는 닫히니까. 더구나 이 사람들은 언론이라는 수단을 가지고, 언제든 우리의 뒤통수를 때릴 수 있는 사람들이야. 후환은 없애는 게 좋아. 나랑 아저씨는 당분간 한국에 더 있어야 하니까……."

캬, 속이 다 시원한 세연이의 말이었다. 그치, 탱커 생활 3년, 던전 안에서의 위기보다 바깥에서 다른 사람에게 죽을 위기가 더 많을 정도였으니까. 우린 스스로를 지키기 위해서 위협하는 자들을 죽여야 했다.

스캐빈저를 죽이기 위해 스캐빈저 사냥꾼과 계약을 하고, 저항 능력이 약한 자신들을 지키기 위해선 자비를 버려야 했다. 세연도 저번에 같이 습격당하던 입장이라서 잘 깨달았는지, 아니면 내 말이라면 팥으로 메주를 쑨다 해도 믿어서 그냥 하는 건지는 모르지만…….

"우리도 살기 위해서 어쩔 수 없다는 겁니다. 지크프리트 씨, 죽이게 내버려 둬요. 한국에서 탱커가 살기 위해선 이 수밖에 없어요. 저 양반들을 살리고자 우릴 죽일 순 없는 거 아닙니까? 고액 연봉자 탱커라면 그 스캐빈저뿐만 아니라 중견 길드들도 미친 짓 하려고 달려들 테니까요. 한국 3대 길드도 당신의 전설 아이템에 눈이 멀어서 우리가 지금 이 꼴이 난 거 아닙니까?"

"반박할 게 없군요. 죄송하게 되었습니다. 하하하. 세연 양, 집행하시죠."

거참, 포기할 땐 쿨하게 포기할 줄 아는 양반이라 마음에 드는군. 지크프리트 씨가 비키자, 뒤에 있던 방송사 직원들은 경악하면서 외친다.

"죄, 죄송할 게 아니라! 사람이 눈앞에서 죽을 위기인데! 그렇게 태연해도 되나요?"

"당신들은 사람이 아니야. 하이에나야."

스하하하하······.

세연의 마지막 엄포에 기자 아줌마의 스커트 밑으로 노란색 액체가 떨어진다. 저 아줌마, 지렸네.

에엥··· 스컬 나이트 세트를 입고, 듀라한의 대검에 냉기를 불어넣고 서서히 걸어오는 세연의 모습은 공포 그 자체였다. 애초에 세연에게는 〈패시브-공포의 존재〉라는 게 있었으니 말이다. 흐음~ 이쯤이면 됐나?

"세연아~"

"네, 아저씨."

"그 아줌마랑 아저씨, 이리 끌고 와라."

"네."

 세연이는 내 말을 충실히 따르며, 대검을 집어넣고 기자와 카메라맨의 목덜미를 잡고 질질 끌고 온다. 아, 지린내. 이거 아줌마만 싼 게 아니라 저 아저씨도 쌌네? 뭐, 죽음 앞에서 두려울 만하겠지. 그리고 나는 마지막으로 기회를 한 번 더 주고자 말을 건넨다.

"카메라, 녹음기, 휴대폰 다 내놓을래, 죽을래?"

"다 드리겠습니다!"

"그렇지. 세연아, 다 부수고, 혹시 몸 안에 뭐 감춘 거 없나 살펴봐. 그리고 혹시나 수 쓰려고 하면 그냥 모가지 날려 버려."

 의외로 세연이 녀석 쓸모가 많네. 일단 여자라는 점에서 여성의 몸을 뒤져도 걸리거나 하지 않고, 남자의 몸을 뒤지는 건 뭐, 경찰서에서도 안 받아 주는 일이니 처리하게 둔다.

 휴우~ 이걸로 안심이군. 지크프리트 씨도 내 행동에 깜짝 놀랐는지 내 옆에 와서 신기한 듯 바라본다.

"협박 많이 해 본 솜씨네요. 혹시 적합자가 되기 전에 마피아나 갱스터였습니까?"

"아뇨, 그냥 탑솔러요. 그리고 3년간 탱커질 해 보세요. 이런 일 싫어도 익숙해질걸요?"

"탑솔러가 뭡니까?"

"패기와 용기만으로 살아가는 사람들을 뜻합니다."

"과연 미스터 아이언에게 어울리는 말이군요."

정확히는 게임 용어지만, 말하지 말자. 어느 게임에서 유래된 말이 어느새 같은 장르 다른 게임에서 공용어가 된 사례가 되어 버린 경우다.

"에잇! 아저씨, 전부 다 수거했어."

"그럼 부숴."

파각! 콰직!

좋았어. 이걸로 언론에 드러날 일은 없다. 촬영할 도구나 그런 게 없으니 안심해도 되겠지. 다른 길드 사람들도 있긴 하지만, 보는 눈은 고작해야 4명. 버려진 이들이라 이들은 시무룩해 있었는데, 아까 그 다그 나이트였던 어두침침한 사람이 갑자기 내 곁으로 다가온다. 뭐야, 이 아저씨는?

"저기, 혹시 퓨어 탱커이신가요?"

"…그 질문, 예의에 어긋나는 거 아닌지?"

"아, 아뇨, 죄송합니다. 그런 의도가 아닌데. 그러면 자, 여기… 제 인터페이스입니다. 고 레벨 탱커이시니 제 스킬 같은 거 보고 제가 퓨어 탱커인지 확인 좀 부탁드리겠습니다."

마치 명함을 주듯 인터페이스를 던진다. 보자, 46레벨이면 꽤 좋고, 레어 클래스인데 왜 버림받은 걸까? 어쨌든 녀석이 준 인터페이스를 확인해 보는데, 이놈도 스킬 인터페이스가 이상하기 짝이 없었다.

> 〈패시브-어둠의 권능〉
> 설명 : 내 어둠의 권능은 12차원계에 존재하는 모든 어둠의 근원이니라. 모든 존재는 이 어둠 앞에서 무릎 꿇을 것이니, 어두운 심연과 빛에서 난 그림자의 어둠 모두가 나의 가호요, 권능일지리라.
>
> 〈액티브-암흑검〉
> 설명 : 이 어둠의 검은 심연 속에서 벼리고, 달궈 낸 것으로 그 어떤 상대도 당할 수 없는 지고의 검. 다크니스의 힘으로 모든 빛을 심판하여라. 이 다크 나이트의 이름 앞에! 어둠의 사도가 휘두르는 검 앞에 당할 자 없노라!

"…설명 왜 이래요? 와, 씨발, 웬 중학교 2학년 애새끼의 망상 노트를 옮겨 적어 놨나?"

2개의 스킬만 읽었는데 손발이 오그라들고, 눈이 썩는 느낌이었다. 아니, 죄다 무슨 어둠 찬양, 혼돈 만세, 나 짱 세. 이 세 가지로 요약되는 내용을 왜 저리 길게 써 놓았는지. 게다가 설명을 보면 죄다 똑같잖아. 이걸로 뭘 한다고? 도대체 뭐냐고? 난 어이없는 얼굴로 그 레저스 아저씨를 바라보는데, 그는 크게 한숨을 쉬며 한탄한다.

"저도 알고 싶네요. 이거 때문에 제대로 된 스킬 효과를 알 수 없어서 미치겠네요."

"저기… 저도 이거……."

〈패시브-베히모스의 재생력〉
설명 : 꾸오오오오오옹!

이거 남 일 같지가 않기에 난 내 인터페이스를 열어서 내가 읽을 수 없넌 스킬을 설녕해 준나. 그걸 본 이 다크 나이트 아저씨는 깜짝 놀라면서 날 바라본다.

"다, 당신도 이런가요? 저랑 똑같네요?"

"네. 뭐, 그렇게 됐습니다. 아마 당신의 스킬도 읽으려면 조건이 있어야 하는 것 같아요."

"조건이라, 그 조건만 있으면 읽을 수 있는 것이군요."

"예. 그 조건을 알아내는 게 문제이지만요. 저도 몰라서 3년간 고생하다가 최근에 알게 되었는데……."

왠지 이 아저씨랑은 죽이 맞는 것 같았다. 앞머리를 내려 음침한 인상이긴 했지만, 그건 아마 클래스 특성에서 나오는 스킬들 때문인 것 같다고 생각하고는 편견을 버리니,

나랑 같은 고통을 느꼈을 거라 생각하니 동질감도 느껴졌다. 게다가 길드에서 버림받은 아저씨잖아. 왠지 눈물이 앞을 가린다.

다크 나이트라는 것도 이름만 거창하지, 사실은 나처럼 퓨어 탱커 클래스로 오인한 것 같기도 했다.

"그래도 희망이 생기네요. 하아~ 이 망할 스킬 설명들 때문에 컨설턴트들도 어이없어 하고, 하하하, 난리도 아니었어요."

"아, 그 기분 알죠. 진짜 알 수 없는 스킬 문구 때문에… 이거 보세요, 이거! 〈액티브-티아메트의 본능. 설명 : 아, 섹스하고 싶다! 섹스하고 싶다!〉. 미친 거 아니에요? 이걸로 뭘 알아먹으라는 건지."

"와, 심하다. 저는 이런 게 있어요. 〈패시브-혼돈의 군주. 설명 : 혼돈은 태초부터 존재하던 것. 그 태초의 권능과 힘을 다루게 되며, 그 옥좌에 앉아 모든 피조물들을 지배할 수 있는 힘을 지니게 되리라.〉라고 하는데, 저 스테이터스는 그대로거든요?"

세르베루아 님이 주문을 시전할 동안 일도 없었고, 지크프리트 씨는 지금 호위 기사분들과 함께 남은 사무라이 한 명과 인챈터와 이야기하고 있었다. 세연은 기자들의 소지품 조사를 마무리하고 협박과 사후 처리까지 끝냈는지, 나랑 레저스라고 불리는 이 다크나이트가 이야기하는 곳으로 다가오고 있었다.

"뭐 해요, 아저씨? 이 음침한 아저씨는 누구예요?"

"어? 로직 게인 길드에 있던 레저스 씨야. 아, 레저스 씨, 여기는 저랑 같은 밴드인 이세연입니다. 탱커고, 클래스는 뭐 안 말해 줘도 되겠죠?"

"안녕하십니까?"

칠흑의 갑주를 입은 다크 나이트, 그리고 스컬 나이트 세트를 입은 데스 나이트, 그리고 사룡의 저주 갑주를 입은 저거노트. 이렇게 셋이 모여 앉아 있으니 뭔가 엄청 위엄 있어 보였다.

다만, 현실은 셋 중 둘은 우울하기 짝이 없는 탱커 인생이었고, 이 레저스라는 아저씨도 알아먹을 수 없는 스킬 설명 덕인지 자기 직업의 특성을 파악하지 못하고 있었다. 난 레저스 씨에게 받은 이 스킬의 설명을 세연에게 보내 준다.

"세연아, 자, 이거 받아 봐. 되게 오글거린다?"

"이거요, 아저씨? 〈패시브-혼돈의 군주. 설명 : 사용자를 혼돈의 기운으로 감쌉니다. 받는 모든 적대적 마법 데미지를 감소시키며, 마력의 흐름을 혼돈의 영역으로 흘려보냄으로써 혼돈 스택을 쌓습니다. 혼돈 스택이 10중첩이 되면 다크 나이트에게 '군주의 위엄'이라는 버프가 추가됩니다. 군주의 위엄은 60초간 모든 공격을 방어력 무시 판정으로 만듭니다.〉. 이게 왜요?"

"……."

 읽었어? 이 오글거리는 스킬 설명을 제대로 읽었어? 그러고 보니 세연이는 데스 나이트잖아. 다크 나이트랑 비슷한 부류이니 읽을 수 있는 건가? 도대체 이유가 뭐지? 이 양반의 스킬들을 읽는 조건이 뭐냔 말이야?

 "아저씨, 조건 여기 적혀 있는데요? 〈고유 패시브-어둠의 사도. 설명 : 다크 나이트의 설명문은 16세 이하만 읽을 수 있습니다.〉. 세연은 16세니까 읽을 수 있네요."

 넌 이미 노화가 멈추었고, 언데드라서 나이에 대한 개념은 상관없지 않냐?라는 말을 삼킨 나는 그 어이없는 조건에 고개를 갸우뚱거린다.

 "아니, 아저씨의 눈에는 〈고유 패시브-어둠의 사도. 설명 : 어둠의 사도는 순수한 자만이 가능하다.〉. 즉, 중학생 이하만 읽을 수 있는 거야? 뭐야, 뭔데? 오벨리스크의 목소리, 너 장난해? 아, 그런데 레저스 씨의 나이가?"

 "26세입니다. 제길, 10년만 젊었어도 읽었을 텐데. 알고 보니 참 허무하네요."

 세상에, 괴수의 눈을 가져야 읽을 수 있는 스킬 설명도 모자라 중학생 이하만 읽을 수 있는 클래스 설명문이라니? 제정신이냐? 장난해? 그거 때문에 목숨을 잃으면 어쩌려고? 설마 다크 나이트의 콘셉트는 중2병이라는 거냐? 이 조건을 누가 알아채?

로직 게인 길드에서 나름 기대주라면 분명 이 녀석은 무조건 상류 적합자와 성인인 프로 게이머들에게 컨설턴트를 받고 상담을 받았을 것이다. 그리고 중학생 정도 되는 애들만 읽을 수 있는 클래스 설명문이라니…….

"진짜 미친 것 같아. 이 세상은 미쳤어."

"정말 공감되네요. 망할 세상. 적합자로 멋대로 만들었으면서 스킬 설명도 못 읽게 하다니……."

"전 아저씨를 만나서 너무 행복한데요?"

이 와중에 또 이 녀석은 날 부끄럽게 만들고 있었다. 끄아아아아! 그만둬! 갑자기 러브러브 분위기 연출하지 마! 다른 이들이야 그 갑옷 덕에 못 알아봐도 난 네 원래 미모를 아니까 2배로 부끄럽다고! 그러는 와중에 이 임울한 이미지의 26세 형님은 나에게 부탁을 하기 시작했다.

"그, 그래서 말인데, 혹시 길드나 밴드에 계시면 가입 좀 시켜 주시면 안 될까요? 로직 게인에서 절 버린 걸 알았으니 돌아가고 싶은 생각도 없고, 덕분에 제 스킬 설명을 읽을 단서도 찾았으니 은혜도 갚고 싶어서요."

"안 됩니다. 이 밴드는 저와 아저씨만의, 부부의 보금자리입니다."

"아, 그런가요? 죄송합니다, 사모님. 눈치 없이 굴어서……."

"여기, 가입창 띄워 드릴게요. 앞으로 잘 부탁드립니다."

…어이! 거기, 지금 무슨 짓이야? 어느새 난 레저스 씨의

체력 바가 보이기 시작했다. 이미 우리 밴드이 소속이 되어 버린 것이리라. 더욱 확실하게 하려면 크로니클에 가서 신고 절차를 마무리해야 하지만, 일단 임시 승인은 끝난 셈이었다.

레저스 씨는 밴드에 들어온 걸 확인하고는 고개를 숙이며 감사의 인사를 한다.

"감사합니다. 혼자서는 불안해서요. 사모님도 그렇고, 사장님도 믿을 만해 보여서 다행입니다."

"아저씨는 믿을 만한 것 맞아요."

"아니, 저기요, 레저스 씨. 저 레저스 씨보다 5살이나 어린데? 존대를 안 하셔도 되는데. 그리고 세연! 너는 왜 마치 당연하다는 듯 그렇게 대하는 거야? 사모님 포지션 완전 맘에 들었냐? 하아~ 어쩔 수 없네."

세연은 사모님 취급해 주는 레저스 씨에게 이미 홀라당 넘어갔다. 결국 우리 밴드엔 신입 아저씨가 하나 들어오게 되었다. 아, 아니, 우리 곧 드래고닉 레기온에 들어갈 판인데? 그렇게 멋대로 사람을 늘려 버리면 어떻게 해?

어쨌든 그는 내 앞으로 와서 허리를 숙이며 제대로 된 소개를 하기 시작했다.

"예, 코드 네임은 레저스입니다. 본명은 백진서입니다. 키는 183센티미터이고, 체중은 72킬로그램. 적합자 생활 때문인지 스트레스를 받아서 살이 좀 쪘네요. 클래스는 다크 나이트이고, 레벨은 46. 올해 나이 26세. 적합자는 대학생 시절인 1년전에 히키코모리 짓 하다가 갑자기 되어 버렸네요. 레어 클래스라 나름 기대주로서 로직 게인이라는 큰 길드에 들어가게 된 건데, 스킬 설명이 저런 중2병틱한 언어로만 되어 있어서 전혀 알아보지도 못하고, 만년 기대주로서 경험치만 받아먹는 잉여 짓만 하다가 이렇게 버림받고, 사장님과 사모님의 은혜에 드디어 살길을 찾았습니다. 잘 부탁합니다."

"아니, 그걸 알게 되면 다시 로직 게인으로 돌아가는 게 낫지 않나? 이젠 제대로 구실할 수 있잖아."

"예? 아, 그런 방법도 있지만, 절 한 번 버린 사람들이 두 번 버리지 말라는 법도 없고, 그리고 아까 봤거든요. 사장님이 사모님을 몸으로 감싸서 석화 브레스를 보호하던 거. 완전 러브러브하시던데. 다들 자기 몸만 건사하려고 하는 와중에 누군가를 지키기 위해 나서던 모습이 너무 멋졌습니다."

으, 으아아! 그걸 본 겨? 앞머리가 눈 쪽까지 내려와 얼굴을 가린 음침한 인간답지 않게 눈치 하난 빠르구먼?

세연은 러브러브라는 말에 기분이 좋아진 듯한 움직임을 보인다. 스킬 나이트 갑주를 입은 주제에 귀엽게 좋아해 봤자지만, 그래도 일단 버릇이 너무 없기에 주의는 해야겠지?

"세연아, 저분은 너보다 10살이나 많아. 예의 없게 굴면

Buff And Burst • 309

안 되잖아."

"그래요?"

"아, 아뇨, 괜찮습니다. 일단은 조직상의 선배이고 하니까요. 더, 더구나 여성은 익숙지가 않아서. 그, 그, 사장님이라는 호칭이 언짢으시면 코드 네임으로 부를까요, 사장님?"

아니, 내 코드 네임은 엄청 촌스러우니까 그만둬. 그래도 나도 엄연히 5살이나 연상인 사람에게 존대를 받는 건 원치 않아, 이를 어찌해야 하나 몰라 고민하기 시작한다.

일단 나부터 호칭을 정정하는 게 좋겠다. 일단 진서라고 본명을 밝힌 이상 이름으로 불러 줘야겠지.

"그럼 진서 형님이라고 할게요. 손윗사람에게 존대를 안 하면 불편하니까 말이죠. 그리고 저는 본명이 강철이니 대충 편하게 부르세요. 아무리 조직상 위에 있다지만, 나이는 무시할 수 없으니까 말이에요. 아, 그리고 저희 이 레이드 끝나면 드래고닉 레기온에 편입될 밴드인데, 혹시 〈기승〉 스킬 있으세요? 다크 나이트도 일단 기사 계열이니……."

"아, 예. 그럼 밴드장이니까 그냥 대장님이라고 하겠습니다. 기승 스킬이라고 하셨죠? 잠시만요. 기승… 기승. 아, 있네요. 〈패시브-어둠의 기승. 설명 : 어둠은 모든 것을 지배하지! 모든 어둠의 존재는 곧 나의 탈것이니라. 하하하하하하하! 굴복하라! 만고의 피조물들이여!〉."

"진짜 완전 중2병 나이트네요. 어둠이라는 말만 몇 번 들어가는 거야. 미친! 일부러 저렇게 괴상하게 쓰기도 어렵겠다."

어쨌든 진서 형님은 중2병 나이트로 결정. 기승 스킬을 가지고 있으니 같이 들어가는 건 문제없겠군.

일단 나는 계속 주문의 시전을 받으면서 진서 형님 건에 대해 묻기 위해 지크프리트 씨를 찾아갔다. 보자, 앞으로 20분 정도 남았네. 진짜 시전 한번 더럽게 길군.

"그러니까, 저쪽 다크 나이트분이 제 밴드로 전속을 희망해서……."

"그거 괜찮군요. 어차피 미스터 아이언을 위해 한국 지부의 설립도 생각하던 차라서 한국에 있는 멤버들을 고정 파티로 영입하는 건 상관없습니다. 게다가 〈기승〉 스킬도 있다고 하니 요건은 갖추었네요. 레벨도 46으로 미스터 아이언과 비슷하니 두 분이서 같이 레벨 업 하시면 될 것 같습니다. 예, 허락하지요. 다만, 연봉 협상은 저희 매니지먼트와 별도로 하셔야 합니다."

"뭐, 그런 거야 문제없죠. 허가만 나면 되니까……. 이제 시간이 다 되어 가네요."

로드 오브 드래곤의 드래곤 테이밍 시간이 어느덧 10여 분밖에 남지 않았다. 던전 내에서의 시간을 참 알차게 쓰는군.

결국 다른 길드에서 버려진 새로운 동료까지 얻게 되고,

나는 드래고닉 레기온의 한국 지부장이 될 예정이었다. 사람 팔자, 참 기구하군. 다시 세르베루아 님의 앞에 선 나는 고개를 돌려 메두사 퀸을 바라본다.

"캬아아아악! 캬아아악! 손님들이 날 지루하게 만드는걸~ 캬아악!"

'지성체인 것 같아도 먼저 우리가 선공을 안 하면 계속 가만있는 게 진짜 게임 같다니까. 아무리 생각해도 이상한 세계야.'

불시의 적이라면 우리를 공격해야 정상인데, 그녀는 옥좌에 앉은 채 우리를 노려보며, 꺄꺄, 샤샥거리면서 빨리 오라고 난리였다. 이것도 이 세계 레이드 던전의 신기함이었다.

그레이트 바실리스크 같은 지능이 낮은 몬스터라면 몰라도, 말까지 하는 메두사 퀸이 가만히 있다니 말이야. 어쨌든 참 신기하게 변해 버린 세계다. 도대체 오벨리스크는 뭐 하러 이런 세계를 만든 거지?

'알 게 뭐야. 일단 지금은 저 뱀 아줌마를 쓰러뜨리고 나가는 것만 생각하자.'

"시전 완료. 지금 그대, 나와의 맹약을 통해 서로를 구하고, 세계의 동반자가 되어라. 드래곤 테이밍."

파아아아!

상념에 빠진 사이, 세르베루아 님의 주문이 완료되고, 새하얀 빛이 날 휘감는다. 이거 상대하는 녀석마다 색깔이 다른 거였구나, 라고 생각하던 찰나 인터페이스가 갱신되어 올라왔고, 나에겐 이때까지 없던 전혀 새로운 버프가 걸린다.

[쇠돌이 님에게 '용의 맹약'이 활성화되었습니다.]

[쇠돌이 님과 세르베루아 님은 정식으로 용의 맹약을 맺었습니다.]

[새로운 스킬을 얻었습니다. 〈액티브-용의 부름〉, 〈액티브-사념 통화〉, 〈패시브-용의 혈족〉, 〈액티브-맹약 파기〉.]

과연, 나도 적합자이니만큼 아무래도 일방적으로 휘둘리는 게 아니라, 상호 간의 의사를 이야기하고, 통할 수 있는 수단이 주어지는 거구나.

새로운 스킬들이 공짜로 주어져서 내 인터페이스의 칸을 채운다. 난 히나하나 눌러 보면서 스킬의 설명을 읽어 본다.

"〈액티브-용의 부름. 설명 : 서로가 어디에 있든 부름에 응하여 소환이 가능하다.〉 쿨 다운 7일."

오오! 이거면 난 여권과 비행기 값 필요 없이 세르베루아 님이 부르면 영국으로 날아갈 수 있겠군. 반대로 말하면 갑자기 불려 간다는 이야기도 된다. 끄아앙!

"〈액티브-사념 통화. 설명 : 맹약자끼리 이어진 계약의 통로를 이용해 서로 통화가 가능하다.〉"

이건 무쓸모네. 요즘 휴대폰이라는 게 있는데 말이야.

"〈패시브-용의 혈족. 설명 : 맹약자끼리는 하나의 혈족으로 묶이게 되어 상호 부족한 스테이터스를 보완한다(지력을 받아서 현재 B+랭크입니다)."

 나, 지력 올라 봐야 아무 소용이 없는데. 애초에 마력이 없는 체력 코스트의 클래스라서 그런 거면 반대로 세르베루아 님은? 부족한 거라면, 마법사 계열이니까 아마 체력이나 근력일 건데?

 "어머나, 저 체력이 갑자기 12만이 되어 버리네요?"
 "제 체력을 받으셨나 보네요. 저 체력 하나는 높아서. 전 지력을 받았는데, 마력이 없어서 무쓸모예요."
 "미안해요."

 그리고 마지막은 〈액티브-맹약 파기. 설명 : 맺어진 맹약을 파기한다.〉. 헤에~ 노예 계약 같은 게 아니라, 내가 마음에 안 들면 즉시 파기도 된다는 거네. 완전 좋군. 뭐, 좋아. 일방적인 관계가 아니라는 것만으로도 큰 수확이다.

 잠깐, 그럼 이 레이드를 잡을 때만 맹약을 유지하면 그만인 거잖아? 이거 끝나면 해제할 수 있겠는데?라는 생각을 읽은 건지, 지크프리트 씨와 세르베루아 양은 동시에 내 어깨를 잡는다.

 "이미 다섯 호위 기사님들이 추천장을 다 써 놓으셨고, 계획을 다 짜 놓았는데 어디 도망갈 생각을 하십니까?"
 "죄, 죄송합니다, 강철 님. 저와의 맹약을 그렇게까지 싫어하셨을 줄은 몰랐네요. 훌쩍."

 고개를 돌린 채 눈물을 훔치는 세르베루아 양. 으아! 아름다운 그녀의 눈물은 내 양심을 찔리게 하기에 충분했다. 결국 난 포기하고, 그녀와의 맹약을 유지하기로 결심한다.

"아뇨, 됐어요. 그냥 있겠습다. 에휴, 이미 들어가겠다고 마음먹었으니 신경 쓰지 마세요. 생각만 해 본 거예요. 자, 그럼 더 이상 장난 말고, 본격적으로 준비하죠. 세르베루아 님은 맹약을 맺은 용족에게 버프가 가능하죠?"

"예. 지금부터 드릴게요."

본격적으로 전투 준비다. 난 메두사 퀸을 노려보며 긴장감을 되찾는다. 그리고 스테이터스를 바라보면서 실시간으로 변화에 주목한다. 우선 지금 내 능력치는 사룡의 저주 갑옷으로 인한 스탯 버프 때문에 이런 상태다.

쇠돌이 레벨 : 45
근력 : S+(90)
민첩 : A+(45)
마력 : 없음
지력 : B+(36)
체력 : 96,720

휴우… 어디 한번 80레벨 로드 오브 드래곤의 힘을 볼까?

세르베루아 양은 먼저 드래곤 테이밍에 썼던 마력을 회복하기 위해서 마나 포션을 한 병 마시고는 날 바라보며 주문을 외우기 시작했다.

 "이제 버프 돌리겠습니다, 강철 님."

 〈액티브-용의 계곡의 추억〉.

 〈액티브-천룡의 가호〉.

 〈액티브-지룡의 격노〉.

 〈액티브-맹약 원호〉.

 〈액티브-비상하라, 창룡이여〉.

 사아아아아아아!

 내 인터페이스에 하나하나 새로운 버프가 새겨진다. 지속 시간은 개별로 2시간. 그리고 하나가 걸릴 때마다 내 스테이터스는 엄청나게 뛰어오른다. 원래 테이밍 한 용족이 레이드 몬스터를 탱킹 하거나 딜을 하게 하기 위해 주는 버프다. 그걸 나라는 인간에게 줘 버리니, 스테이터스는 가히 미쳤다고 생각할 만큼 뛰어올라 버린다.

> 쇠돌이 레벨 : 45
> 근력 : SSS-(250)
> 민첩 : SS+(180)
> 마력 : 없음

지력 : B+(36)
체력 : 156,121

 와우, 갓댐. 진짜 죽여주는 버프구만. 이래서 게임 같은 거 만들 때 곱연산 스킬이나 버프 같은 건 조심해서 만들어야 한다. 나도 어이없는 소리를 하는군.
 어쨌든 지금은 이런 버프를 받았다는 연막이 펼쳐져 있었다. 그러니 예정대로 하기 전에 난 지크프리트 씨와 세르베루아 아가씨에게 조용히 말한다.
 "저도 이번엔 진심으로 나서 볼게요."
 "에?"
 "흐음?"
 그리고 난 방패에 손을 댄 다음 장비를 해제하고, 인벤토리에 집어넣는다. 그러자 심장이 급격히 두근거리기 시작한다. 마치 막았던 댐을 연 것처럼, 적용되지 않았던 패시브 스킬들이 내 몸에 적용되기 시작하고, 폭발한다!

쇠돌이 레벨 : 45
근력 : SSSS+(720)
민첩 : SSS+(360)

마력 : 없음
지력 : B+(40)
체력 : 156,121

"세상에, 오벨리스크 너 십새끼, 진짜 생각 없는 놈이구나. 이런 게 가능하게 두다니 말이야. 크크크큭!"

근력엔 S 자가 4개, 민첩엔 3개가 붙었네. 하하하! 이거 미치겠구만! 이런 스탯 한 번도 본 적 없어! 크크크, 기분 죽인다. 내 기본 근력은 원래 C+다! 하하하! 근데 이것이……

사룡의 저주 갑옷 세트 효과로 한 번 상승.

그다음 로드 오브 드래곤의 버프 효과로 두 번 상승.

마지막으로, 작동하지 않던 내 패시브 스킬이 방패를 뺀 효과로 폭발적으로 증가한다.

막강이라는 단어가 어울리는 내 스테이터스였다. 이건 이미 45레벨 인간의 스탯이 아니었다. 아! 하하하! 몸은 한없이 가벼웠고, 전신의 힘이 날뛰고 싶어서 어쩔 줄 몰라 했다. 아, 빨리 싸워 보고 싶다. 이 막강함을 전투에 풀어 놓고 싶었다. 난 무심결에 메두사 퀸을 바라본다.

샤, 샤악!

경계하는 건가? 군침 도는구만. 머리는 뱀이지만 얼굴은 조각처럼 아름다웠고, 일단 상반신은 나체인 여성체였다.

하반신은 뱀.

체력이 40만이나 되는 보스 몬스터였는데 이상했다.

내가 이상한 걸까? 전혀 안 무서워. 뭐랄까, 사냥감이라고 해야 하나? 그래, 생각났어. 어린 시절 작은 뱀이나 개구리 같은 걸 보는 그런 느낌이었어. 미끈거리고, 귀찮게 팔딱거리기만 하고 눈에 거슬리던 그 생물들! 어릴 적엔 장난 많이 쳤지. 몇 마리씩 잡다가 뱀에게 먹히는 걸 구경하기도 하고, 올챙이를 잡아다 키워서 하수구에 뿌리는 등 악동 같은 짓을 많이 했는데, 지금 저 메두사 퀸을 보니 그때가 떠올랐다.

샤, 샤약? 쉭! 쉭!

경계를 하면서 메두사 퀸은 한 발, 두 발 물러서고 있었다. 아~ 맞다. 다리가 없으니 한 발이라고 하기는 애매하네. 크크큭! 그럼 내가 가 주지.

"저, 저기, 강철 님?"

"미스터 아이언, 어딜 가십니까?"

"아저씨?"

움직이기 시작한 나를 세 사람이 제지하려 했지만 나는 그들에게 고개도 돌리지 않고 손길을 거절하면서 말한다. 내 눈에 보이는 건 오직 메두사 퀸뿐이었다. 가슴속에서 알 수 없는 욕구가 점차 샘솟아 오르기 시작한다.

"일을 시작할 테니, 누구도 다가오게 하지 마세요."

"잠깐! 아직 인챈터분들의 버프가?"

난 지크프리트 씨의 말을 무시하고는 천천히 메두사 퀸에게 걸어간다. 아, 빨리! 빨리! 장난치고 싶다. 귀여워해 주고 싶다. 저 뱀의 머리카락을 한 가닥 한 가닥 뽑으면서! 어떻게 우는지 보고 싶다.
"과연 계집처럼 울까, 뱀처럼 울까? 아니면 둘 다?"
"쉑! 쉑! 키야아아아!"
 그녀는 결국 물러나다가 동굴의 벽으로 몰린다. 이봐, 레이드 보스잖아. 어딜 도망가려는 거야? 네가 상대해야지. 왜 겁을 먹어? 크크큭!
'어? 나 왜 이렇게 흥분하는 거지?'
 아! 진정하자고, 진정해. 레이드니까! 엄연히 보스잖아. 보스니까……. 아, 씨발! 몰라. 찢고, 뜯고, 갈라 버린 다음 죽여 버릴 거야.
"크케케케케케게륵!"
 난 인간이 낼 수 없는 괴성을 지르며 메두사 퀸에게 돌진하기 시작했다. 그리고 그 이후, 내가 기억하는 건 공포에 질린 소녀처럼 떨고 있는 레이드 보스 메두사 퀸의 모습뿐이었다.

3권에 계속

www.mayabook.co.kr

www.mayabook.co.kr